冬牧场

李娟 著

图书在版编目（CIP）数据

冬牧场 / 李娟著． -- 广州 ：花城出版社，2023.6（2025.1重印）
ISBN 978-7-5360-9987-6

Ⅰ．①冬… Ⅱ．①李… Ⅲ．①纪实文学－中国－当代 Ⅳ．①I25

中国国家版本馆CIP数据核字(2023)第109679号

出 版 人：	张 懿
责任编辑：	文 珍　周思仪　王梦迪
技术编辑：	薛伟民　凌春梅
责任校对：	汤 迪
封面设计：	棱角视觉 ANGULAR VISION
插　画：	段 离

书　　名	冬牧场 DONG MUCHANG
出版发行	花城出版社 （广州市环市东路水荫路11号）
经　　销	全国新华书店
印　　刷	佛山市浩文彩色印刷有限公司 （广东省佛山市南海区狮山科技工业园A区）
开　　本	880毫米×1230毫米　32开
印　　张	11.75　14插页
字　　数	240,000字
版　　次	2023年6月第1版　2025年1月第9次印刷
定　　价	60.00元

如发现印装质量问题，请直接与印刷厂联系调换。
购书热线：020 - 37604658　37602954
花城出版社网站：http://www.fcph.com.cn

三版自序

这些年这本书被翻译为英文和日文出版过。出版过程中和翻译有着大量交流与沟通，令我打开了另外一些看待这部作品的视角，并发现了许多问题。主要是自己缺乏耐心而造成的各种表达歧义。于是在这一次的版本里做了相应的修改或增加注释。除此之外，第三版并没有重大改变。

最大的改变是自己的一些认识。

这些过去的记录、过去的情感，虽然都出于过去的自己，但那个自己未必真的理解这一切。比如，读到和居麻的一些对话，其中有一段，他憧憬着未来的生活，希望女儿加玛在夏牧场的商业点开一个小商店，还把李娟也安排了进去。说加玛负责卖货，李娟负责进货。当时的我只是觉得他这些想法温馨有趣，便记录下来。十多年后重读才反应过来，他当时可能是在暗示，希望我能帮助加玛。因为做生意这一块，没有人指引的话，一个普通牧民很难入行的。牧场上的每一个商人对于自己批发进货的渠道守口如瓶。居麻担心我家也是如此，便如此试探。然而我没能领会。他可能以为是我的婉拒吧。他可能很失望。

这样的意外发现还有好几处。

我为种种遗憾而怅然，为自己的迟钝而懊恼。然而再也无法回到过去了。

然而我也不愿重返过去。

在这本书里，我写出了自己身处陌生艰辛环境中的种种情绪。惶然、不安、宁静、喜悦、满足、敞亮、激动……其实，还有一种情绪从来不曾提及，那就是痛苦。我独自进入冬牧场，投身完全陌生的家庭和生活，做这样的事情其实是和我的性情所对抗的。但那时创作的野心战胜了一切。我坚持到了最后。如今很多人问我何时"重返牧场"？这本书何时能有后续？再没有后续了。我的勇气——年轻的心才有的那种热情和勇气——已经用尽。我甚至不能在现实中面对书中的人们。无论多么怀念他们，感激他们，依恋他们。这是一种源于自己的脆弱的痛苦。

还有一种痛苦源于自己的无能。

有一件事，至今仍折磨着我。

在冬牧场上，几乎每一个牧人都有一件衬着羊皮的军大衣，又厚又沉又宽又大，防寒防风方面，这种衣物无可替代。但牧场上能买到的军大衣都是大码，我个子太矮，实在穿不了。于是进入牧场前，我妈帮我在城里买到了一件小码的。虽然我穿着还是大了，但不至于拖到地上。对于一米七身高的姑娘加玛来说，这件小码的军大衣却非常合身。于是每到她放羊的日子，她一定要借穿我的大衣。因为爸爸居麻的大衣实在太大太破旧，她是自尊体面的姑娘，这方面有小小的虚荣心。我明知她非常喜欢这件大衣，离开冬牧场时，也很想把这件大衣留给她。但是，它是我妈买的。出发进入冬牧场前，我妈再三交待我一定要把这件衣服带回家。她知道我心软，总是轻易送人东西。这件大衣她花了两百块钱，以我家当时的情况，也算是一件重要财产。其实我不以为然，要知道这种厚重甚至笨重的衣服，离开牧场后基本就派不上什么用场了。但那时的我却没有资格违逆。那时的我，没有工作，没有收入，暂住我妈家中，连一件衣服的支配权都没有。于是，最终我还是把这件大衣收进了行李，忍着心，艰难地忽略那个姑娘先是期盼而后失望的目光。

　　回到家后，我妈对我说的第一句话就是："军大衣带回来没有？"那一刻我突然涌起无能的怒气，又立刻感到深深的痛苦与无助。深深地怨恨她，更怨恨自己。

　　对了，记忆中还有一种痛苦源于孤独。在冬窝子里，每当有汽车引擎声远远响起，我就跑上沙丘，长久张望——我极度渴望有人来看我，渴望与外界接触。但是从来都没有。连我妈都不曾来看看我。只有我的朋友二娇给我打过两个电话。是我一整个冬天里仅有的安慰。

　　在后来的写作中，我努力回避这些与我的表达方向无关的情绪。但只有自己知道，掩饰不了的。尤其这一次重读，好像只有自己能发现，无论在多么满足的幸福的时刻，也总有小小的压抑的叹息。这本书是一部陌生民族的生存景观图，也暗藏我个人的一段狼狈的过往史。它写了一个漫长的冬天，刚巧同步着自己人生的一段困境。十多年来，每一次重读它，每一次重陷种种寒冷的记忆，每一次都能被寒冷中人与人的相处细节深深温暖。然而时间越久，某种缺憾越大。所幸它可能并不重要。和我所记录所赞美的牧人们的勇敢坚韧相比，它可笑极了。所幸再寒冷无边的冬天也有着温暖宁静的内核。而自己那段四处漂泊、狼狈无措的人生，也总是鼓涨强烈的希望。我希望人长久，希望大家渐离贫苦，希望大地上一切生命安度冬夏，希望自己变得强大有力——贪得无厌地希望着。并且一直希望到了现在。

所幸这本书这些故事总是能一次又一次地，有力地慰藉着我。

谢谢所有阅读者，所有旁观者。

李娟
2023 年 5 月 21 日

再版序

我从不掩饰自己对《冬牧场》的偏爱。它应该是目前为止自己最重要的一本书吧。在《冬牧场》之前,似乎我的所有写作都在寻求出口,到了《冬牧场》才顺利走出,趋于从容。至今它仍是我写作上的最大自信。非要选一本书作为"代表作"的话,目前我觉得非它莫属。

它记录的是一个漫长的冬天,写这些文字的时光则贯穿了另一个冬天。记忆中的寒冷叠加现实的寒冷,双重寒冷使得这本书通篇直冒冷气。于是很多读者说它是避暑神器,夏天读最合适。我觉得这是对我写作的极大赞美。可能我逼真还原了那个冬天的所有寒冷。但寒冷并不是全部,我还以更多的耐心展示了这寒冷的反面。那就是人类在这种巨大寒冷中,在无际的荒野和漫长的冬天中,用双手掬起的一小团温暖与安宁。虽然微弱,却足够与之抗衡。这本书可能感动了很多人,但我觉得最大的感动来自于我自己。

这本书出版至今已有六年,很多读者都好奇书中主人公居麻一家的现状。我最后一次见居麻是我离开冬牧场那年的初秋。他的小儿子扎达突然病重,父子俩来阿勒泰看病。医生要求住院治疗。当时医院住院部床位非常紧张,我四处托关系，好容易替那孩子争取到了一张病床。可才住了一天院，父子俩就不告而辞。医生转告，他们急着回山里组织转场，说羊群已经开始南下了。他们拒绝医生建议，就开了点口服药，令那个医生非常生气。他认为居麻只顾着"牲口"的事而漠视人的生命。可我却能理解，我知道牧人命运和牛羊命运的紧密纠缠。再后来，我和居麻各自换了手机号，失去了联系。

说实话，虽然这些年来我不时怀念那个冬天，怀念沙漠深处那个地穴里的一小团温暖，却畏惧着将来可能会有的重逢。当我离开冬牧场，和居麻一家断开日常生活的关联时，之前一整个冬天的亲密也立刻断开，成天堑般的距离。那是牧人和牧场之外所有人的距离，就像那个医生与居麻的距离。我难以忍受这种距离带来的无知与尴尬。牧人的世界已成孤岛。那孤岛我曾涉水登陆片刻，很快弃岛而去。并且以后再也不会有这样的经历了：完全进入一个陌生的家庭，熄灭自我，全身心探索他人的情感和希望。

关于冬牧场的现状，成书后我也没有再作进一步了解。不知是否与我在书中所以为的一样，已经被放弃在荒野之中；不知最后的牧民和他们的牛羊如何度过之后的漫长冬季。我书中的种种疑问至今无解。不过这二十多万文字也不是为了寻求答案而堆积世上。答案由无数读者创造，而我个人的力量微弱，只够用来完成这本书。在《羊道》的繁体字版自序中我曾提到过自己这种缺陷："……说起来这一切都是悲观的，但我心里仍有奇异的希望。我但愿这一切只是自己狭隘的见识，我但愿这世上只有我最懦弱。"我还写道：

"命运是深渊，但人心不是深渊。哪怕什么也不能逆转，先付出努力再说吧。"这就是我的努力。

最后要说明的是新版《冬牧场》的修改部分。我写作一向缓慢，从初稿到成稿，千删万改，便一直以为自己写作还算认真严谨。可这些年常常被读者询问书中的一些细节。那些细节对于我们本地人来说司空见惯，用不着额外解释，但在不同文化背景的人们看来实在一头雾水。由此可见，我的写作还是太随意了。于是这一版《冬牧场》中，在不影响阅读流畅前提下，我增添了大量注释。另外还捋顺了一些含糊拖沓的表达，修改了不少语法错误。修订过程中，不停地捶头懊悔：这个工作要是早几年做就好了……好吧，希望我的新读者都是从新版《冬牧场》看起的。另外，看过旧版《冬牧场》的朋友们若是再看一遍新版的话会令我更安心……

谢谢所有人。谢谢你们经过这片牧场并为之驻足片刻。

李娟

2018年8月26日

目 录

第一章 冬窝子

一　最开始　　　　　2
二　三天的行程　　　9
三　最重要的羊粪　　26
四　冬牧场　　　　　33
五　地下的家　　　　42
六　冬　宰　　　　　53
七　唯一的水　　　　59
八　冷　　　　　　　69
九　羊的冬天　　　　78

第二章 荒野主人

- 十　加玛苏鲁　　　　　　　　90
- 十一　居 麻　　　　　　　　102
- 十二　嫂 子　　　　　　　　114
- 十三　隔壁一家　　　　　　　123
- 十四　梅花猫和熊猫狗　　　　130
- 十五　大 家　　　　　　　　144
- 十六　荒野漫步　　　　　　　153
- 十七　与世隔绝　　　　　　　160
- 十八　唯一的电视　　　　　　170
- 十九　热合买得罕和努儿赛拉西　179
- 二十　胡尔马西　　　　　　　189
- 二十一　扎 达　　　　　　　195

第三章 宁 静

二十二　暮色中　　　　　208

二十三　牛的冬天　　　　216

二十四　食　物　　　　　225

二十五　访客（一）　　　236

二十六　访客（二）　　　247

二十七　宁　静　　　　　261

二十八　最大的宁静　　　269

第四章 最后的事

二十九　雪灾之年　　　　276

三十　我在体验什么　　　284

三十一 迅速消失的一切	301
三十二 一起去放羊	314
三十三 串门去	322
三十四 新邻居	333
三十五 回家的路	342

| 后　记 | 352 |
| 李娟在冬窝子 / 段　离 | 354 |

第一章

冬窝子

一　最开始

自从我出了两本书后,我妈便在村子里四处吹嘘我是"作家"。可村民们只看到我整天蓬头垢面地满村追鸭子,纷纷表示难以置信。而我妈对他们说着说着,扭头一看,我正趿着拖鞋,沿着水渠大呼小叫地跑,边跑边挥棍子,也实在不像样,便觉得很没面子。

后来,终于有人相信了。乌伦古河下游三十公里处新建了一个牧民定居新村"胡木吉拉",村里有人来找到我妈,请我去该村当"村长助理",每个月给我开两百块钱工资。又表示这个价位是合理的,村长本人才四百块。

我妈备感受辱,傲慢道:"我的女儿可做不了那种事!"

对方很奇怪:"你不是说她是作家吗?"

总之,在阿克哈拉村,我实在是个扑朔迷离的人物。主要有四大疑点:一、不结婚;二、不工作;三、不串门;四、不体面。

然而这个冬天,我终于要像模像样地做一件作家才做的事了——我要跟着迁徙的羊群进入乌伦古河南面广阔的荒野深处,观察并记录牧民最悄寂深暗的冬季生活。于是我妈赶紧四处散播这个消息,并进一步宣扬我的不同凡响。然而如何让牧民们理解我这一行为呢?她只能作如下解释:"她要写。把你们的,这样的,那样的,事嘛,全写出来!"

牧民们便"噢"地恍然大悟状,又低声交头接耳:"那有什么可写的!"

无论如何,"一个汉族姑娘要进'冬窝子'"的消息还是很快就传遍了喀吾图乡的几个牧业队。我妈开始挑选愿意带我同行的家庭。

才开始,我雄心勃勃,要跟着一户路程在四百公里以上、骑马十几天才能到达驻地的人家出发,想把游牧生活最艰辛之处遍尝一遍。可是,路程超过十天的人家都不肯捎我,怕我添麻烦……更重要的是,我的雄心壮志随着转场日期的一天天来临,也一点点消融——想想看:半个月的时间,夜夜睡雪地,休息不足四个钟头;天天凌晨起身,摸黑出发;顶着寒流赶羊追马,管理驼队,拾掇小牛……我这八十来斤的体格,还是别逞那个强了。于是对路程的要求降低为一个礼拜……终于,在临行前一个星期,又降至四天以下……

在经过我们阿克哈拉村的、南下行程只有三四天的牧民家庭中,就有亲爱的扎克拜妈妈一家。我曾和他们生活过一个夏天。照说,继续跟着他们生活再好不过。可自从那年在扎克拜妈妈家住了几个月后,牧民间四处传言我是她儿子斯马胡力的"汉族对象",令我很生气。当然,斯马胡力的老婆沙拉特更生气。她一见到我就把脸垮得长长的,一直垮到地上。

还有一个重要原因是,扎克拜妈妈一家都不会说汉语,我们之间的交流困难而蹊跷,误会重重。

而其他会一些汉语的人家大都是年轻夫妇,也极不方便。——既然是年轻夫妇,肯定很恩爱了。万一人家晚上要过夫妻生活,岂不……岂不影响我休息?

所谓"冬窝子",不是指具体的某一个地方,而是游牧民族所有的冬季放牧区。从乌伦古河以南广阔的南戈壁,一直到天山北部的沙漠边缘,冬窝子无处不在。那些地方地势开阔,风大,较之北部地区气候相对暖和稳定,降雪量也小,羊群能够用蹄子扒开薄薄的积雪寻食下面的枯草。而适当的降雪量又不会影响牧民们的生活用水和牲畜的饮用水。

冬牧场远比夏牧场干涸、贫瘠,每家每户的牧场因此非常阔大。一家远离一家,交通甚为不便,甚至可算是"与世隔绝"。

进入冬窝子的牧民们,在大地起伏之处寻找最合适的背风处的洼陷地,挖一个一两米深的坑。坑上搭几根木头,铺上干草束,算作屋顶。再修一条倾斜的通道通向坑里,装扇简陋的木门,便成了冬天的房子:地窝子。于是,在无数个冬天里,一家人便有了挡风避寒之处。

地窝子都不会很大,顶多十来个平方。一面长长的大床榻加一只炉子、一个小小的厨房角落,便抵得满满当当。人们在其中生活,摩肩促膝,实在没什么私密性可言……

总之,去冬窝子实在不是一件简单的事,可选择的范围小之又小。

就这样,最终选择了居麻一家。

居麻很能说些汉语,他家搬家路程为三天。居麻夫妻俩年近半百,随行的只有一个十九岁的女儿加玛——真是再理想不过啦!

其实,最主要的原因是:这些年居麻欠了我家好多钱。他家又太穷,看情形是还不起了,也不指望了。不如到他家住几个月,把钱全吃回来——这是我妈的主意。

可后来,每当我扛着三十多斤的雪步履蹒跚、气喘如牛地走在茫茫沙漠中,便忍不住喟叹:失策了。

确定了人家后,我便开始做各项准备。

想到骆驼负重时的可怜样儿,我狠着心把行李精了又精,减了又减。结果又失策了。出发时才晓得居麻家雇了汽车拉行李——汽车搬多少东西都不会嫌累的。于是他们家无论什么样的破瓶烂罐碎布头全捎进了沙漠。

于是未来的日子里,我就两身换洗的内衣和一件外套。脏到合影时,我觉得都没人愿意和我站在一起……

保暖用品只准备了最基本的羽绒衣驼毛棉裤和围巾手套帽子这些。鞋倒带了两双。后来事实证明,一双就够了。冬窝子里不是雪地就是沙地,一点也不费鞋。

上路时穿的衣物倒是准备得相当充分,有一件羊皮军大衣和一条羊毛皮裤。毕竟大冷天的,长时间骑马可不是件舒服事。另外上路时穿的鞋也是个大问题。一般牧民在买鞋时会选择大两个码的,可多穿两双厚袜子。我思前想后,穿了双大八个码的……于是,我的袜子穿得比谁都多。只是矮个儿穿大鞋相当招眼,像踩着两只船一样,划过来,划过去。

为了一路上武装得最为合理、舒适，我在家里反复试穿，不时更换方案。系围巾还是戴脖套？使用哪顶帽子？哪双手套更实用？……在临行前的最后两天里，我频频深入阿克哈拉公路南面的荒野中，顶风走很远，把所有行头一一试了一遍，以实际效果敲定了最终方案——

下身从里到外依次是：棉毛裤、保暖绒裤、驼毛棉裤、夹棉的不透气的棉罩裤、羊毛皮裤。

上身依次是：棉毛衣、薄毛衣、厚毛衣、棉坎肩、羽绒外套、羊皮大衣。

再加上皮帽子、脖套、围巾、口罩、手套。这么一来，深感在御寒上完全能做到万无一失！

唯一的问题是，如此全副武装压得人气都喘不匀了，胳膊也抬不起，脖子也扭不动，口水都咽不下去……肩、颈部更是血脉不通、又酸又沉。全身披挂地在房间里只转了几圈，就累得大喘气。想到就这样扛着二十多斤的衣物，骑七八个钟头的马，很是忧虑：岂不给压死了？然而后来事实证明，一旦进入荒野的寒冷空气中，根本顾不了那么多了！什么脖子扭不动啊，胳膊抬不起啊，酸沉无力啊……根本没那回事。在那样的时候，就算穿一身预制板恐怕也没啥感觉。

此行还有一个物件觉得有必要准备，就是温度计。可我找遍了阿勒泰市与富蕴县也没买到专业的便携式温度计。最后只好买了把一尺多长的大家伙，安慰自己：大了不容易弄丢。拿回家试了几天，倒是蛮准的，只可惜最低只能测到零下三十五度。遇到零下四十多度的高寒天气就只能估算了。

还有一项重大准备是理发。预感到未来几个月内可能洗不成头了——其实还是洗了几次的,我打算剪那种比光头稍长一些的短发。可恨的是,经营着村里唯一一家理发店的姑娘玛依拉正在谈恋爱,不好好做生意,整天神出鬼没。她的店一天去十次,有八次是关着的。另外两次要么有人正在理,要么热水没烧好,让我再等一个小时。不用说,一个小时后,又没人影儿了。弄得我很恼火,干脆自己胡乱剪了剪就上路了。于是乎,此后的日子里,每当面对客人或出门做客时,头发是最伤我自尊心的东西……

同时,我下定决心学习哈萨克语。并且很有野心,不但要学说,还要学写。我特意借了一套哈萨克语自学材料,准备大干一场。然而真学起来谈何容易!虽说阿拉伯字母只比拉丁字母多出来两个,但顿感千军万马,气势汹汹。一根舌头根本不够用。书写起来更是曲里拐弯,千头万绪,一堆扯不清的乱线头似的……

总之,准备应该是充分的,出发却极不顺利。居麻家不是今天丢了几只羊,就是明天找不到骆驼了,日子一天天往后拖。加之快十一月底了,雪又迟迟不下。在沙漠里,雪是唯一的水源,如果没有雪,人畜都活不下去。于是那段时间,出发的日子像是遥遥无期似的,弄得人紧张又焦虑。

最可恼的是,居麻这个著名的酒鬼一想到此后一个冬天都没有酒喝了,非常伤感,便每天借酒浇愁,在村子里到处惹是生非,给人极不好的预感。

终于,出发的日子还是来临了。我提前一天住进了乌伦古河下游八公里处居麻春秋定居点的家中[①]。由于居麻照常醉得不省人事,没法来接我,我妈只好骑摩托车把我送了过去。

启程前做的最后一件事是依据牧人的习惯把表往前调了两个小时,改为本地时间。之前我一直用北京时间。

[①] 冬牧场环境过于艰苦,于是在迁徙路上的沿途村庄会设立牧民定居点。牧业大军离开北方的夏牧场,南下经过定居点时,老人、孩子和其他体弱者会停留下来过冬。壮劳力则赶着羊群继续南下。

二　三天的行程

出发这天大家都起得很早。曙光微明就开始打包、往骆驼身上挂绑重物、赶马、合并一路同行的三家人的羊群。转场是大事，居麻的邻居们也都赶来帮忙。清晨七点，队伍出发了。同行的小伙子胡仑别克牵来我的马，我一手拽着马鞍子一手揪住马鬃毛，好容易才爬了上去，又好容易才坐稳当。（穿得实在太厚……）这时，奶奶[①]走到马下，为我扯了扯皮裤，使之更严实地盖住脚踝。她的细心与温和令我不那么紧张了。

此时天光大亮，空气清冷，羊群已移动到远处的大路上。不远处的加玛大声招呼我跟上。我和大家挥手道别，踢踢马肚子，小跑着赶了上去。

这一路上得走三天，将由我和十九岁的姑娘加玛负责管理驼队（三十来峰骆驼），由与我们合牧的冬牧场邻居——中年人新什别克及另一个牧场上的牧羊人胡仑别克（他与我们短暂同行这一程）管理羊群（三家的羊加起来近五百只）和大畜（牛、马共上百头）。居麻和嫂子，及新什别克的家人则三天后才雇汽车赶到。这三天里他们得为这个冬天准备

[①] 居麻的妈妈，这个冬天里，她将留在定居点。

成吨的粮食、饲料和冰块。

较之羊群,我和加玛的驼队走得稍快一些。我俩得提前赶到当天的驻地搭起临时栖身的三角形简易帐篷,准备好热茶迎接大部队的到来。而男人们呢,则慢慢跟在后面,由着羊群、牛群和马群一路上慢慢啃些枯草和残雪。长途跋涉是辛苦的,总得让人家哄哄肚皮吧。

上午,驼队和羊群、大畜一直走在一起。队伍浩浩荡荡过了乌伦古河吊桥,再横穿乌伦古河南岸的公路,向南面攀升上一处沙砾高地,眼前顿时展现无边无际的丘陵地带。一小时后,我们就远远抛离了乌河一带的村庄,深入了荒野。

眼前起伏的大地空空荡荡,只有痕迹微弱的一条土路。太阳刚升起不久,蓝天空旷。走了这么久还不见停歇,使得队伍有些不安。绵羊紧跟着山羊,孩子紧跟着母亲。马群不愿和牛群走在一起,牛群非要和马群走在一起——追来躲去,时不时出现小混乱。鼻孔还没穿木栓的散骆驼最没出息,见到指头粗细的一小绺草就挪不动脚了,不时掉队,根本不晓得自己正在出远门的路上。两个男人生气地喝骂,左奔右突,收拾不听话的家伙。

只有羊群最懂事,埋头前行,始终簇成紧紧的一团,每只羊都一步也不敢和大部队稍离。

穿了鼻子连成一串的十来峰骆驼也很听话,无怨无尤地给牵着走。其中头驼还负着重呢。

我负责牵骆驼。总的来说,骆驼对我还算友好,就是喜欢咬我的帽子。牵骆驼这个活儿也不需操什么心,把缰绳捏紧就行了。尽管如此,一路上还是牵丢了两次——一次是都走了半公里了,听到赶羊的加玛在远处大喊,才发现手里只拎着一截空绳子[①]。另一次是骆驼间的缆绳松了,走了半天,身后只跟着一峰头驼。其他骆驼全停在老远处,纳闷自己为什么没人管。

唉,没法子。穿得实在太厚了,脖子给卡得死死的,只能笔直梗着,不能点头也不能仰头更不能扭头。要想回看身后动静,必须抖动缰绳,引着马儿调个头,一起整个儿转过去。

至于骑马,明明是马在走,可我却累得不得了。究其原因,主要是手里拿的东西太多。一共如下:马鞭、马缰绳、骆驼缰绳、温度计(想随时掌握气温变化,塞在温暖的口袋里的话担心测得不准)、干奶酪(随时啃一口)、相机、小型摄像机。以至于除了牵丢骆驼,还好几次差点掉了马鞭——掉了的话就麻烦了,穿那么厚,怎么下去捡!为安全起见,我把马鞭末梢的皮绳套在手腕上,温度计拴在手套上,骆驼缰绳绑在马缰绳上,奶酪衔在嘴里,相机和摄像机挂脖子上。如此这般叮叮当当挂满全身,跟棵圣诞树似的。

因为只是为期三天的行程,此行的给养便只装载了一峰骆驼。总共就几床被褥,两排毡房的房架子[②],几块大毡片,以及一壶水,一大包食物,一只铁皮炉子,两截烟

[①] 为防止途中出意外的时候骆驼们没法挣脱,它们之间的缰绳都是挽得很松的活结儿。否则,一峰倒了霉,一连串的都得跟着倒霉。

[②] 网格状的木栅栏,可折叠收缩,用作毡房的墙壁。毡房类似蒙古包。

肉，几副碗筷，还有一小块桦树皮（用来引火）和一大捆柴枝——戈壁滩上很难找到柴火，只有碎草。

到了半上午，气温升高时，队伍已经完全走出连绵起伏的丘陵地带，进入了一大块开阔平坦的戈壁滩，地表浅浅地点缀着干枯稀薄的植被。羊群和大畜行进的速度渐渐放慢——它们要用餐了。我和加玛则加快速度，领着驼队继续往西南方向前进。

云朵在前方视野中迅速变幻形状，东西移走。天空苍茫，大地无尽，我俩默默无言。和此时的寂静相比，疲惫感退后。风越来越大，天地间呼呼作响。我戴着口罩，围着围巾，笼着围脖，还扣了顶有护耳的大帽子。越来越冷，就调整口罩和帽子，整个脸部只露出眼睛那儿的一道半指宽的缝，看出去的世界狭窄又压抑，却很安全。很快，眼镜片因口鼻呼气覆上了一层白霜，这白霜越来越浓重，眼前除了前方加玛模糊的背影，就什么也看不到了。但也不需要看见——世界畅通无碍，马儿自会沿路前行。才开始，每过一会儿我还摘下眼镜用手指擦擦镜片。后来就懒得动弹了，坐在马上一摇一晃地等着时间过去。

等穿过这片单调空旷的荒野，地势渐渐又有了变化。我们面对的是一片广阔的微微低陷的盐碱滩。半个小时后，驼队走进了这盐碱滩西面边缘一处高地的背风面。当我看到加玛翻身下马，走向骆驼时，心里一阵喜悦。到了！今天的行程结束了！

我一下马，加玛就安排给我今天的第一个任务：当马桩。因为眼下大地坦阔无物，实在没有地方系缰绳。于是我牵着所有的马和骆驼，在驻地走来走去地干活，解骆驼，拆包裹，支炉子……等加玛那边腾出手来，卸了马鞍，头驼也完全卸了身上的重负，这才解开缰绳让大家放风。刚开始大家还在附近徘徊，渐渐地，就走得越来越远了。

才骑了一天的马，我的脸和手背就全皴了，非常疼。很想洗一洗，却没水。带来的那壶水早就冻成冰坨了，一滴也倒不出来。想起包里还有一袋湿纸巾，取出一看，也给冻成了一块铁皮。硬邦邦的，揭也揭不开。

加玛去找雪，我生炉子。但铁皮烟囱已经给挤扁了（有一峰骆驼总是紧紧挨着负重的骆驼走，并不时在它身上蹭痒痒）。我想找块石头砸一砸，在附近寻摸半天，所找到的最大石头还不如一只核桃……只好用脚跺一跺，用手捏一捏，勉强使之张开，硬套在铁皮炉子上。

炉火很快生起，加玛也扛回了半袋雪。用来化雪的是一只大锡盆。经过这一路的颠簸，盆里已经落满了灰土和枯枝（打包时被压在柴火下面）。我好奇加玛怎么洗它，结果她根本没洗，直接把雪倒了进去，再把盆搁在炉火上煮了起来。

化出水后，我细细地洗了手和脸，硬硬的皮肤柔软多了，舒服多了。再掏出管状包装的润肤霜，却怎么也挤不出来——原来也给冻成了结结实实的一块。

接下来在茶水烧开的时间里，我俩抓紧时间搭建临时帐篷。帐篷支得很简单，就把两排房架子以人字形相对拉开、上端抵拢，连接处用羊毛绳绑紧，再盖上毡片。本来我觉得就两排房架子随意那么一撑，未免太不稳当了。可一盖上沉重的毡片，松松垮垮的架子立刻稳稳撑在地面上，变得不易晃动。

这块地方的地表糊有较厚的牲畜粪层，看来是一块使用多年的驻地。

接下来加玛又安排我去赶马。马群先于羊群提前到达了。她向东指了一下，特意要求我把其中一匹大黑马赶回来。我领了任务拔腿就追，追了十米又退回来，把皮裤脱了——又厚又硬，腿都打不过弯来。

脱了皮裤果然身轻如燕。但脚下又踉踉跄跄，便再次回去换掉大八码的黑胶鞋。

这回我威力大增，远远抛掉了一路以来的笨重拘束，一趟子就奔出老远。可等我奔到跟前一看，傻了，全都是黑马，而且都很大……全部追回去是不可能的，我只好逮着最黑的两匹追。

追马，谈何容易！我再长六条腿也跑不过它们啊！只好慢慢地绕着圈子堵……堵也没用。总之累得够呛！许久后，当我气喘吁吁跑上一处高地，一眼看到羊群已经出现在北面广阔的平滩上了！便扔下马转身往回走，把消息带给加玛。加玛还在收拾帐篷，一看到我就赶紧招呼我过去搭把手，再没过问马的事。于是我到现在都没搞清当时她为什么突然叫我去赶马……

羊群出现在北面高地上,离驻地还剩一公里远时,赶羊的胡仑别克甩下羊群,向着我们这边的炊烟策马直奔过来。一边大声唱歌,一边快马加鞭。这时的他大约想到很快就要结束这一天的疲惫劳碌,快乐极了。他的喜悦也传递给了加玛。加玛围着驻地紧张忙碌,一边小声地附和他的歌声。

虽然都是草原民族的歌声,都响彻在空旷地带,但哈萨克歌和蒙古歌很不一样。后者悠扬、庄重,前者热烈明亮,富于节奏感。

胡仑别克奔到近前,却并没有下马,只是绕着驻地转了一小圈,表示对一切非常满意。水也没顾上喝一口又掉头向羊群跑去。

等羊群全部到达,在驻地边的斜坡上栖停完毕,男人们踢掉脚上的毡筒①,匆匆喝了几碗茶。解了解乏,就重新上马,将散在四处的大畜赶回来,集中在驻地附近。该拴的拴,该绊的绊,该打的打,该骂的骂。

直到天色大暗,牲畜们才渐渐安静下来。但大家还是显得非常不安,这毕竟是陌生的地方。这时,被乘骑了一天的马儿们总算被卸了鞍,系上马绊子,自个儿溜达着啃夜草去了。男人们这才钻进低矮的临时帐篷,团团围坐,舒心地喝起茶来。

叠放的碗被之前洗碗时残留的一点碗底水冻成了一整摞,我很费了一番力气才一一掰开。装在一只"营养快线"塑料瓶里的牛奶也给冻成了一整坨。加玛用一只小勺伸进瓶

---

① 圆筒状的大毡套,套在鞋子和裤腿外,一直裹到膝盖处,又胖又圆。保暖效果虽好,走路却不太方便。

子里一点一点地刮，再把刮出的奶渣子冲进大家的茶水。这样的茶水不但味道不浓，颜色也不浓，但在这荒野里，已经足够安慰我们可怜的肠胃了。只是在冷空气里喝茶，稍喝慢一点，茶水就凉透了，难以下咽。黄油也总是化不开，一块一块浮在茶水上。于是我飞快地喝，一不小心就喝了四五碗，只好频频上厕所。

夜色刚刚降临时，我的困意就上来了，疲惫不堪。又想到凌晨就得再次出发，这一夜只能睡三四个小时，恨不能立刻钻进被窝里闭上眼睛。可大家却一点也不急似的，又好像劳累了一整天还没缓过劲来。他们在手电筒微弱的光芒里一碗接一碗地喝茶，边喝边烧水，一喝喝了两大壶！耗了快两个小时。大家看我熬不住的样子，便让我先睡。他们继续在那一小团被黑夜围裹的光明中默默围坐着。我都已经睡着了，又突然惊醒，看到他们还那样一动不动地坐着……后来才知，这一晚只有我和加玛能睡觉，两个男人几乎一夜不能合眼。因这次转移没有跟牧羊犬，他俩得轮值守护畜群，提防狼的袭击……而漫漫寒夜难捱，不喝茶做什么？

加玛刚刚收拾好帐篷时，我探头一看，里面铺着花毡和褥子，就三个平方左右。能睡下四个人吗？睡边上的那个一定很倒霉，四下漏风。结果，当天我就睡在边上……

在寒冷的荒野中露天睡觉，心里真有些打鼓。本打算皮大衣也不脱的，但又一想，穿这么厚，上下僵直，血脉不通，搞不好更容易冷。便只穿着短羽绒衣和棉裤钻进被窝，把沉重的皮大衣搭在同样沉重的羊毛被上。缩身其中，浑身沉重，一动不动。很快，冰冷的双脚热乎起来。

若以往，把脑袋捂进被子里的话不一会儿就憋闷得喘不过气了。可如今，却像小鸡捂在母鸡翅膀下一样安全又舒适。这个小小的被窝，黑暗，温暖，把冷空气严严实实隔绝开来，是宇宙中的宇宙，苹果中的籽核……

只是夜半起来上厕所时很惨……那样的时候真是连一根脚趾头都舍不得伸到寒冷的空气中去！我反复下定决心后才窸窸窣窣起身，在黑暗中扒拉开重重叠叠搭在三角帐篷上的毡片（那时很庆幸自己睡在最边上），好容易才找到一处突破口钻出去，又摸了半天才摸到放在外面的鞋。这时，不知是守夜的两个男人中的谁，坐在帐篷外侧，拧亮手电，照着我穿鞋、走远，直到我蹲下后才熄灯。（灯光一熄，华丽的银河哗然闪现在上方！）听到我往回走的脚步声时，才重新拧亮灯光照着我回来。

折腾完毕，热乎的身体被冷空气吮吸了个够。然而一钻入被堆，四面捂严，很快，甜蜜的暖意再次重重围裹上来。想起外面的守夜人，心里很是不安。

凌晨三点钟我被大家推醒。这会儿温度降到了全天的最低点。加玛用昨晚入睡前灌进暖瓶的茶水给大家冲茶，还取出了出发时奶奶为我们准备的一大包手抓羊肉。当然，肉块也冻成了冰碴子。我们就着温吞吞的茶水嚼肉，嚼在嘴里咔嚓作响。但还是那么香。

对了，此行加玛还奢侈地带着几包袋装的方便面！可茶碗太小，没法泡面。于是她撕开包装袋的一端，直接把热水冲进塑料袋里。大家各自捏紧自己那包面的袋口,期待着。天气这么冷,很快热水就凉透了。面块仍干干硬硬,没能完全泡开,面汤上浮着硬硬的油块。但大家还是"呼呼啦啦"吃得高高兴兴。

尽管是如此糟糕的方便面,在荒野里仍是诱人的。连我也很向往。但不知自己表现出了什么,竟让大家误以为我不吃方便面!只好闻着香气吞口水了。不过能省下一份让两个男人多吃点,也挺好。他们太辛苦。

实在不明白为什么要起这么早,因为起早了也没事干,光早茶就喝了一个半钟头!而且席间也没啥可聊的。大部分时候,大家各自捧着茶碗,静静地坐着,不知是在享受还是在坚持。

结束这场黑咕隆咚又漫长无比的早茶后,大家开始拆帐篷、打包、装骆驼(负重的骆驼昨天只放了几个小时的风就又给上绑了)。我负责手持手电筒给大家照亮,不时帮忙打打下手。大家干得耐心又有序。

六点钟,东方蒙蒙发白,一切准备就绪。最后再检查一遍牛群羊群,大家这才上马出发。回头看时,驻地又和刚到时一样干干净净,空无一物。

队伍在苍茫曙光中朝着西南方向沉默行进。渐渐地,东方发红了,并且这红色越来越深厚、宽广,愈演愈烈。最后东面的天空从南一路燃烧到北。六点半,太阳从红色云海中央平稳升起,阳光平直地扫过大地,把我们的身影在旷野上推得无比遥远。

在接下来的漫长时间里，这影子渐渐收回来，渐渐回到我们身后，又渐渐投向东北方向。于是一天就过去了。

这一天行进的时间和第一天差不多，八个多小时，上午，途经之处更为空旷单调。之前居麻提醒我，如果下马的时候没人搀扶的话，就先在地上找个坑，把马勒停在坑里，然后再踩着坑沿下马。那样就不会太高陡了。可是……若想在眼下一马平川的大地上找一个坑，就跟在一马平川的大地上找一座山一样难。

每当途经与昨天的驻地相似的盐碱滩，便总有幻觉：我们是不是在大地上兜了一个遥远的大圈子？然而我们的方向一直朝着西南。

昨天的李娟仅仅只是牵牵骆驼，好端端地坐在马背上跟着队伍前进而已。加玛看我状态不错，今天便增加了新任务：赶骆驼。于是今天我累惨了……等到了驻地，两条腿疼痛、僵硬，屁股疼得都坐不住马鞍了。至于骆驼们的顽劣……我气得实在不想描述。

从中午十二点开始，我们的驼队进入了一大片丘陵地带。道路蜿蜒不止。似乎已算是进入沙漠了吧，满目黄沙。但因去年的罕见雪灾天气，春天水量充沛，牧草长势异常丰盛，眼下是一个毛茸茸的沙漠呢。不只牛羊，野鼠们也过着衣食无虞、家族兴旺的幸福生活。沙地上的鼠洞比比皆是。马儿无论走得多么小心，也难免频频踩空陷落，时不时猛地歪一下身子，令马背上的人也跟着猛颠一下。

下午两点半，驼队停在了一个狭小的山谷里。这里满地碎柴枝，是一个更加热闹的旧驻地。附近的高地上生长着许多低矮的梭梭柴。太好了！骆驼带的柴火在头一天就烧掉了一大半，我还担心今天不够用呢。

柴倒是够了，可火柴只剩最后的五根……我紧张极了，不停地问加玛：没有了吗？真的就这些了吗？并对她极不放心，紧盯着她划。划到最后三根时，又抢过来自己划。当划到最后一根时，我们面面相觑，谁都不敢碰那最后一根了……然而，这最后一根也失败了，刚擦出火苗就熄了……好大的风啊！

这时，加玛这个家伙，拎起某个袋子一摸，摸出一只打火机……早说嘛！吓死我了。

和头一天一样，我俩赶在大部队到来之前生起炉子，搭起了帐篷。和头一天的驻地相比，这里雪非常薄，我跑了很远，才在一个小山头拎回了一小桶雪。而加玛那家伙，转个身遛一圈，就扛了满满一大袋子。变魔术一样！

化开的雪水很脏，泥沙俱下，沉淀出来倒是蛮清澈的。傍晚才赶到驻地的小伙子着实渴坏了，一下马就舀了满满一勺生水，咕嘟咕嘟猛灌。那么冰的水……然而，等我赶完牛群回来，也顾不了那么多了，嗓子直冒烟，喝得比他还猛。

在沙地上赶牛对我来说困难重重。跑着跑着，就踩塌一个鼠洞、绊一跤（可怜的老鼠，挖个洞也不容易）。而且我之前赶牲畜时习惯边吆喝边捡石头投掷，沙漠中却连颗指头大的石子也难碰到。只好拾干马粪砸，但那个东西轻飘飘的，牛们根本不怕。

这一天情形照旧。傍晚时光紧张又忙碌。天色完全暗下来时，才结束了一天的工作。大家缩在帐篷里，紧紧围坐一席，喝着温吞吞的茶，嚼着冰碴子肉。手电筒用绳子悬挂在帐篷里，昏黄的光芒中，每人口吐浓重的白气，默默无语。

突然，新什别克开口说："这个是'暖瓶'。"——他指指暖瓶。又说："这是'碗'。"——转动手里的碗给我看。

我有些意外。虽然这两个单词我都晓得，但还是认真地跟着学了一遍。他满意地笑了。接下来他又教了我一大堆这个简陋帐篷里所能有的一切生活用具的单词。

听说，最开始他们都不相信我能在这样的行程中坚持到最后，还埋怨居麻不该带我一起上路，怕我添麻烦——若是我中途退缩，闹着要回家，或是生病了，摔下马了……那就得连累大家了！

总之，到了现在他们才总算放心了吧？

今天上午羊群和驼队还走在一起时，两个男人也会给我安排一些简单的工作。如策马走在羊群一侧把握大部队行进的方向，如堵截从我这边突围的骆驼。不知别人感触如何，我是很满意的。俗话说"蛤蟆还有二两力"，我这么大个人，多少还是有点用的嘛！

和头一天一样，熬到深夜，加玛才铺开被子和我睡觉了。两个男人裹着被子，坐在黑暗和寒气中睁着眼睛守护。彼此不时聊两句什么。到捱不住的时候，就轮流打盹。

这两天虽是大晴天，但一路上都觉得很冷。尤其是起风的下午。但在那样的时候看温度计,居然才零下三度而已!在最最冷的深夜也不到零下二十度。简直怀疑是不是温度计出问题了。后来再想:大约天气的确不是很冷,只是长时间暴露在冷空气里,人的感觉就缓缓偏斜了。

第三天同样是凌晨三点起床。同样持续了一个多小时的早茶,并在昏沉夜色里拆帐篷、打包、装骆驼。同样在满天星斗的浓浓夜色中,我们朝着沉入地平线一半的猎户星座启程了。与此同时,月亮弯弯地挂在东方。

同样还是在行走中伴随着太阳缓慢而威严的出升。太阳未出时,全世界都像一个梦,唯有月亮是真实的;太阳出来后,全世界都真实了,唯有月亮像一个梦。

驼队和羊群默默前行,似乎已经习惯了这样漫无尽头的跋涉,已经把它接受为今后的命运,全然不知这是最后一天了。

今天羊群和驼队分离得格外早。上午八点半,队伍开始进入真正的沙漠时,羊群就停留了下来。看来它们今天要吃个饱了!

真的是"真正的沙漠"啊,视野里东一座、西一座,远远近近耸立着洁净的、寸草不生的高大沙丘。比起头两天白茫茫的途经之地,这边的雪地越发斑驳、稀薄。气温也高了一些。

在中午的跋涉中,约有一个小时的路程是我独自一人牵着骆驼前进。当时加玛去追赶远远逃离的散骆驼了。分手时对我说:"路上走!要沿着路走啊!"我望着眼下茫茫大地,很是心虚。但为了让她放心,满口答应了。

比起戈壁滩上的路,沙漠里的路非常模糊。加上又进入了别人的牧场,牲畜脚印纷乱,小路纵横交错,看得人头昏……才开始我还辛苦地辨认痕迹最重、蹄印最多的小径,勒着缰绳左拐右拐地择之前行。后来干脆放弃了,松开缰绳,随着马儿自己走。果然,它比我在行多了。经过一大片枯草地后,我与驼队就来到了一条非常明显的大道上。

一个人牵着驼队,孤独、微弱地走在沙漠中。整面大地空空荡荡,天似穹庐,唯一的云停在天空正中央。那是一团台阶状的梯云。前后无人,四顾茫茫……那感觉既非凄凉也非激越,说不出的怅然,又沉静。千百年来,有多少牧人们以同样的心情孤独地经过同一片大地啊。

长达半年的冬季以及土地的贫瘠,使哈萨克人的祖先不得不选择了"游牧"这种艰辛动荡的生产生活方式,年复一年恪守自然的规律在大地上穿梭。从阿尔泰深山一直到天山北部的开阔地带,牧人们每年迁徙距离逾千里。搬迁次数最多的,一年之中平均每四天就得搬一次家。居麻家的冬牧场和夏牧场都很近,算是搬家次数非常少的了。我给算了一下,也得平均十二天搬一次家……这动荡艰辛的生活,这些寂寞又坚强的心……

这几天,一到下午,我总是频频问加玛:"到了吗?"用的是汉语。

才开始她并不知"到了"是什么意思,我也没法解释。后来问得多了,又见我一到驻地就欢呼"到了!",她才有所领悟。当我再问这个问题时，她会用汉语回答："不是'到了'。"或："'到了'的有。"——前者意为：还早。后者：快了。

十二点半，当我看到加玛明显地偏离了一直伸向西南方向的主路，拐向正南面的一条纤细斜径，便一下子明白快要到了！心里一阵狂喜。又问加玛是不是到了，她笑而不语。然而，这条小路像是没有尽头似的。每当我们沿着它穿过旷野，走上旷野尽头的沙梁，看到沙梁另一边又是一大片空茫的大地，脚下小路仍在大地中央寂静地延伸……备感疲惫。

这一天走得最远，也最累。因为加玛看我头一天那么能干，今天几乎把赶骆驼的事全交给了我……

骑马是个苦差事。若只是骑在马背上好端端地坐着——那样的"骑"谁都会。可若是还得赶牛赶羊，左奔右跑，手不停甩鞭子、扯缰绳，脚不停踢马肚子，嘴里不停大喊大叫骂爹骂娘……的话，骑一天马下来，骨头全散了，浑身像被揍了一顿似的。

当我烦躁又愤怒地把这群家伙再次赶向前方沙丘，一上到高处，惊然发现沙丘另一面是一小块黑色的土地！还看到加玛正在那里下马！她扭头冲我用汉语大喊："'到了'李娟！今天的'到了'！明天的不走啦！明天的明天也不走啦！"

又说："爸爸妈妈，要坐着汽车来啦！"

我看看表：下午三点半。

这时开始下雪，并刮起了大风。给负重骆驼卸下行李后，顾不上收拾，我们就坐在风雪中的行李堆上啃起了干馕①，深深感受着"停止"的幸福。虽然接下来还有那么多事要做，得管理畜群，收拾住处，准备晚餐……但是已经"到了"啊！好像永远"到了"一样。

---

① 哈萨克族的日常主食，微微发酵的面团烘烤而成，比面包硬，可储存较长时间不易变质。

三　最重要的羊粪

我们这里的人，形容一件事情处理起来难度大，总是说："跟啃奶疙瘩一样！"奶疙瘩就是酸奶煮沸后沥制的干奶酪，很硬。尤其是完全脱脂的陈年奶酪，硬得简直不近人情！任你牙口再好，也只能在上面留下几溜白牙印。吃这种硬奶酪，得先在火炉上烤软了，或在滚烫的奶茶里泡软了，才啃得动。加玛的一块奶疙瘩能啃三四道茶，从头一天泡到第二天，每道茶喝饱了就从碗里捞出来揣回口袋，到了下一道茶掏出来继续再泡。做这件事时，她不但有耐心，而且有乐趣。

总之，奶疙瘩实在太难啃了。不过，在赶着羊群南下的迁徙途中，当我饿急了，追骆驼的时候边追边啃奶疙瘩，等骆驼追回正道，那么大的一坨竟全啃完了。不晓得那时是何方神力相助。

其实主要想说的是：清理羊圈这事，简直就跟啃奶疙瘩一样。

我们"到了"。冬牧场广阔而单调。黄沙漫漫，白雪斑驳。但我们生活的这一小块沙丘间的凹地却漆黑、深暗。这就是羊的功劳。羊在这个沙窝子里生活过许多个冬天，羊粪一年年堆积，粉化，把这块弹丸之地反复涂抹成了黑色。

尤其羊圈里更是堆积了又厚又结实的粪层。居麻说，羊圈里的粪层每个月都会增厚半尺，一个冬天得清理好几次呢。其中初冬刚到达时的第一次清理和离开前的最后一次清理最为重要，劳动量也最大。第一次主要是为了挖出最底层的干粪层。最后一次是趁春日暖和，把最表面那层厚厚的软粪层铲起，砖一样砌在羊圈周围晾晒——那样的粪块色泽黑，质地纯，一块块大小适中，是为下一个冬天储存的最好的燃料。

而最底层的粪层因靠近地表，沙土含量高，又硬又结实。加之又平摊着晾了一个夏天，撬起时跟水泥预制板一样平平整整。这些结实的粪板虽不能用做燃料，却是荒野里最重要的建筑材料。歌词说："用我们的血肉筑成我们新的长城。"羊们则是："用我们的便便筑起我们挡风避寒之处。"用这种硬粪板围筑的羊圈整齐又结实。否则的话，又能用什么来盖呢？野地空旷，一棵树也没有，一把泥土也没有，一块石头也没有，只有低矮脆弱的枯草稀稀拉拉地扎在松软的沙地上。

就连我们人的饮食起居之处——地窝子，也多亏了羊粪这个好东西。地窝子是大地上挖出的一个深两米左右的大坑。沙漠地带嘛，坑壁四周不垒上羊粪块的话，容易塌方。然后在这个羊粪坑上架几根檩木，铺上干草，压上羊粪渣，便成了"屋顶"。最后修一条倾斜的通道伸向这个封闭的洞穴。当然了，通道两壁还得砌上粪块挡一挡流沙。

连我们用来吃饭睡觉的床榻也是用粪块砌起的。我们根本就生活在羊粪堆里嘛。

"生活在羊粪堆里"——听起来很难接受，事实上羊粪实在是个好东西。它不但是我们在沙漠中唯一的建筑材料，更是难以替代的建筑材料——在寒冷漫长的冬天里，再没有什么能像动物粪便那样，神奇地，源源不断地散发热量。最深刻的体会是在那些赶羊入圈的夜里，北风呼啸，冻得眼睛都快睁不开了，脸像被揍过一拳似的疼。但一靠近羊圈厚厚的羊粪墙，寒意立刻止步，和平的暖意围裹上来。

刚到这里的第一天，傍晚时分风雪交加，坐汽车赶到的居麻又喝醉了，场面乱得一团糟。大家根本没工夫好好整理行李和住处。很快夜深了，大家非常疲惫，于是都和衣躺在几乎什么都没铺的粪堆上凑合了一宿。大家的脑袋统统抵着粪墙，翻个身，羊粪渣子就簌簌掉得满脸满脖子。要是有咧着嘴睡觉的习惯就惨了！不过即使是闭着嘴睡觉，第二天，还是……

好在经过休息，第二天大家都精神焕发，开始大力规整。垮塌的粪墙被重新砌起，裸露的粪墙上挂满了壁毯和绣毡。为了挂这些，得先往墙上敲钉子。但这样松软的"墙"哪能吃得紧钉子呢。总之件事最折腾了……到了下午，地窝子焕然一新，体面极了！羊粪块们被挡得结结实实，统统退居幕后。

不但人的房子是羊粪屋，牛也借了羊的光，牛棚也是羊粪砌的。冬天里，牛粪就派不上啥用场了。谁教牛粪那么湿，冬天里总是冻得梆硬……直到搬到干燥温暖的春牧场，牛粪才能代替羊粪，成为我们春天里的燃料。

总之，我们到达冬牧场后，第一件大事是收拾地窝子。因为人得睡觉啊。第二件大事是清理羊圈，因为羊也要睡觉啊……至于牛嘛，就先忍忍吧，毕竟数量上不占优势。

原先的羊圈只有居麻一家使用。现在与新什别克家合牧，陡然多了两百只羊，羊圈必须得扩张。第一天大家偷了个懒，只把原本一米厚的粪墙拆成了半米厚，等于只从里面掏了一圈。接着又拆去了一个原先专门留给更怕冷的山羊们居住的小"隔间"，又腾出来几个平方。可到了傍晚羊群回来时，大家试着往里赶，始终有百十只进不去……于是第二天，大家老老实实地拆了西面的粪墙重新砌，扩张了十来个平方。

居麻用十字镐把羊圈坚硬的粪地砸开缝隙。新什别克和小伙子胡尔马西（新什别克的弟弟）用尖头锹插进缝隙用力撬起粪板。加玛用方头锹把派不上用场的碎粪渣抛到墙外。我和新什别克的老婆萨依娜则徒手抱起大块的粪层递给嫂子。嫂子砌新墙。墙砌好后，多余的粪块都得运出去。我们几个女人用塑料编织袋一袋一袋地往圈外扛。干了整整一天。那个累啊！而且粪尘漫天，呛得满鼻子满嘴都是。大家不停咳嗽，脖子里也全是粪渣。这次清理，至少往下挖了一尺半深。

这一天顾不上放羊了，羊群自个儿在附近的荒野中移动。我们一直干到下午，仍远不能竣工。我的腰越来越疼，负重的时候，快站不起来了。但这种事说出去挺丢人，只好硬撑着。只是速度越来越慢。还好我发现大家也一样，到了中午时分，一个个都慢了下来。下午开始起风的时候，胡尔马西第一个甩手不干了，撑着铁锹把子呆呆地杵在那儿半天不动。很快，新什别克也以同样的姿势陪他一起杵。居麻默默地独自干了一会儿，突然"安拉"①一声，丢下沉重的十字镐，一屁股坐到地上。他先掏出毛巾擦了一把脸，再掏出烟粒匣子和报纸卷起莫合烟②来。我想，是时候了，抱怨一下腰的事情吧。但还没来得及开口，就见嫂子从口袋里掏出一长串东西——塑封的去痛片。她像分糖豆一样，给大家一人分了两粒。大家像嚼糖豆一样嚼嚼吞了。又是一阵沉默。我也沉默了。幸好，抱怨的话没说出口……

晚上加玛没和大家商量就烧了两大壶水，说要洗头。立刻遭到了父母的反对。居麻生气地说："明天还要干活，头发还要再弄脏，真是浪费水！"加玛翘起了嘴，但还是妥协了。沙漠里，水毕竟是珍贵的。

第二天接着大干了一整天，总算结束了这项劳动。一结束我和加玛就换了干净裤子（在尘土中骑了三天马，又干了两天活儿，都脏得发硬了），还额外烧了点热水好好洗了洗胳膊和脸。

可是，刚刚把自己收拾利爽，却传来噩耗：今晚羊群还是进不了圈，明天还得再扩大十个平方……

---

① 类似于"天啦"的叹词。
② 新疆特有散装烟粒。吸之前先倒在名片大小的纸上，再卷成条儿。

不要以为洗过脸，换了干净裤子就可以逃避劳动——我俩只好又沮丧地把脏裤子换回来。

第三天，大家一鼓作气，午茶之前就结束了全部劳动。一个个实在累得够呛，中午吃手抓肉时，没有一个人说话。

虽然劳动辛苦，值得安慰的是，这两天的伙食开得特好。每天都有肉吃！还有肉汤熬的麦子粥喝，而且麦子粥里还拌了酸奶糊……还有土豆白菜炖的风干肉块，而且还放了白油[①]……还有一顿是焖了肉块的抓饭。最重要的是，这几天的所有茶水里都煮了黑胡椒和丁香粒！哎哟——香喷喷！

羊圈呢，这回不大不小正合适。羊挤在里面，一只紧挨一只，转个身都很难。想必在漫漫长夜里这么挤着一定很暖和吧？所以说，并不是牧人偷懒，砌羊圈时不愿一步到位圈块大地盘——而是在寒冷的日子里，大羊圈其实并没有什么好处。所以得摸着石头过河，宁小勿大，一点一点地扩充。

虽然羊圈很合适了，但此后的每一个傍晚，赶羊入圈成了一件麻烦事。往往最后的十来只，得使劲推着它们的胖屁股塞啊塞啊，才能塞得进去。

去年离开时挖出来晾晒了一整个夏天的黑色纯粪块作为预备的燃料，全都乱七八糟堆在羊圈东面的斜地上。为防止将来被大雪盖住，不便取用，接下来我和嫂子又干了一下午，把它们统统挪到羊圈北侧墙根处，码成高高的、整整齐齐的羊粪台。

羊粪地板是撬完了，接下来面临的问题却是羊的"褥

[①] 羊尾巴上的大团脂肪提炼的白色油块。

31

子"太薄了。地气太寒，体弱的羊可能过不了冬。于是加玛、胡尔马西和我在接下来的两个晴朗有风的日子里干了整整两个下午，把沙窝地附近风化散碎的羊粪土收集了几十麻袋，拖进羊圈铺洒，稍微垫高了一些。这仍然不是最后。此后的每一天，当羊群出发后，留在家里的人都得把羊圈里墙根背阴处渍满羊尿的潮湿粪层翻起、铲开，堆在阳光下晾晒。到了晚上羊群快回来时再将它们重新摊开。并且每过几天，还要拖几袋羊圈外风化后的干粪土垫进羊圈。

四　冬牧场

南下跋涉的头一天上午,我们的驼队和畜群长时间穿行在没完没了的丘陵地带。直到正午时分,我们转过一处高地,视野豁然开阔,眼下一马平川。大地是浅色的,无边无际。而天空是深色的,像金属一样沉重、光洁、坚硬。天地之间空无一物……像是世界对面的另一个世界,像是世界尽头的幕布上的世界,像是无法进入的世界。我们还是沉默着慢慢进入了。

走在这样的大地中央,才感觉到地球真的是圆的——我们甚至可以看到大地真的在往四面八方微微下沉,我们的驼队正缓缓移动在这球面的最高点。

大约两个小时后,空旷的视野里出现了一长溜铁丝网。从东到西,拦住了一切。而我们继续前进。很久以后走到近前,才看到土路与铁丝网的交叉处有个豁口。穿过这豁口,我们继续深入大地的西南方向。走了很久很久以后,才看到这铁丝网的另外一面——仍然横亘东西,前不见头后不见尾。

在这荒凉的戈壁滩上,为什么要建造这么巨大的一个工程,圈起如此广阔无物的土地?

对此，居麻的说法是：为了能让戈壁滩变得跟喀纳斯（阿勒泰最著名的五A级景区）一样。不准我们的羊再吃草了，只让野马去吃，让黄羊（鹅喉羚）去吃，让草使劲地长。不然的话，内地人来了，就会说："都说新疆是好地方，其实啥也没有嘛，全是戈壁滩嘛！"——草也没有，野马也没有，也拍不成电视，也照不成相。太难看了！太丢脸了！所以一定要保护起来……

我估计这是基层干部们在给动迁的牧民做思想工作时给出的一个不耐烦的解释。

真正的原因大约是近几年推行"退牧还草"政策。防止过度放牧，所以进行圈划，分区轮牧①。

据说铁丝网要围五年，现在已经围了三年了。

我们的邻居一家四口，一对夫妻，一个小伙子，一个小婴儿。男主人就是新什别克。

刚到沙窝子时，我问居麻那家的女主人叫什么，居麻说不知道。又问那个小伙子叫什么，也说不知道。再问他们分别多大年纪，还是不知道。我大为奇怪："你们不是邻居吗？"

后来才知，今年是两家人开始做邻居的第一年，其实大家都不太熟的。

往年，眼下这块数万亩的牧场上只住着居麻一家人。而

---

① 其实游牧生产本身就是轮牧形式，通过不停地迁徙，令遭到破坏的植被得到有效恢复。但是如果牲畜过载，牧场不堪负荷，只好强行休牧，令其喘息。

新什别克家的牧场正好在铁丝网圈住的范围里。被勒令休牧后，虽失去了牧场，却得到了补偿金。于是他们用这补偿金重新租借牧场，继续放羊。这个冬天，新什别克共付给居麻家四千块钱的租金。因去年雪大，今年春天大地湿润，牧草额外丰足。因此对居麻家来说，四千块钱还是很划算的。

我又打听了一番，隔壁有两百多只羊，三十来只大畜（骆驼居多）。一整个冬天下来，每位才摊十几块钱的伙食费。真是节约标兵。

我们生活刚稳定下来不久，一个大雾的月夜里，两个迷路的不速之客带来了一个坏消息，正与这次租借牧场有关。

话说这俩人原本去北面的邻牧场，结果迷路了，闯入了我们的沙窝子。他们声称自己开汽车过来的，显然那辆汽车肯定不咋样，因为两人穿衣的架势跟骑马差不多。一位居然套着阔大笨重的生皮的羊皮裤。年轻点的那位像妇人一样裹着厚墩墩的宝石蓝色金丝绒挂面的羊毛马夹。两人急于赶路，传递完消息，又问清道路，茶也不喝就走了。客人走后，居麻激动又气愤，就此事逮着嫂子大声争论起来，还把嫂子当成对立方呵斥了半天。嫂子始终默默无语地提着纺锤捻羊毛线。

原来这块牧场并不是居麻一家的，原先属于三家人共有，大家是邻居，都住在这个沙窝子里。但其中一家多年前迁去了哈萨克斯坦，另一家也很快改行做起了生意。于是这些年来只有居麻一家守着这几万亩荒野，从没人过问什么。可草场刚租出去，做生意的那家就开始过问了。他家认为新什别克付的租金应该两家平分，便去乡领导那里告了状。居麻大怒，冲我嚷嚷："他自己又不来放羊了，怪我干啥？别说告到乡里，就是告到中央也是我有理！"可我觉得他实在没啥理。

这件事大家议论了两天，并商量好了说辞，坐等告状的那家前来理论。可人家才不傻，犯得着吗？骂个架跑这么远。调解委员会的自然更不会来了，公家那么穷，哪有钱报销汽油费。

这事似乎再无后话，大家松了口气。可我却始终不安，隐隐感觉到了牧场和牧人日渐微薄的命运。

传说中最好的牧场是这样的：那里"奶水像河一样流淌，云雀在绵羊身上筑巢孵卵"——充分的和平与丰饶。而现实中更多的却是荒凉和贫瘠，寂寞和无助。现实中，大家还是得年复一年地服从自然的意志，南北折返不已。春天，牧人们追逐着逐步融化的雪线北上，秋天又被大雪驱逐着渐次南下。不停地出发，不停地告别。春天接羔，夏天催膘，秋天配种，冬天孕育。羊的一生是牧人的一年，牧人的一生呢？这绵延千里的家园，这些大地最隐秘微小的褶皱，这每一处最狭小脆弱的栖身之地……青春啊，财富啊，爱情啊，希望啊，全都默默无声。

前来收购马匹的一位生意人告诉我：再过两年——顶多只有两年时间，就再也看不到这样搬家游牧的情景了！据说从明年开始，南下的羊群到了乌伦古河畔就停下，再也不会继续往南深入。

我大吃一惊："不会吧？这也太快了吧？"

我的反应很令他生气。他放下茶碗,庄重地面朝我说:"你觉得我们哈萨克受的罪还不够吗?"

我噤声。其实我的意思是,虽说这种古老的传统生产方式本身正在萎缩,但如此突然的大动作,对人们的生活和心理该是多大的冲击和摇撼啊。

过了半天我忍不住又问:"是真的吗?是谁说的?有正式的文件吗?"

他说:"文件肯定有,我们肯定看不到。反正大家都这么说嘛。"

居麻大喊了一个国家领导人的名字,又嚷嚷道:"是他说的!昨天给我打的电话!"

大家哄堂大笑,转移了话题。

其实我还想问:"你们觉得定居好吗?"再一想,真是个蠢问题。定居当然好了!谁不向往体面稳定、舒适安逸的生活呢?

荒野终将被放弃。牧人不再是这片大地的主人。牛羊不再走遍这片大地的每一个角落。本来就贫瘠单薄的植被,将失去它们最重要的养料——牲畜的粪便。而没有了成群牲畜的反复踩踏,秋天的草籽也失去了使之深扎土壤的力量。它们轻飘飘地浮在干涸的沙地上,扎不下根去,渐渐烂朽,然后在春天的大风中被吹散。脆弱的生态系统越发脆弱。荒野彻底停留在广阔无助的岑寂之中……荒野终将被放弃。

而在北方,在乌伦古河两岸,为满足牧人定居后的需求,大量的荒地将被开垦成农田,饥渴地吮吸唯一的河流。于是河流渐渐断流,下游的湖泊萎缩,从淡水湖转变为盐水湖。鱼类面临灭顶之灾。为了让停止南迁后的畜群度过漫长寒冬，人们无法遵循贫瘠土地只能种两年停一年的轮耕法则，只能在有限的土地上大量投入化肥，催生肥大多汁的草料。另外，还有定居导致的地下水的抽取，还有生活垃圾的污染……这些还有什么可说的呢？

居麻一喝醉了就骂我滚。我要是有志气，应该甩开门就滚。可甩开门能滚到哪里去呢？门外黄沙漫漫，风雪交加。无论朝着哪个方向，走一个礼拜也走不到公路上去。况且还得拖个比我还大的行李。况且还有狼。只好忍气吞声。

我刚进入这片荒野的时候，大家给我安排的工作不是太多。每天下午干完自己的活，趁天气好，总会一个人出去走很远很远。我曾以我们的黑色沙窝子为中心，朝着四面八方各走过好几公里。每当我穿过一片旷野，爬上旷野尽头最高的沙丘，看到的仍是另一片旷野，以及这旷野尽头的另一道沙梁。无穷无尽。——当我又一次爬上一个高处，多么希望能突然看到远处的人居和炊烟啊！可什么也没有，连一个骑马而来的影子都没有。天空永远严丝合缝地扣在大地上，深蓝，单调，一成不变。黄昏斜阳横扫，草地异常放光。那时最美的草是一种纤细的白草，一根一根笔直地立在暮色中，通体明亮。它们的黑暗全给了它们的阴影。它们的阴影长长地拖往东方，像鱼汛时节的鱼群一样整齐有序地行进在大地上，力量深沉。

走了很久很久，很静很静。一回头，我们的羊群陡然出现在身后几十米远处（刚到的头几天，无人管理羊群，任它们自己在附近移动），默默埋首大地，啃食枯草。这么地安静。记得不久之前身后还是一片空茫的。它们是从哪里出现的？它们为何要如此耐心地、小心地靠近我？我这样一个软弱单薄的人，有什么可依赖的呢？

在这无可凭附的荒野，人又能依赖什么呢？我们安定下来的第二天，就在沙窝子附近的沙丘最高处插了一把铁锨，挂了一件旧大衣。远远看去，像是站了个人在那里——用以吓唬狼。刚驻扎下来时，有寻找骆驼途经此地的牧人绕道前来提醒：前几日，两只狼在大白天里袭击了羊群，咬死了四只羊。

从此，这个假人成为我们的地标。无论走多远，只要回头看到它还好端端地站在那里，心里便踏实。反之则心慌意乱，东南西北一下子全乱套了。尤其是阴天里。

略懂汉语的居麻对"迷路"一词的翻译是"忘了"。他说："今天下午嘛，我又'忘了'。羊在哪个地方，我在哪个地方，这边那边，不知道了嘛！"

我试着打听过我们待的这个地方叫什么地名，但这么简单的问题，居麻却怎么也领会不了。于是直到现在我都没弄清自己到底在茫茫大地的哪一个角落度过了一整个冬天……只知道那里位于阿克哈拉的西南方向，行程估计不到两百公里。骑马用了三天。紧挨着杜热乡的牧场。地势东高西低。据我的初步了解，这一带能串门的邻居（骑马路程在一日之内）有二十来户。每户人口很少有超过四个人的。总共十来块牧场，每块牧场面积在两万至三万亩之间。大致算下来，每平方公里不到二分之一个人。后来我在牧畜局查了一下有关数据，密度比这个还小。整个富蕴县的冬季牧场，每平方公里不到四分之一个人。

放下茶碗，起身告辞的人，门一打开，投入寒冷与广阔之中；门一合上，就传来了他的歌声。就连我，每当走出地窝子不到三步远，也总忍不住放声唱歌呢！大约因为，进入荒野，当你微弱得只剩呼吸时，感到什么也无法填满眼前的空旷与阔大时，就只好唱起歌来。只好用歌声去放大自己的气息，用歌声去占据广阔的安静。

加玛一直戴着一对廉价又粗糙的红色假水钻的耳环。才开始我觉得俗气极了。很快却发现，它们的红色和它们的亮闪闪在这荒野中简直如同另外的太阳和月亮那样光华动人！

另外她还有一枚镶有粉红色碧玺的银戒指。这个可是货真价实的值钱货，便更显得她双手的一举一动都美好又矜持。

我还见过许多年迈的、辛劳一生的哈萨克妇人，她们枯老而扭曲的双手上戴满硕大耀眼的宝石戒指。这些夸张的饰物令她们黯淡的生命充满尊严，闪耀着她们朴素一生里全部的荣耀与傲慢。——这里毕竟是荒野啊，单调、空旷、沉寂、艰辛。再微小的装饰物出现在这里，都忍不住用意浓烈、大放光彩。

有一天加玛在一件旧衣服的口袋深处摸到了一枚假金戒指。当时已经挤得皱皱巴巴，拧成了一团。居麻把它掰直了，再套在一根铁棍上敲敲砸砸一番，使之恢复了原状。为表示友谊,加玛把它送给了我。我非常喜欢,因为它看上去和真的金子一模一样。若是以前,我说什么也不会把这样的假东西戴在手上的。可如今,在荒野深处这个俭朴甚至寒碜的家庭里,在仅备最基本日常用具的生活里,在空无一物的天地间,它是我唯一的修饰,是我莫大的安慰。它提醒自己是女性,并且是有希望和热情的……每当我赶着小牛向荒野深处走去,总是忍不住不时用右手去抚摸左手的手指,好像那枚戒指是我身体外部唯一的触角,唯一的柄持,唯一的开启之处。在蓝天下,它总是那么明亮而意味深长。

十二月初,每隔两三天,就会有南迁的披红挂彩的驼队①和羊群遥远地经过我们的牧场。我和加玛高高站在沙丘上,长时间目送他们远去。默数他们的骆驼数量,判断他们的财富。什么也不为,什么也不说。他们的行进真是骄傲又孤独。在荒野中他们最倔强。

有一天早茶后,加玛唤我出去。我一看,又一支队伍经过西面的荒野向南慢慢行进着。但是加玛又提醒我:"看,没有马。"仔细一看,果然,队伍里只有一个人步行牵着驼队,同时还兼顾赶羊。看来看去再也没有别的人了。比起之前几支又是摩托车又是座饰华美的马匹的队伍,这可真寒碜啊。加玛判断道:没有马是因为他家昨夜驻扎时,马跑散了;只有一个人前进是因为其他人都找马去了。

无论如何,那情景让人看了很是辛酸。这是荒野,什么样的挫折都得接受,什么样的灾难都得吞咽。

---

① 迁徙是重要的仪式,负重的骆驼会被极力修饰。

五　地下的家

　　我和嫂子步行去西面荒野尽头的沙梁下采雪，途中发现一个巨大的洞穴，洞口有足球那么粗！比夏牧场的旱獭洞还大。说明这个穴居者的体态至少大于旱獭吧？会是什么大家伙呢？我所能猜到的只有野鼠和兔子……而野鼠洞顶多鸡蛋粗细，兔子洞也只比拳头大一点。

　　洞口呈n形，洞壁光溜齐整，探头看进去，洞壁左侧还旁开一洞——还是两居室呢。嫂子额外注意到这个家伙留在洞口沙地上的脚印，竟如乒乓球般大！

　　晚上，放羊回来的居麻听了我的描述，肯定地说："狐狸洞！"

　　原来狐狸也住在地下啊。

　　于是又想到了狼。在这荒野中，狼也总该有个躲风避寒的地方吧？莫非也在地下？

　　居麻说："是啊。"

　　于是我开始想象自尊心很强的狼刨坑挖洞的情景……想象不到。

　　没有铁锹，没有规划图。动物们的安居工程进行得神秘而孤独。

我又问:"难道它们只能住在地下吗?"

居麻说:"我们不也是住在地下吗?"

我一想:是啊!在这样的大地上,舒展起伏,没有高大的植物,没有坚硬的岩石。黄沙漫漫,一切坦曝无余,无可遮蔽。还能依傍什么栖居呢?当然只有深入大地了。大地是最有力的庇护所。

那么鸟儿们呢?地上的动物还好说,有四个蹄子,前两个蹄子刨土,后两个蹄子把土往后推,怎么着也能刨出一个坑来。鸟却只有两只细爪子,连趾蹼都没有……

恐怕只有植物才生活在地表了。但植物不也把根紧紧扎在大地深处吗?

是的,唯有在荒野中,人才能强烈体会到一个词:地心引力。大地是巨大的磁石。生命的世界只有薄薄一层,像皮肤紧紧贴附在大地上,一步也不敢擅离。哪怕是鸟儿,有翅膀的鸟儿,大多数时间也是双脚漫步在大地上的。就算鸟儿飞过,也是紧贴大地低低掠过。真的,在荒野里,我很少在天空中看到鸟儿的身影。无论鸟鸣声多么欢快纷杂,让闻者如临森林。

对了,狗倒是睡在地面上的——它一整个冬天都卧在地窝子顶上的烟囱边。屋顶是它的地暖。虽然屋顶总是被它踩得忽闪闪地掉渣儿,喝茶的时候时不时有粪渣、枯草落进我们的茶碗。但大家谁也没有想过赶它挪窝,甚至连一声呵斥都没有。

我们的家陷入大地两米深,面积不到二十个平方。门朝东南方向。屋顶西侧还开了一面足球大小的天窗，蒙了一小块塑料布——采光还算不错。四壁整齐地砌着羊粪块。炉子是用大半个汽油桶改造的，容量很大，足够把房间烧热。尽管如此，离炉子不到一米远的地方，我挂在那里的洗脸毛巾总是冻得硬邦邦的。牙刷也总被冻在口杯里（每次刷完牙，杯底难免残留几滴水），每次刷牙时都得用力把它掰出来。

厨具放在进门的右手边，这个家庭中产生的一切纸张——一只破掉的手提袋，两份皱巴巴的彩版汉文报纸，美术专业的大女儿乔里潘废弃的一张八开画稿，食品包装盒里的一份说明……全都被加玛细心抚平，以这些有限的材料想方设法地美化那面寒酸的粪墙。并在那些纸上挂了几面精美的绣花袋，分别装着盐、茶叶和针线杂物。

走下通道，一进门，得跳下一尺多高的台阶。门对面就是床榻。房间有多长，床榻就有多长。它三面抵墙，宽两米多，上面铺了几面图案热闹的旧花毡和旧地毯。它是我们日常起居、待客和休息的主要场所。那三面墙上挂着壁毯和漂亮柔软的布料，使房间显得体面而温馨。这也是加玛布置的，嫂子和居麻丝毫没有插手。年轻姑娘就该做这些事情，并且做这些事情时，会得到充分的尊重。没人指手画脚，说三道四。

加玛心灵手巧，欢乐热情。她竭尽所能地美化我们的家。哪怕一只废弃的塑料酱油瓶她也舍不得扔弃——她将瓶顶截去，做成一个筷筒。并且哪怕是如此简陋的筷筒，她也费尽心思修饰——她把筷筒边缘剪成了锯齿状。

说实在的，当我第一眼看到这个家时，并不抱太大信心。

那是南下跋涉的最后一天。之前和散骆驼们斗智斗勇了五六个小时，气得我两眼喷火，嗓子都喊哑了。眼看着加玛牵着驼队越走越远，并又一次消失在一道沙梁的背后——和之前无数次一样。我急于追上大部队，根本没想到已经到地方了。那时我刚把东边的三峰骆驼追回正道，又去阻击西面的两峰。而正前方的一峰正鬼鬼祟祟往后看，准备瞅空子开溜。我已经筋疲力尽，膝盖、腰胯和大腿内侧因马匹奔跑被颠得疼痛难忍。但仍强撑着打马奔突，骂骂咧咧。当我赶着最后两峰降伏的骆驼登上那道沙梁顶端时，一眼看到下方的驼队停了下来！加玛已经下马了，站在那里收拾骆驼缰绳……一时我喜极欲泣。从此再也不用赶骆驼了，不用早起赶路了，不用天天露宿野地了！我们到了！

眼下是一块突兀的黑色沙窝子，有一个旧年的粪墙羊圈和三个低矮破旧的地窝子（其中一个是牛棚）。我们将在这儿展开整整一个冬天的生活。

我身手敏捷地自个儿就下了马（穿得太厚，之前都得让人扶着下），牵着马（此地没马桩）就往地窝子跟前凑，却只看到门框和窗洞歪七倒八，木门破烂开裂，通向地窝子的狭窄通道被两侧坍塌的沙堆堵得结结实实。而另一个地窝子门边的羊粪墙塌了一半，里面黑乎乎的，天窗也塌了，入口处的台阶下积满流沙……情形凄凉极了。这算是个什么家啊！连我的马都很不满意，只探头看了一眼就立刻偏过脸去。

45

可两天之后就大不一样了！男人们像摆弄玩具一样，三下两下就修好了所有的破损之处。还在巴掌大的天窗上蒙了一张新的塑料布，房间顿时亮堂起来。门上的裂缝用碎毡片补好，门框下塌空的地方重新填补整齐。居麻和嫂子赶着骆驼去北面很远的地方驮来了几袋土（我们居住的地方没有土，全是沙子地）和成泥，把破碎的炉基糊得光溜溜的。干这些活儿时的居麻看上去认真而耐心，和头天醉酒时的丑态判若两人。

花毡铺开，壁毯挂上。加玛又给一切露在外面的家什披上绣着花的盖头——被垛、衣物、小铁皮箱、电瓶、音箱（插卡或插U盘的那种播放器）……于是一切都羞羞答答、温情脉脉地统一了风格。

一天居麻干完牛棚的活回家时，拿着一个掌心大小的脏兮兮的塑料钟，说在老牛棚里捡到的。那牛棚十年前曾是另一家邻居的地窝子。他耐心地擦洗干净，又找我要了一节旧电池（为省去充电的麻烦，我特意带了一个使用五号电池的数码相机和一堆电池进入冬窝子。因天气太冷，特费电池，没几天就得换一轮。换下的旧电池虽然不能带动相机了，但是它们剩余的能量维持闹钟、遥控器或儿童玩具之类的小电器的运行还是绰绰有余的），装上一看，果然能走！他很高兴，说："这是牛的表！既然牛不要了，那我们就要吧！"于是我们都叫它"牛表"。一直被端正地摆放在音箱上，和房间里任何物什相比都毫不逊色。总之，这个家的功能和外观迅速完善起来了。

连我们的马也喜欢上了我们的地窝子，它们每天一回家就堵在门口不走。它们知道，从这里面走出的人最富裕——他们有一种神奇的口袋，装着好吃得不得了的玉米粒。

隔壁地窝子的原主人休牧多年，他家地窝子空了许多个冬天，快塌了一半了，境况更惨。但人的意愿使之又重新敞开，重新稳当地支撑起一方温暖整齐的空间。

哪怕生活在如此局促的地坑中，生活也绝不能马虎。新什别克的老婆萨依娜出发时还特意把九岁的女儿获得的"新学年进步奖"的小奖状带在身边。收拾好房子后，将其端正地贴在一进门右手边挂钟下的醒目位置。这样一来，前来做客的人们就会知道这家还有个优秀的女儿。虽然在荒野中，客人少得可怜。

新什别克家的木门内侧写着歪歪扭扭的四个极大的汉字：太谢谢呢！署名也是汉字，稍小一些：夏衣玛尔旦·孜亚。夏衣玛尔旦是谁呢？他在感谢谁呢？这似乎是他离开前的一句留言，留给所有经过这片沙漠，误入这片沙窝子，但是没有破坏这个房间的人。

曾经作为孩子的夏衣玛尔旦已经长大了吧？他的家庭远离了羊群，他也永远离开了冬窝子。他把这个曾经珍爱过的家抛弃在了沙漠深处。他的丰茂拥挤的童年，他的强盛有力的成长，他的浓墨重彩的欢喜悲伤……全无踪影。只剩这两行汉字。歪歪扭扭，仍富于希望。

沙窝子东面沙丘的最高处立着一座好几米高的三脚铁架。居麻说是去年夏天勘探石油的工程队立在这里的，大约是底下有石油的标志。那些野外工作人员经过茫茫大地来到这里,取样测量,立下架子。不知他们离开前会不会也来我们的地窝子边瞅几眼,为之惊奇或叹息?无论如何,他们也没有破坏这两个脆弱的房子。

地窝子头埋得低低的,一动也不敢动,蜷缩在冬天的缝隙里,看起来窘迫、寒酸,但其实是宽容又有力的。它不但是人的居所,也是小虫子们的栖身地。哪怕在最冷的日子里,苍蝇、屎壳郎和蜘蛛仍围绕着我们频繁活动。隐秘的角落更是爬虫和小飞虫的天下。这个温暖的洞穴庇护了多少寒冬里幸存的生命啊。

冬日里羸弱的病羊和初生的牛犊也会被请进我们的地窝子,和我们一同生活,度过一个又一个寒冷的长夜。它们安静又坦然,像是比我们更习惯这样的生活。我们的猫对它们的存在尤为兴奋,整天为它们表演爬柱子。羊和小牛便静静地欣赏。如果猫借机渐渐靠近的话,它们则立刻翻脸,起身顶它。于是猫迅速撤退,以一只鞋子为掩体(只能掩住它的半个脑袋)观察它们的下一步动静,并做好奇袭的准备。

有一天我的手机从挂在墙上的背包里掉到地上,小牛默默啃了一夜。本来一直关机的,硬是被啃得开了机。居麻说:小牛想妈妈了,想给妈妈打电话了。

在这个地窝子里,每天早上,每一个人都依恋着热被窝。嫂子早已经生起炉子,烧好了茶。她一遍一遍地唤父女俩起床,可谁也叫不答应。她叹口气,只好也钻进居麻的被窝躺下来。另一边的加玛也离开自己的被窝硬凑了进去，三个人挤得紧紧的。居麻没办法，只好起来，一边穿衣，一边嘟囔着"坏女孩""坏老婆子"。

而到了晚上，已经很晚了，谁也不愿立刻睡觉。就着昏黄的太阳能灯泡，加玛绣花，居麻为大家朗读旧的哈萨克文报纸，嫂子捻羊毛线，我看书、做笔记，小猫东扑西颠，练习捉老鼠。茶壶在铁炉子上咕嘟嘟响了很久很久以后，居麻叹口气："喝茶吧。"嫂子便放下手里的活计，铺开餐巾摆开碗，大家围坐一圈静静地喝茶。随着蓄电池电量的流逝，灯光越来越暗。突然居麻大叫一声，指着我脚边。我一看——为斟茶方便，我把奶碗放在身侧而不是餐布上。没提防梅花猫这家伙悄悄凑过来，埋头碗里"吧唧吧唧"舔得正痛快。餐布上是人的地盘，猫从不侵犯，否则就得挨揍。但餐布之外它可随意闯祸，总会得到原谅（唉，要怪只能怪自己粗心，乱放东西）。我惊叫着打开猫，大家都乐了。仅剩的牛奶就这样被猫糟蹋了，多可惜啊。没想到大家却一点儿也不嫌弃，照旧勾奶兑茶。是啊，它粉红的小嘴巴怎么会脏呢？它还是只小婴儿猫呢。

茶也喝完了，报纸也读完了，居麻想了又想，把他的铁皮盒子从床头小台案上端下来，开始第一百零一次清点他的宝贝。那个铁盒子里存放着这个家所有较为贵重的物品，如强力胶、替换灯泡及大大小小各种螺丝螺帽。还有一大沓表格、字条、欠条之类，统统皱皱巴巴。我随手捡出一张一看，居然是缴话费的回执单，这留着有什么用呢？……翻着翻着，突然掉出来一只重重打结的塑料袋。我好容易解开一看，却是一小包莫合烟粒！居麻大喜，抓过去紧抱怀里，大声说："我的！这是我的！"于是这次清点很有收获。

我非常喜欢阴天，因为阴天大多是暖和的。而且阴天有可能是下雪的前兆。如果下了雪，会缓解旱情，我们就不用那么辛苦地去很远的地方背雪了。最重要的是，阴天的话，太阳能蓄电池工作量低，电量很快就用完了，我们就可以早早地睡觉……

长夜漫漫。哪怕已经睡下了，仍得很久很久才能抵达天亮。半夜里起来上厕所的人会顺便掏一次炉子，再给空炉膛填满羊粪块。太冷了。下雪前的阴天里，居麻更是因关节炎一整夜不能安眠，不时地起身吃阿司匹林、卷莫合烟，咳个不停。嫂子长久地磨牙，并在睡梦中呻吟——哪怕在睡梦中她都不能远离病痛。加玛紧挨着我睡，时不时踢我一脚。梅花猫则努力寻找一切可能的缝隙，想钻进我的被窝……一整夜，不时在深深的黑暗中醒来，却少有焦虑。地窝子里那么安全，又安宁。

作为一个郑重的家，这家里的生活也是郑重的。哪怕只是出去放个羊，居麻也会花很长时间把靴子擦得锃亮。如果哪天早上嫂子突然取出干净衣服给他替换，他更是高兴得唱老半天歌，一直唱到放羊回来为止。

因天天烧羊粪，烟大灰多，檩木上没几天就会铺积厚厚一层。有冒失的牲畜踩过屋顶时，烟灰就簌簌往下掉，四处纷纷扬扬。于是在暖和的日子里我们会来一场大扫除。大家一起动手，先把床榻上所有的东西搬到外面。不能挪动的就用塑料布、编织袋盖起来。加玛穿着脏衣服，裹着头巾，高高举起扫帚把把所有檩木扫一遍。嫂子在外面抡起一面面花毡在雪地上用力拍打。把灰尘拍打干净后再一卷一卷抬回地窝子原样儿布置起来。顿感房间清爽多了。

房间里的地面原先是沙土地，被居麻糊了一层泥巴后，结实了许多。但时间长了，泥块会被踩得坑坑洼洼，开裂剥脱。尤其墙根破损处，少了泥巴的阻挡，时不时像流瀑布一样流着沙子。居麻一有空就和泥巴修补。没等冬天过去，那三大袋土全都用完了。

而加玛一有空则抬起小笤帚打扫地窝子门外的空地。所谓扫地，也就是把沙地上乱七八糟的脚印抹去，再扫出整齐顺眼、丝缕有序的痕迹。

来注射疫苗的兽医离开时，嫂子托他将一大包我们平时舍不得吃的好东西捎到春秋定居点的家中。定居点生活着奶奶、加玛（那时她已经过去了）和放寒假回家的另外三个孩子。我觉得很奇怪，那边交通便利，村口就有小杂货店，想吃什么自己出门去买嘛。而冬窝子里，有钱都没处买……这边毕竟深在荒野，应该从那边往这边捎东西才对！

但再一想，不对——这边才能算是真正的家。虽然没有牢固的房屋，没有体面的家私，没有便利的生活……但是，羊群在这边，牛、马、骆驼都在这边，所有的财富和希望都在这边。这边才是最踏实的所在。而乌河之畔的那个家，那个水泥和砖块砌的整齐高大的房子，则是单薄、冷清的，它只是一处附属之地，只能依托这边而存在。

有趣的是，兽医来时，那边托他捎来的东西是一大包油饼。兽医走时，这边托他送过去的东西，仍是一大包刚炸好的油饼……何必呢……

记得在羊群南下的途中，我和加玛领着驼队先赶到驻地，抢在大部队到来之前搭好简易帐篷，烧好热茶。一切就绪后，加玛认真地收拾着临时栖身的帐篷。可那又有什么好收拾的？照我看，简陋得无可救药了……然而等我在附近转了一圈回来，我们的帐篷顿时变了副模样——所有被褥叠得整整齐齐（之前我觉得反正被子很快就会被拉开睡觉，叠它干嘛），而且和传统的房屋布置习俗一样，食物厨具放在入口的右手边。碗筷下还垫了只塑料袋。那只袋子是家里所有袋子里最干净的一只，被叠得四四方方，整整齐齐……这才是个家啊。虽然这个"家"只在此处停留六个小时就会被拆除。那时我想到，等赶着羊群和大畜的男人们到"家"后，看到这幕温馨的情景，一路受苦的心该是多么柔和喜悦啊。

六　冬宰

我们安定后的第一件大事是收拾羊圈，第二件大事就是冬宰。

居麻说：今年的冬宰，我们家要宰三只绵羊，隔壁要宰一匹二龄母马。

又说：宰一匹马，差不多也顶三四只羊吧。

冬宰是每户牧民入冬前的重大战备行为。在接下来漫长的整个冬天里，以及再接下来的整个春天和小半个夏天里，香喷喷的风干肉是贫瘠生活的最大安慰。就算是已经定居在城市里了，有许多哈萨克家庭至今仍保持着这个传统。他们在入冬时，仍会购买活畜宰杀储备过冬。为此家家户户除了冰箱外，都会另外购置冷冻容量更大的冰柜①。冬宰那段时间，在城市每一个住宅小区的绿化带边，宰杀后的羊悬挂在公用运动器材上，剥皮、卸肉块、清理内脏，再用喷枪烧羊头羊蹄……这些情景内地人可能会难以理解，本地人已经司空见惯。

选择初冬时节大规模宰杀牲畜真是再合理不过了。首先气温一天冷似一天，可以安全贮存；其次羊群刚从夏秋牧场

---

① 早年是拴根绳子挂在窗户外冻着，现在物业肯定不同意。

出来不久，掉膘情况不严重；最后嘛……这是我的想法：在漫长又贫瘠的冬天里，正好省下几只羊的口粮。

第一天宰马。虽然亲眼目睹一个生命的结束是很难受的事，但我还是准备好了勇气。可是，眼看就要开始宰了，加玛却拉我去背雪！真是急死人……而且雪又装得过多，压得我差点站不起来。等我三步一小歇五步一大歇地翻过重重沙丘，扛着雪走向家中时，远远看到马已经倒下了！急得扔了雪袋就跑。跑到近前，血已经放干净了。马儿平静地睁着眼睛，一动不动。

好在总算赶上了第二天的宰羊。

那么多羊，捉的时候似乎也没有什么特别的选择。依我看，逮着哪只算哪只。羊群显得比平时更为惊恐、警惕，好像看出了这次不像是被抓去抹"灭虱灵"那么简单。那个倒霉蛋都已经就擒了仍不肯消停，上蹿下跳，叫得撕心裂肺。居麻紧紧揪着它脖子两侧的毛把它拖到地窝子前的空地上，再吩咐我把洗手壶拎来。然后他掰开羊的嘴，让我提着壶往它嘴里灌了一口水。他解释说，这只羊今天还没有"吃饭"呢！

——原来，不能让它空腹而死，不能让它的灵魂太委屈。……可是，就喂了点水，也太象征性了吧？也太好打发了……

接下来开始做巴塔[①]。巴塔也做得极其迅速，半句话不到就结束了，话音刚落就抽刀子……也跟打发一样。我都懒得问他说的啥意思。

[①] 祈祷、祷辞之意。宰畜之前做巴塔是哈萨克人的传统仪式。

不久后肉熟出锅，居麻带领大家做的餐前巴塔也是如此作风，飞快地嘟噜了一句什么，嘎嘣一下就完了。

那么羊听到了吗？羊谅解了吗？这是一个被宰杀者看着长大的生命。宰杀它的人，曾亲手把它从春牧场上的胎盘旁拾起，小心装进准备已久的温暖的毡袋，再小心系在马鞍后带回家……宰杀它的人，曾漫山遍野带着它四处寻找最茂盛多汁的青草，当它迷路时，冒着雨把它找回……曾一次又一次给它抹灭虱的药水，处理发炎的伤口……寒冷季节到来之前，领它去往开阔暖和的南方旷野……这些羊都记得吗？宰杀它的人，又有什么仇恨和恶意呢？大约生命的事情就是这样的吧：终究各归其途，只要安心就好。

我喜欢的哈萨克作家叶尔克西姐姐的文章里提到过宰羊之前的一些巴塔。她翻译如下：你不因有罪而死，我们不为挨饿而生。

话说冬宰第一天，一宰完马大家就开始拾掇马肉。血放完后，男人们从蹄部开始剥皮。剥到马肚子时，胡尔马西用拳头在马皮和皮下脂肪之间一拳一拳地砸，使马皮完整地剥离马的躯体。然后他摊开马皮，把整个脱皮的马身子堆在上面分解。这样，从宰杀到分卸，马肉始终不与异物接触。可直接入锅，不必额外清洗。

新什别克兄弟俩清理内脏，两个主妇去远处洗肠子肚子。居麻把大块的马腿肉抬进地窝子旁边的毡房（我们的储藏间）里，悬挂在房架子上拆卸。地窝子里，加玛为大家准备饭菜，把热乎乎的新鲜肉块切了一大盆。我呢，就到处帮忙打打下手喽。

打下手我不反对。但他们总安排我干一些血淋淋的事情——握住剥了皮的马蹄啊，扯内脏啊，抠马皮下的肋骨啊，运送肉块啊……而刚宰杀的牲畜内脏还是滚烫的，还有生命的热量，握在手里似乎还在痉挛，加之鲜血四溢……我很不情愿，又无法拒绝。

多亏隔壁的小婴儿喀拉哈西醒来后哭得惊天动地，大家又安排我去带孩子……没过一会儿，我又宁可去干那些血淋淋的活儿！带小孩子真是比什么都累！你一哄，她就笑，你一停，她就哭。我得跟猴子一样不停地上蹿下跳才能稳住她的情绪。不晓得萨依娜平时怎么带的，显然没我这么折腾。

半岁多的女婴喀拉哈西是个好孩子。无论哭得多么悲惨，只要一有人从外面走进地窝子就立刻止住哭泣拍手大笑。她似乎也知道今天是什么日子。大人们的异常忙碌总是意味着中午和晚上的盛宴与欢乐。

就这样，一匹清晨还在旷野中自在奔跑的马儿，中午就散成了一堆骨肉。大家收拾了整整半天。卸成块的马肉和马骨被均匀地抹上了黑盐以制作风干肉。马肋骨和皮肉间零星的碎脂肪也一点不落地塞进马肠子挂了起来。

大家都辛苦了。中午新什别克家的饭桌上除了加玛的炒肉块，还多了包尔沙克[①]、奶疙瘩和一碟杏干。

我从不吃马肉的，大约因为马的性情刚烈吧？不像羊啊鸡啊什么的，温驯而意愿微弱。但今天决定破戒。倒不是犯

[①] 油炸的面食。

馋了，只是感到这种历经祈祷后的宰杀令人安心。眼下这个大盘子里盛装的仅仅只是食物，是马儿留给我们的最后的力量，帮助我们度过长冬的力量。

因为我们一家也参与了劳动，晚上萨依娜端过来一大盆鲜肉块、卜水、塞着肋骨的马肠，以示谢意。

萨依娜走后，居麻满意地对我说："马肉，好东西！比羊肉好！劲儿大！"劲儿大的意思大约是马肉提供的能量更多。

我问为什么。

他说："因为马比羊劲儿大！"

奇怪的逻辑……

晚上，嫂子把分给我们的马肉剁碎，用来做一种类似饺子的食物。真好吃啊！煮了一大锅，剩下的第二天早上热一热继续吃。虽然在水里泡了一整夜，面皮都已经糊了，但还是那么香。从不吃隔夜饭的我也吃了一大碗。

第二天轮到我们宰羊，新什别克家也全体上阵，帮我们处理完了三只羊。我呢，这一天依旧带小孩……结束劳动后，我家同样也端过去一大盆羊肉和羊杂作为答谢。晚上，我们煮了相当分量的一大锅羊肉和麦子粥与新什别克家分享。大家吃得心满意足，一个劲儿地喝凉水。

结束时，加玛一手持壶一手端盆为大家浇水洗手，但胡尔马西却不洗，示意加玛取下门边挂的皮制马具给他。只见他用马具上的皮制小配件仔细地勒过指缝，把手掌各个角落的羊油吸得干干净净。油立刻渗进了皮子。我觉得很有趣，也试着这么做。两家男主人哈哈大笑。但接下来大家也都这么做了。又省水，又保护皮具，一举两得。

居麻说，同样在矿上（矿业是我们这个县的支柱产业之一）打工，为什么口里人（内地民工）能存起钱来而哈萨克小伙子一年到头一分钱也存不上呢？——因为哈萨克人离不开肉，不吃肉就没力气。而那些口里人，天天吃馍馍喝稀饭就可以了！他表示很佩服口里人。

羊肉、羊骨头、羊下水全处理完毕，只剩三个羊头随意扔在床榻一角。脸靠着脸，睁着眼睛看向一处。无论羊临死时显得多么地不情愿，死之后，眼睛和神情却如此温和平静。我们忙忙碌碌，进进出出，不时经过它们。有时甚至紧挨着它们坐在一起。和加玛聊天时，我一边说话，一边无意识地抚摸它们依旧额发光洁的脑门，却没一点"这是尸体"的意识。高兴的时候，我还会双手揪着它的耳朵提起来，冲它大声说："你现在还好吗？"

几天后，偶有空闲的嫂子在外面的空地上生起一堆羊粪火，找来一根木棍插进羊头的喉管里，架在火上燎烧羊毛。只烧了一会儿，它们就闭上了眼睛。

至于宰杀时接住的一大盆血，全冻成了冰坨子，扔在远处的雪地里。作为狗唯一的零食，被舔了一个冬天。一直到二月份天气暖和时，才舔干净。

七　唯一的水

　　出发前,我妈羡慕地对我说:"这个冬天你可以喝到最好的水了!"我也深以为然。因为冬窝子位于沙漠地带,唯一的水源来自雪。雪水多好啊,是天上掉下来的蒸馏水。而阿克哈拉位于乌伦古河畔的戈壁滩上,饮井水,碱极重。这些年水位下降,并越发咸苦了。用这样的水来烧汤的话简直不用再放盐,洗出来的衣服也泛着厚厚的白色碱纹。

　　可实际上呢……沙漠里的水,味道是不坏,甚至还算非常甘爽,没有一点咸味或异味。但其透明度……若在以往,这样的水我看一眼都会吓晕。

　　去年是雪灾之年,而今年则出奇地大旱。只在十一月末有一场像样的雪,接下来一直到十二月底还没啥动静。好容易某个深夜里纷纷扬扬下了一阵,瞬间大地上就白了。可第二天早上满怀希望出门一看,仍然是个黑乎乎的沙窝子——总是雪后紧接着又起风。我真嫉妒东面的牧人,雪一定都被吹到他们那里去了。

　　好在大风过后,沙丘的洼陷处及草根处多少会积留一些残雪。但很薄,顶多一两公分。这样的雪,我收集半个小时,化开后的水还不够洗一双袜子。又由于是风吹来的,一路上和沙土、枯草和粪渣紧密团结在一起……化开后浑浊不堪。锅里总是沉积着一寸多厚的沙子（难怪背着那么沉！）、不忍细数的羊粪蛋，甚至还会出现马粪团这样的庞然大物……就算完全沉淀干净了，水的颜色也黄红可疑——未必比我袜子干净。

然而再想，袜子毕竟是臭的，这水尝起来啥味也没有，肯定比袜子强多了。喝吧！

并非我们采雪时不细心，如果像修表一样小心翼翼地收集，倒是能弄得纯粹一些。可那样的话，一个礼拜也装不满一袋子。

我用一只盘子把被风吹得紧致结实的积雪一小块一小块地齐根铲起，倒进编织袋。加玛用一只水勺像舀水一样舀着装。嫂子直接用扫把呼呼啦啦扫成一大堆再装……加玛的速度是我的两倍，嫂子的速度是我的十倍。

居麻从来不干采雪这样的事，因此非常挑剔。每天放羊回家，一进地窝子先凑到大锡锅前瞟一眼。若是看到水里羊粪蛋很少，马粪团一个也没，就欣慰地说："这锅水嘛，肯定是李娟拿回来的。"——答对！

这样的雪装了三天之后，我决定这个冬天再不洗澡了！
一个礼拜之后，又决定再也不换洗衣服了……
用来背雪的袋子曾装过五十斤的混合饲料，这样的袋子装满雪再蹾瓷实了，足有三十来斤。重倒也罢了，还那么远。并且距离一天比一天远。近一些的沙丘上的雪没几天就被找完了。扛一袋雪回家，途中足足得休息五六次，到家已经给压得头晕眼花。而一天最少得背两趟才能勉强维持全家人一天的用水量。

家里有四口人，水的主要用途是烧茶。除我之外，大家都特能喝茶。一天最少布六道茶，一次最少得消灭掉满满一暖瓶。剩下的水用来做饭。一天只有一顿饭，就是夜里的那顿正餐。吃些面条汤、拉面什么的，其他时间都喝茶泡干馕。再剩下的水用来洗碗——往往一碗水洗一摞碗。最后的则用来洗脸洗手——用手壶浇着洗。这种方式倒非常省水，四个人的洗漱用水加起也不到小半盆。

洗过碗的水虽不多，由于没用洗涤剂，还能二次利用，给狗泡几块干馕，或给怀孕的母牛喝。

刚搬来时，居麻修补炉基和破损漏风的屋顶、门框时和泥巴的水，则是攒的洗过脸和手的水。

十二月中旬，加玛要走了，回乌河之畔照顾生病的奶奶。她是整洁自尊的姑娘，不愿意蓬头垢面地走出荒野，一定要洗头发。为此，那天傍晚嫂子挤完牛奶后，不顾天色已经昏暗，出去找雪。在夜色里背回一大袋。不但让姑娘洗了头，嫂子自己还洗了好几件衣服。

尽管自己嚷嚷着再不洗头了，但看着加玛洗，还是很眼红。搬家时吹了几天风，到地方又干了两三天羊圈的活，头发脏得已经硬邦邦的了。不说别人看着难看，自己都难受。于是在加玛洗完头的第二天，我下狠心一口气背了三趟雪……但到洗头时，却只舍得用小半盆……就算是自己背来的雪，也不好意思多用。

洗头时，我放弃自己的习惯，完全效法加玛，连清带洗只用了小半盆水。这样洗完后，洗发液当然是原封不动地糊在头顶上，从刘海梢流下的水蜇得人眼睛痛。

加玛认为头发实在太脏了，非得用强效洗涤剂不可。于是她第一遍用洗衣粉……第二遍才用洗发液。洗发液是她的姐姐乔里潘送的，她用得非常珍惜。

我呢，洗衣粉就算了吧……

总之，那半盆水洗得那个黑啊……作为女性我很羞愧。但还是安慰地想：总比不洗好吧？虽然残留了大量刺激性液剂品，但晃晃脑袋，起码轻了二两。

加玛又用洗过头发的水顺带洗了两件衣服。我没洗，我怕把衣服洗脏。

居麻郑重地告诉我，他跟嫂子得一直等到四月才洗澡。我听了默默无语。后来才知道是玩笑话。怎么可能一直不洗呢？痒都痒死了。

我强忍住洗澡的念头也是因为痒的原因。想想看：抹了一身的泡沫却只有一碗水给你浇……这种澡洗了肯定更痒。于是身上发痒时就挠挠着对付，挠不到的地方就靠在柱子上蹭。居麻快笑死我了，说李娟跟牛一样，跟羊一样，跟猫一样。

还好，我发现，痒到了一定程度后，再往下也就慢慢不痒了。

水脏也罢，水少也罢，无论如何，我们这边好歹还有点水。听说北面三十多公里处的牧场连更糟的水还都没有呢！

十二月中旬，居麻在放牧轮休的一天里去帮北面的亲戚挖地窝子。骑马两小时的路程，真够远的。可再远不也在同一片大地上吗？为什么差别这么大？——居麻说，那边基本上就没有雪！

原来那边地势过于平坦舒展，起风时，少有可阻拦雪的起伏处。那边的牧人只好雇人开着汽车从更北面的乌伦古河里砍下冰块运来。那样的冰，一袋子五十来斤，二十块钱，刚好矿泉水的价……人勉勉强强还能靠着买来的冰生存，那么牲畜呢？牲畜们实在太可怜了，只能啃食枯草草根处拦截的一星半点的残雪，那点雪人工根本没法收集。每吃下一点点雪，得吞进大量的沙土。

居麻说，这样的旱情是以往年份里较少见的。

我们家雇车搬家过来时，也从乌伦古河里砍了七八袋冰块随车运来。在非常冷或非常忙碌的日子里，就不出去背雪了，直接化冰块使用。尽管我和嫂子（那时加玛已经走了）每天努力找雪，大家日常也非常节省，但最后的冰也即将用完。已经十二月底了，还是没下雪。

居麻放羊非常辛苦，好几次放羊回家，爬到沙窝子北面的沙丘上就再也走不动了似的。下得马来，一屁股坐到沙堆上平摊开两条腿，又搔又打，大约冻僵了。我无从安慰，只能说："再坚持一天，再有一天就该休息了，该轮到新什别克家放羊了。"他和新什别克轮值，一人放五天羊。

他叹道："休息啥？坐在家里也不好，没事干，就知道喝茶，水也不多……"听着令人心酸。

一天早上，居麻骑马到牧场西面巡查了一圈，回来后告诉我们，那边沙梁处的雪厚一些。让我和嫂子忙完当天的家务活后，去那里多装几袋子。等他轮休时赶骆驼过去驮回来。

于是那天中午，我和嫂子挟着六只巨大的编织袋出发了。我们穿过一大片平坦的荒野，渐渐进入那片沙丘地带，大约走了两三公里。果然，沙丘迎风处有许多完整的，又硬又密实的雪地。最厚处有五公分！我乐坏了，这得装多少雪啊！真想分给北面的邻居几袋子！

我们顶着呼呼啦啦的寒风，埋头苦干了两个多钟头，带去的所有袋子都装得满当当、硬邦邦；又用细铁丝拧紧袋口，将它们堆簇在一起。离开时我频频回首，看到它们像害怕似的紧紧靠在一起，在空荡荡的荒野中是那么突兀……夜里，会不会有野生动物好奇地靠近，拱它们，踢翻它们？

两天后的一大早，夫妻俩就赶着骆驼去拉雪了。我觉得很神奇。那么远的地方，茫茫荒野中又没有路，没有地标，到处似曾相识，嫂子怎么找到那几袋雪的？

那次驮的雪让我们用了足足三四天。虽然略为丰足，但也太费事费时了。不到最迫切的时候，是不会用这个法子的。

因为期待雪，我开始观察云。每当暖和的日子里，有怪云出现在天空，便跑去请教居麻："是不是要下雪的意思?"他抬头瞟一眼,总是懒得理我。

既然不是下雪的预兆,那些云为什么长得那么怪?有时候是一大团占据了整整半个天空的放射云,放射源在北方。壮观极了。有时候像一大锅元宵从北方涌出来,一团一团圆滚滚的。而傍晚时分,云总是会突然聚积在晴朗无物的天空,并且声势越来越浩大。到最后,汇聚成几条并行的巨大河流,从东往西流。尽头是落日。

那些堆积如山的浩荡朝霞,有月晕的混沌夜空,阴沉沉的清晨……雪不知藏在哪里慢条斯理地酝酿着,还在左思右想要不要降临世间……足足有一个月没下雪了!只在一些阴霾天里飘一点点轻薄的六角形雪片。有时也会在深夜里就着星空漫不经心地洒一阵。就那么点雪,稍稍吹点风就没了,真是小气。

直到一个阴沉的清晨,不甚均匀的云层蒙住了整面天空。我爬到东北面沙丘上,看到从北到南的地平线滚着一溜漫长的金光,看不到太阳。我回去兴奋地说:"肯定要下雪了!"

这回居麻终于也肯定了!但他又说:不会下太大的。

果然,晚上十点时开始飘起了浓密的雪粒子。

果然,很快停了。还是没能铺起来。

第二天居麻放羊回来告诉我们,西面十公里处下的是大雪,都盖住脚脖子了!

我问:"啊,不会这样就完了吧?今天晚上还会再下吧?"

他大笑:"不会了,雪都走了。"

我以为他是说雪转移了,大惊,连忙问:"走到哪儿去了?!"

却答:"到乌鲁木齐去了,看病去了。"原来瞎逗呢(乌鲁木齐是所有牧民心目中看病的圣地。大家都觉得那里的医院最神奇)。不过看得出他心情愉快。

这总算是个好的开始。天空终于打开了一道口子。此后天气一直暖和而阴霾,雪的意味浓重。终于,十二月底,在过寒流之前,连着下了三场雪!积了有十公分厚!

天一放晴我就兴冲冲出去扛雪,半个小时内扛了三袋子回家。

居麻说:"啧!李娟高兴得很嘛!"

我能不高兴吗?眼下到处都是雪,离家几步路就可以装了,不用走一公里甚至几公里的路了。而且新雪蓬松柔软,装满一大袋子,玩儿一样就扛回家了,多么轻松!之前这么一大袋的话,回到家就给压得两眼发黑。最重要的是,新雪如此干净,化开的水清秀晶莹,令人看着就愉快。

而且雪停后的晴空,明朗灿烂得无从形容,似乎天上真的全都空了,真的把雪全都交给了大地。从此天空不再沉重了,不再那么辛苦了。

就这样,在最冷的日子到来之前,我们告别了旱情。再回想一番,这一个月其实也不算特别难捱,因为老是想到我们北面的可怜的邻居……

而且对我来说,最大的受益是从一开始背半袋雪都给压得要死不活,到后来的某一天,突然发现自己正扛着一整袋雪走得大步流星……这样的进步才叫"不知不觉"！

想到从此肯定再也用不上最后那几块冰了，我就把它们全化开。我们三个人各自关起门大洗一通。嫂子还洗了所有的餐布和毛巾，第二天洗了全部的被套和枕套，第三天洗了全部的外套和毛衣。——多么阔绰！

顺便说一下，嫂子自制的羊油肥皂也非常阔绰——有脸盆那么大！圆圆厚厚一大饼。用时，就整个儿搬进盆里，用衣物在上面反复地擦。她也不嫌麻烦，也没想过分割成小块再使用。

终于有雪了，然而这雪一时竟下个没完。白天还好，只有零星碎雪在阳光下时有时无地飘一阵子。到了夜里，天窗上的塑料布每隔一段时间就簌簌作响。一听就是较实沉的雪粒子。

没雪的时候，大家都非常焦虑，有雪了，渐渐地又开始担忧。居麻望着天对我说："去年也是这样，胡大①下两天，休息一天……"——可苦了牧人和牛羊。去年是罕见的雪灾。

不过后来的事实证明，他担忧错了。也就过寒流那段时间下了大大小小几场雪，之后天气一直非常晴朗。总的来说，今年还算是个好年份吧！

再说几件关于雪的事：

有了新雪后，嫂子每隔一段时间就把床榻上的花毡抱到

---

① 类似"老天爷"。

外面，一床一床抡起来在平整的雪地上用力拍打，打得干干净净再抱回家重新铺起。唉，大家总是穿着鞋子上床，居麻还总是往床上弹烟灰。

下雪天最大的麻烦是清理羊圈。在家的人们得赶在羊回来之前用铁锨把羊圈里的积雪铲去——每到那时我就想，要是有个大竹扫帚该多好——再铺上一层干粪。如果干完了这活，羊群一时半会儿还没回来的话，就得再展开几面阔大的塑料布铺在羊圈里挡一会儿雪，待羊进圈时再连雪一起收去。羊是卧着睡觉的，不能让它们腹部受寒，否则会拉肚子。

雪盖住了电池板后，大家会因储电不够而早早熄灯睡觉。这点我倒很喜欢。

由于我实在很怕没雪的日子，天气稍一暖和就念叨个没完："再这么热下去，就没水了！"居麻听了便大笑。

八　冷

　　冬天到了，绵羊和山羊长出了新棉袄。马儿们也穿上了毛茸茸的喇叭裤。骆驼们还额外穿上了嫂子做的新毡衣（只有穿过鼻孔的几峰成年骆驼还光着屁股），似乎只有牛们还是那身稀稀拉拉的毛。于是只有牛享受到特别待遇，它们和人一样也睡地窝子。马、羊、骆驼则全部露天过夜。顶多给羊群四周砌一圈羊粪墙——那能阻挡什么寒冷呢？估计也就防防狼吧。

　　冬天，大家一起努力抵抗寒冷。每天我们吃得饱饱的，不停往炉子里填羊粪块（羊粪火力弱，又熄得快）。一大早等羊群一出发，留守家里的人们就把羊圈的潮湿之处翻开、晾晒。再铺上干粪渣。接下来还得清理牛棚，把湿牛粪和被牛尿湿后结冰凝块的粪土从天窗抛出去，然后里面也垫上干粪渣。新什别克家则每天不辞辛苦地把骆驼赶回沙窝子里过夜，检查它们的衣服有没有挂坏、脱落。

　　到了十二月底，一天比一天冷。牧归时，羊背盖满大雪，马浑身披满白霜，嘴角拖着长长的冰凌。牛和骆驼也全都长出了白眉毛和白胡子，一个个显得慈眉善目。至于骑马回来的人，眼睫毛和眉毛也结满粗重的冰霜，围巾和帽檐上白茫茫的。

　　就在那几天，收音机的哈萨克语台播报了寒流预报，说一月头几天乌河以南的冬季牧场气温会降至零下四十二度，提醒牧民外出放牧不要走太远。于是大家开始做准备。泥土已经不多了，但居麻还是和了些泥巴，把结着厚厚冰霜的墙角漏风处糊了一遍。隔壁终于给他家的牛棚顶上蒙了层塑料布，算是加了个棚顶——之前一直敞着！对此我意见很大。他家的牛冻得一回家就往我家的牛棚钻，赶都赶不出去。

　　我们还冒着大雪在羊圈四周刨了十几麻袋干粪土，给羊圈铺了一层比以往任何时候都厚的"褥子"。

　　嫂子特地提回一桶干羊粪，给在我们地窝子里"住院"的那只病号羊也铺了床厚"褥子"。

　　挤牛奶时，嫂子拎了扫把，把每一头牛背上的积雪细细扫去。

　　过去每天给马儿捧四把玉米作为营养餐，如今给捧五把。

　　每天早茶时，嫂子会在炉板上放一些从夏牧场上带来的铺地柏的细碎枝条。她说烤出的烟雾和香气会驱逐感冒。

　　高寒天气终于到来了，每天一早一晚，温度计的红色液体柱都停在零下三十五度左右（这是这支温度计所能显示的最低刻度）。我很想知道最冷的深夜又会降到多少度，那些红色液体会不会一直缩进最下端的小圆球里……但在深夜里，就算醒来了也没勇气离开热被窝跑出去看……蜷在被窝里，想到我们露天睡觉的牧羊犬熊猫狗，很是揪心。

　　有时上午九点，温度已经升到了零下二十四度，到了十点反而还会降两度。甚至有一天正午时分都是零下三十度。在有太阳的大白天里都这么冷，真是少见。

这时候最倒霉的怕是便秘的人吧……屁股会冻麻的！

小牛也冻得早早回家了。一回家就一头钻进牛棚里不出来，连妈妈的奶都顾不上喝——那可是它们一天之中唯一的一顿正餐啊。

在零下三十五度的清晨里，喝着烫乎乎的放了胡椒的茶，双脚还是冰凉的。离熊熊燃烧的火炉不过一米来远，嘴里还能呵出白气。我又靠近火炉一些，离半米远，还是有呵气。再靠近，一尺远，还是有呵气。再靠近……居麻说："你要干什么？吃炉子吗？"

在野外拍照时，看到镜头上蒙了点尘土，便习惯性地吹了一口气，结果水汽立刻凝结在镜头上，结结实实地冻成白色的冰霜。接着，越擦越模糊。

总算明白了为什么古人会说"酸风射眸子"——果然很酸！果然是"射"！迎风眺望远方，不到几秒钟就泪流满面，眼睛生痛。加上眼泪在冷空气中蒸腾，雾气糊满镜片，很快又凝固为冰凌，眼前立刻什么也看不清了。而这风明明又不是什么大风，只比微风大了一点点而已。

还发现一件事：特别冷时，就吹不响口哨了。莫非嘴唇硬了？

房子尽管被认真修补了一遍，还是四处漏风。房间里的一锅雪，放一晚上也化不了一滴。

晚饭时无论大家怎么劝茶，我都打死不肯多喝一口——怕起夜上厕所……

有一天,居麻放羊回来,一边去除身上寒气沉沉的厚重衣物,用力拔掉大头靴,一边咬牙切齿地说:"好得很!太好了!越冷嘛,我越高兴。零下四十度不行,要零下五十度才好!"我赶紧问怎么了,他说:"早点把脚冻掉算了,以后就再也不怕脚冻了!"

我问:"为什么不买双毡筒呢?"隔壁家就有一双毡筒,新什别克兄弟俩轮换着穿,胖胖大大,连鞋子带小腿一起包得严严实实。看上去暖和极了。

他闷闷地说:"去年有,今年没有。"

去年是罕见的高寒雪灾天气。我问:"去年穿坏了吗?"

却答:"串门子时落在岳父家了。"

……当时肯定又喝高了。

平时居麻回来得很晚,往往五点了,太阳落山很久了还看不到羊群。快六点时,暗沉的荒野里才有点动静。当羊群终于清晰地出现在视野里时,我就走下沙丘遥遥前去迎接。等我走近了,他撇下羊群打马飞奔回家,留下我独自赶着羊慢慢往回走。

但最冷的那几天,居麻总等不及我的出现,老早就把羊群留在远处往回跑。等他上了东北面的沙丘,离家还有最后百十米时,像是再也走不动了一样,下了马就地躺倒。嫂子走上前,劝他回地窝子再休息。他低声说:"等一等。"慢慢坐起来,抬起腿让两只脚碰一碰,可能麻木了。看样子着实冻坏了。

而我呢，赶羊回来的那一路上，脸颊冻得像被连抽了十几耳光一样疼，后脑勺更是疼得像被棍子猛击了一记。每天等羊完全入圈后回到温暖的地窝子里，脱掉厚外套，摘去帽子围巾，如剥去一层冰壳般舒畅。

居麻喝过五碗茶后，才开口说话："明天，骑马去乌鲁木齐！"

"干什么去？"

"买毡筒！"

以前每天早上加玛赖床的时间最久，现在最迟迟不愿起床的是居麻。嫂子强行收走了他的被子，他就抱住她呜咽道："今天一天，明天还有一天！老婆子！明天还有一天！"后天才轮到新什别克家轮值放羊。嫂子无奈，就拍他的背柔声安慰。但被子坚决不还。

每次出发前，居麻光穿他那身行头就得花去老半天时间。尤其是穿靴子。他的靴子虽然大了两号（已经是他能买到的最大号的鞋了），但还是不够大，不能同时穿羊毛袜和毡袜。否则太紧了，血流不畅会更冷。于是他在羊毛袜和毡袜间犹豫了半天，选择了毡袜。毡袜虽然太硬，但毕竟密实些。穿上毡袜后，再往脚踝上各裹一块厚厚的驼毛块，并想法子使之平平展展地塞进靴子。全身披挂妥当后，再艰难地坐下来（穿太厚了，腿打不了弯），连喝三碗热茶再出发。

我叹道："又要出去锻炼身体了！"穿成这样出门，可不就是做超负荷运动吗？

他闻之突然正色，笔直站起，用喊口号的架势大喝：

"锻、炼、身体！保、卫、祖国！！"

捞起马鞭，推门昂然而去。

隔壁的兄弟俩一出门就穿得跟强盗似的，从毡筒到皮裤到围脖帽子，全身上下只露着两只眼睛。而居麻除了一件很旧的皮大衣，两件手织的驼毛毛衣和一件羊皮坎肩，啥也没有。很快，乌伦古河畔定居点的奶奶托兽医捎来了两块裁好的生羊皮。我花了半天工夫帮他缝了一条羊皮裤（好硬啊。针扎也扎不透，扎透了拔也拔不出来，跟纳鞋底儿似的。恨不能用上手钳）。从此他的日子好过多了。

但羊皮裤是由两张羊皮缝成的，一条腿是老羊皮，很薄，另一条是羊羔皮，很厚。于是他把羊羔皮穿在常年病痛的右腿上。这样一来，左腿有些吃亏。在我的建议下，他把一条旧棉裤的裤腿剪下来帮衬在左腿里面。

穿上这条刀枪不入的羊皮裤后，他心情大悦。一口气说了许多隔壁家的牢骚话，认为很多劳动分配得都不公平，比如找骆驼、比如打扫羊圈。说完，就高高兴兴出去打扫羊圈，然后找骆驼。

在没有羊皮裤的日子里，居麻说他放羊时，每隔一个小时就得扯些梭梭柴在雪地上生一堆火烤脚。有一次，眼看再有半个小时就到家了，可还是扛不下去。直到生火暖和过来后，才能继续往家走。

居麻又说，地窝子这个好东西是后来才有的，以前的哈萨克牧民冬天也住毡房！他说他年轻的时候，毡房中央堆一个火塘生一堆火,大家围坐烤火。脸是热的,背后却寒气飕飕。薄薄的毡壁之外,四面八方,全是冬天。真是不能想象……那时,穷困的哈萨克小孩,身上就裹张羊皮过冬,连衣裤都没有。

我便说:"今天你在哪个方向放羊?我拎个暖瓶,走路去给你送茶!"

他说:"豁切!"①

但那天晚上居麻回来第一句话就是:"不是说中午给我送茶吗?等了一天……"

这次进入冬窝子之前,我最大的顾虑当然也是寒冷。因为当时有一个传言,说这一年的冬天是"千年极寒"。于是准备工作几乎全放在御寒上了,穿得比所有人都厚,招来牧人一致嘲笑。

当时准备衣物时,恨不能一件衣服有三件的功用,这样,就可以少带另外两件。依这个标准,我打包了一些平日里根本穿不出去的……用我妈的话说:"跟孙悟空的衣服似的。"反正我出现在冬牧场上,本来就是个莫名其妙的人,穿莫名其妙的衣服再合理不过。

我拆开一件羊皮马夹,把羊皮缝进一件长棉服里。为了胳膊能轻松活动,又把长棉服的袖子剪掉,这样成为一件羊皮里子的厚厚的长马夹。可惜太瘦了。好友春儿提供了一件她儿子长个儿后淘汰的羽绒衣。小孩衣服往往宽松保暖,行

---

① 呵斥的声音,大约是"走开、一边去、别胡说了"的意思。

动起来再方便不过。可惜太短了。我还准备了一条无比肥大的驼毛棉裤，一条裤腿可以松松塞进我的两条腿。可惜太长了。穿上这条棉裤，褶子从脚背一直堆到大腿……好在迈起步子来不会很硬，骑马也方便许多（事实上还是打不了弯，没法自个儿上马，得有人扶着）。为配合这条棉裤，又套了我妈的肥裤子。总之里里外外，穿得到处胖乎乎的。我以为穿得胖不会显得矮，可事实上更矮了。为了掩饰这一切，我在最外面笼了一件遮天盖地的皮大衣，一路遮到脚脖子。龙袍也不过如此。

我有一顶不错的绒帽。可惜太薄了。便创造性地把另外三顶不怎么样的毛线帽子套在一起缝在绒帽里面，使之厚达两公分。戴上还算暖和，绝不透风。可惜太紧了，勒得脑门子疼……于是又把这顶帽子的一侧剪开，豁口处帮衬了一块三角形的厚绒布。这下戴着宽松又舒适。可惜，外观又寒碜了。

我还带了睡袋，该睡袋号称能抗寒零下十五度。事实证明，零上十五度也抗不了。就算穿戴整齐——大衣不脱，帽子不摘，手套不抹，甚至穿着鞋整个钻进去，也抗不了。但无论如何，好歹是个不透风的东西，大不了在上面再捂一床几公斤重的羊毛被。因我坚持钻睡袋睡觉，从不嫌麻烦，居麻便称我为"麻袋姑娘"。总是说：要是晚上熊来了，可怎么跑得掉？

虽然上上下下、里里外外、日日夜夜都那么窝囊，但是，没感冒就是硬道理。我对自己的装备还是比较满意的。大家也都不好意思说我什么，只是一到出门做客前就替我发愁，嫌我带出去丢人。

无论如何，寒冷的日子总是意味着寒冷的"正在过去"。我们生活在四季的正常运行之中——这寒冷并不是晴天霹雳，不是莫名天灾，不是不知尽头的黑暗。它是这个行星的命运，是万物已然接受的规则。鸟儿远走高飞，虫蛹深眠大地。其他留在大地上的，无不备下厚实的皮毛和脂肪。连我不是也啰里八嗦围裹了重重物什吗？寒冷痛苦不堪。寒冷却理所应当。寒冷可以抵抗。

居麻说，差不多每年的十二月下旬到一月中旬总会是冬天里最难熬的日子，无可躲避。再往后，随着白昼的变长，气温总会渐渐缓过来。一切总会过去的。是的，"一切总会过去"。人之所以能够感到"幸福"，不是因为生活得舒适，而是因为生活得有希望。

二月初的某天黄昏，我在北面沙梁上背雪时，一抬头，突然发现太阳高悬在沙漠之上。而以往在这个时间点，太阳都已经沉入一半了。而且落日角度也明显偏北了许多。宽广的大风长长地刮过。迎风度量一下，竟然是东风，是东风啊！

到了二月十七号那天，我的日记有了以下内容：晴，很热。我和加玛一起去背雪，没有戴帽子，只穿着短外套。途中休息时，她愉快地说："夏天一样！就像夏天一样！"——好像完全忘记了几天之前的冬天的滋味。

九　羊的冬天

居麻每天放羊出发时，经过北面沙丘上的假人总会勒缰停立许久，和假人一起凝望远方。过好一阵，又掏出烟盒纸卷，慢吞吞卷一支莫合烟，再慢吞吞地抽。有时会下马，卧倒在假人旁，侧着身子继续望向远方。不知那时他在想些什么，会花那么长的时间陷入沉默的遥望之中。

放羊是辛苦的。上午十点左右出发，赶着羊群在沙漠里四处走动，不吃不喝，直到天快黑透了才把羊群赶回来。

我问居麻："放羊的时候你都在干些什么？"

他说："在放羊。"

我真蠢。

——荒野茫茫，四下无物，还能干什么？当然只能骑着马跟着羊群走来走去了！居麻感慨地说："傻瓜一样！我就像个傻瓜一样！羊到哪里，我也到哪里！七个小时，一天七个小时！"

所以每天出发前，他才会花那么长时间徘徊在家门口……此去的寂寞，非亲尝而不可得知。

我说："天气暖和时，让我也去放一天羊吧？"

他说："你去放羊，羊哪能吃饱！"

"为啥？"

"你嘛，肯定不到两点就把羊赶回家了。"

在阴沉的雪夜里，无星无月，天地笼统。我站在东方沙梁上的假人身旁，向东方挥舞手电筒。给远方晚归的牧羊人确定方位，使之不致迷失方向，而在苍茫夜色中无尽地徘徊。而若是大雾的天气，就算手电筒也没有用了。居麻说：到那时，所有在家的人都得出去找。

我问："要是找的人也回不来了该怎么办？"

他说："要是李娟的话，回不来就算了。整天房子里坐着，从来不放羊，还回来干什么？"

作为不放羊的人，我、嫂子，还有加玛，我们整天清理牛棚羊圈，背雪，打馕，赶牛，绣花……然而就算从早忙到晚，也没有出去放羊的人一半那么辛苦。

我问居麻："你放羊经过的地方有没有人家呢？"他说："没有。"又回头用哈萨克语对嫂子说："她还以为放羊时可以串个门，喝个茶！"大家都笑了。

我又劝他带一暖瓶热茶去放羊，暖瓶可系在马鞍后。或者带一个锅，一个挂锅的三脚铁架，再加上一块茶叶一把盐，冷了就地取雪烧茶。

他听了，便给我讲了一个"汉族人放羊"的故事。说红旗大坝（阿克哈拉下游二十多公里）有一个汉族人第一次去放羊，带着馍馍、咸菜和水。他中午就着咸菜啃馍，然后再喝水。拧开盖子，冻得一滴也倒不出来了，亏他还用布重重裹着……说完哈哈大笑。

其实这并不好笑。但想到那个汉族人的沮丧，想到他可怜又可爱的努力……还是忍不住笑了。

居麻的意思是：在这样的荒野里，在这样的冬天中求生存的话，不能忍受痛苦是要遭鄙夷的。

牧人的冬天艰辛寂寞，羊的冬天同样漫长难捱。从十二月到次年三四月间，每一天，每一个清晨，羊群准时出发，在荒野中四处徘徊，寻食枯草。羊群刚刚离开的空羊圈尚存羊久卧后的余温，潮湿而温热，在冷空气中蒸腾着白茫茫的水汽。

羊不在的白天里，总是若有若无地洒着微微的碎雪粒。总是阴天，总是只可见朦胧的太阳。

羊群晚归的傍晚，我和嫂子一次又一次冒着大雪爬上沙丘，长久向东方张望。眼下世界昏暗迷蒙，细微传来的吆喝声怎么听都像幻听。许久后，骆驼从那个方向出现在视野中，向我们的沙窝子奔跑而来。夜渐渐深了，雪越下越大。铺在羊圈里的塑料布早已撤去，改铺在新什别克家敞开的牛棚顶上。于是羊圈里的雪渐渐积起……但羊群还是不见踪影。地窝子那边传来哭声，小婴儿喀拉哈西独自醒来了。但新什别克一家正在赶牛、系骆驼，忙乱不已，无暇顾及。终于，到五点半时，嫂子最先看到了什么，她招呼我一起下了沙丘向东走去。我边走边想：还好下着雪，就算迷路了还能顺着脚印回来吧？可再一想：雪这么大，会不会很快盖住脚印？……夜比荒野还要大，被"大"的事物吞噬，其恐惧远胜被"凶猛"的事物吞噬……但就在这时，我一眼看到了羊群——果真就在前方不远处，一个个浑身盖满大雪，耸动在暗夜中。不知它们之前经历过什么，这么安静沉默。

每天出发前，居麻总会在满当当的羊圈里挤来挤去，观察大家的状态。若又发现一只羊嘴部结满厚厚的黄疮，便用指甲生生抠去那黄疮的痂壳，露出鲜肉，再叫我端来盐水浇洗……总是把人家好好的一张嘴弄得血淋淋的。滴着血走在羊群中特扎眼。天又这么冷……我心里很不安，总觉得这样做可能不对，却不能阻止。毕竟他放了一辈子羊，可能是经验之举吧。

在特别冷的日子里，居麻就拎着洗手壶在羊群中东找西找，不时捉一只羊骑在胯下，掰着它的脑袋往它嘴里灌水。我问他在干什么。回答：给羊"刷牙"。这种话当然不能信，得靠自己观察。于是很快发现是在边灌水边喂药片。他这才承认是在给羊治"感冒"。我又问怎么才能看出哪只羊感冒了。他说："流鼻水，打喷嚏。"当然，这种话也不能信，但又实在观察不出了。

至于给羊抹"灭虱灵"……也不知他从何判断哪只羊闹虱子。我见他大都涂在羊背上，有一些则涂在羊肚子上，大约根据羊毛的凌乱形状来判断有虫的部位吧？羊哪里痒了，自己会在圈墙上蹭来蹭去。唉，这么冷的天，羊毛就像一床厚被褥，虱子们想必都过得很舒服，又暖和又有得吃喝。

对我这个外人来说，羊的生命多么微弱痛苦。羊的灾难那么多：长途跋涉，寒冷，饥饿，病痛……但千百年来，羊还是生存了下来。我们看到的情景大多是羊群充满希望地经过大地。就不说那些痛苦了——那是生命的必经之途吧。

况且羊的命运又如此圆满地嵌合在眼前的自然中——羊多像植物！在春天里生发，夏天里繁茂，在秋天留下种子，又以整个冬天收藏着这枚种子，孕育、等待……赶着羊群走在荒野里，想到它们大多数都有孕在身，想到这些都是平静而充实的母亲，便觉得这个冬天真是意义深远。

一天居麻放羊回来，却没有急于下马回家取暖。他在一旁勒马守着我们赶羊入圈。后来，他指着队伍最后一只走得拖拖拉拉、留着中分头的褐色大羊羔说："就是这个，快不行了，带回家看看吧。"于是我和嫂子一人抓起它的两条腿，把它倒过来抬进了我们的地窝子。

这个中分头看上去萎靡不振，摸起来肋骨历历。居麻说白天里看到它虚弱得走路都走不稳当了。但我们打着手电筒仔细查看，又没发现有外伤。可能只是太弱。于是我们决定让它"留院观察"一段时间。从此，我们的地窝子又多了一个成员。

我们把它的窝安排在床头的柱子下，还挖回了一袋子干粪土，为它铺了一床厚"褥子"。每天还给它加病号餐——玉米粒。尽管如此，它一点儿也不能习惯此种待遇，每天晚归时，面对我们的邀请总是竭力抗争，不屈不挠。我和嫂子辛苦地抬了三天。到第四天还挣扎个没完，嫂子大怒，将其拦腰一抱，往背后一甩，右手扯住它的两个前蹄，左手扯两个后蹄，硬是把它扛回了地窝子。到第五天，她干脆一手握一只羊后蹄,像推独轮车一样把它推回了家。

羊是柔弱的,但它的倔强不次于强悍的牛或骆驼。这个中分头不仅竭力拒绝跟我们回家,还拒绝热火炉和玉米粒,总是远远缩在角落里,显得孤独又恐慌。它不吃也不喝,一整夜卧在天窗下,下巴搁在床沿上,睁着眼睛一动不动。一有动静就全身僵硬,准备抵抗。但人哪能不管它呢?每天居麻和嫂子都得搏斗一般地往它嘴里塞半碗玉米粒。有几次甚至喂我们自己的粮食——碎麦子。夫妻俩一人强行掰开它的嘴,一人塞粮食。然后再强捏着它的上下唇不让往外吐。可它偏就有那个本事,喂多少吐多少,糟蹋了不少粮食。气得嫂子打了它好几耳光。居麻也生气地说:"看来活不了了!该它死!"又说:"我们一家一天的粮食没有了!"——半碗碎麦子能熬一大锅麦子粥呢。

嫂子又试着给它喂盐,还是不肯吃。弄得粪地上全是盐粒。真不晓得它到底怎么了,哪有羊不喜欢吃盐的?

尽管善意不被接受,很让人伤心,大家还是没有放弃它。每天羊群晚归时,大家总是在星空下耐心地寻找它。总是得找很长时间。能在三百多只极其相似的羊里把它找出来,依我看真是个奇迹……若是阴天,还得打着手电筒找。而那些天正过着寒流,总是那么冷……

我便建议在这个中分头身上做个记号。比如用喷漆在背上抹几笔,一定醒目多了。但大家不予采纳。直到第二天下了大雪,羊群披满厚厚的雪被回来,这才明白……

于是我又建议在羊脖子上系一大团红布或花布。嫂子思忖了一下,这回倒采纳了。她在毡房杂物堆里翻了半天,却只翻出一条孩子们小时候用过的红领巾……给羊系上后，羊立刻肃容，成为光荣的"少先队员"。

一个礼拜之后，我们的"少先队员"总算适应了这个对它来说奇怪而温暖的地方。还敢在地窝子里四处溜达参观了。每个角落都又嗅又拱地研究一番。后来还敢靠近人，还嗅我的手，啃我的脚。但就是坚决不吃高级粮食玉米。岂有此理！别的羊要是能有一丁点儿玉米吃，保准高兴得哈哈大笑。

我问："是不是嗓子眼长疙瘩了？吞不下去？"

居麻怒道："白天出去，明明还在啃干草！"

我不信，撕了一片白菜叶子给它。它闻了闻，立刻咬住一口吞掉。

这下，我也生气了："原来嫌玉米太硬！"

但怎么可能给它吃白菜呢？我们全部的白菜只剩一棵半了，每天只舍得剥几片叶子煮进全家人每晚唯一的那顿正餐里。于是继续强行喂它硬硬的玉米粒。

终于，直到第十天，"少先队员"才总算开窍！总算晓得了我们不是在害它，也晓得玉米是个多么好的东西了。它第一次主动开口，吃得狼吞虎咽。我们都高兴极了。它一吃饱，就自个儿跑到灶台另一侧的大锡锅里喝水。那可是我们的食用水！但大家都没说什么。只是不让它喝太多。居麻说刚吃了干粮食再喝水，会迅速胀大撑死的。喝了一会儿就把它牵走系在柱子上。第二天早上再给喝一遍水。从此，它的生活更高级了，雪都不用啃了。

完全习惯了地窝子生活的"少先队员"，再也用不着我强行推回家，或又拖又拽地骑回家了。只消在它背上拍几巴掌，它就一路小跑，跟着我直奔有火炉和玉米粒的好地方而去。

它一回到家，跳下高高的台阶，先缓步走到床边，和前来迎接它的梅花猫亲个嘴，再走到地窝子右侧角落，喝几口特意留给它的干净水。相当自在！等它逛完房间，若再不系住，这家伙还会跳到床上再溜达一圈。

寂静温暖的夜里，我们吃饭、聊天，它在一米远处"刷刷刷"地尿尿。相安无事，其乐融融。

然而，就在"红领巾"总算习惯了地窝子的生活，甚至开始依赖这种生活的时候，居麻却决定让它出院了！他说："看，病好了嘛！"……

那时，居麻利用轮休的日子，和嫂子在羊圈角落里围建了一个小圈。顶上还蒙了塑料顶棚挡雪，出入口挂了毡帘挡风，比露天的羊圈暖和多了。

我问："这是给谁住的？"

他头也不抬："给李娟住。"

……我很有耐心地继续问："是给怀孕的羊住吧？"

仍然头也不抬："是。"

结果到晚上入圈时——什么啊，明明是给山羊住的！

可观察半天，却发现有的山羊硬要赶进去，有的却死活不让进。

便对他说："一定是给大山羊羔住的！"

却回答："大的小的都住。"

问："那么是给身体不好的羊住的吧？"

答："身体好的身体不好的都住。"

……于是到最后也没弄清到底什么样的羊能享受"住院"待遇。

不过刚被开除了地窝子"窝籍"的"少先队员"一定会住进去的。出窝时，嫂子给它缝了个小号的玉米口罩。这种口罩就是一个缝着长绳子的布口袋，里面装有玉米粒，套在它嘴筒子上，再把绳子绕到它耳朵后系住。这样就可顺利地开小灶，谁也没法跟它抢了。

居麻重新给我布置了任务：羊群回来后先给"少先队员"戴口罩，等它吃饱了再赶入"住院部"。

然后他说："行啦，以后嘛，李娟就这一个任务！"

我抱怨道："这个任务够艰巨了。"

他问为啥。我说："得先慢慢找到它，慢慢给它戴上口罩，再守着它慢慢吃完，再取下口罩，最后再赶它进圈——这么冷的天！"

他大笑，绘声绘色翻译给大家。最后说："这个冬天，李娟就放了一只羊！"

其实那时，每天傍晚，已经再也不用在羊群里四处寻找"少先队员"了。只要我拎着玉米口罩往那儿一站，"红领巾"立刻冲出队伍向我奔来，咬我的手，顶我的腰，没完没了地起腻。

可好景不长。又有一天居麻说："不给吃啦！省省粮食吧。看，它跳那么高，完全好了嘛！"

我才不管，仍然每天给它开小灶……因为它是一只差点就熬不过这个长冬的羊。它差点死去,应该被无尽地安慰。

自从盖了病号房,每天赶羊入圈成了费劲的事。进圈后,还得把病号们一一从羊群里揪出来,强行施加福利。好在没几天,病号们就尝到了甜头,一入圈就自觉往住院部走。可偏有些笨蛋,冻傻了似的,非得居麻和嫂子打着手电在夜色中找半天,才能把这些不知好歹的家伙们揪出来强行归队。

在最寒冷的那些夜里,明净的夜空中只有一弯日渐壮实的新月和"乔里潘"星(金星)。我们打着手电在羊群里搜寻最后几只漏网之鱼。找了一遍又一遍,寂静又耐心。虽然寒风呼啸,但挤在羊群里是温暖踏实的。等病号们全部集合完毕,大家放下住院部的毡帘,又用木板和毡块拦住大羊圈的出口,并用碎毡片仔细堵塞那一处的缝隙,不让卧在出口处的羊吹着寒风。然后才离开。许久后,羊一只接一只卧倒,一个挨一个睡下。长夜漫漫,大家温柔地等待天亮吧。

一月下旬,居麻放羊时开始随身携带为母羊临盆而准备的毡口袋——用来装初生的羊羔。虽说温暖的四五月才是产羔的好日子,但总有些不守纪律的母亲们提前怀孕,导致一些小家伙提前降生。比起春羔,冬羔生存环境恶劣。于是它们也会享受"少先队员"的待遇,待在地窝子里成长。

等到二月,白昼悄然延长,天气也渐渐缓和。那时,两家人又清理了一次羊圈,向下挖了将近一尺深。羊圈墙加厚到一米多宽,还加高了不少。这样可应付即将到来的大风季节。

二月中旬，住院部就给拆了。那时，晚归时，除了山羊，绵羊暂时不用入圈，全卧在东面沙丘的半坡上。直到夜深了，气温降到最低时，大家才把它们赶进圈。居麻说：天气开始暖和了，怀孕的羊肚子越来越大，羊圈就越来越小，挤在一起会很热……

谈到以后的事时，居麻总会再三提起将来的春牧场。我们的春牧场被划分在国道线旁一处叫"三岔口"的戈壁滩上。从北面的乌伦古河畔出发去那里，一路上得走三四天；如果没有初生的小羊同行的话，只需两天。羊群会在那里停一个多月。接完所有春羔后，再北上喀吾图，从那里次第进入夏牧场。

加玛也喜滋滋地历数三岔口的好：不用住地窝子，也不用住毡房，在那里住的是现成的砖房子，公路边还有手机信号！……又说喀吾图也好，也有信号，而且很暖和，在那里可以穿T恤了……夏牧场也好，水也好，草也好——连奶奶都会去夏牧场一起生活呢……听得我也神往不已。一度有了念头，想就这么一季一季地跟着走下去。——但是居麻太让人生气了，他总是说我一个冬天只放了一只羊！

第二章

荒野主人

十　加玛苏鲁

十九岁的加玛，一米七的个子，颀长苗条，行动轻盈。肤色很白，眉毛很淡。脸颊上有漂亮的红晕。头发虽然过于稀薄细软，但柔顺又明亮，和睫毛一样泛着漂亮的淡金色。眼珠则是灰绿色的，镶着一圈清晰的黑边。

加玛虽然长个娃娃脸，顾盼间却颇有几分动人的女性美。当然，再仔细看时，会发现她额头眉梢已经初显老相。游牧生活的辛苦太煎熬人。

奇怪的是，虽然天天干粗活重活，这姑娘却偏长了一双白细而清洁的手。只是指甲严重扭曲，一片片深深凹陷在指尖上。大约长年缺乏维生素吧。为掩饰这个缺陷，她用染头发的染料把指甲染成了鲜亮的橘红色。

有一次我称加玛为"加玛苏鲁"——"加玛美人"。她不好意思地否认，并也叫我"李娟苏鲁"。

我是近视眼，虽戴有眼镜，远些的地方还是看不清。总是抱怨："我的眼睛不行。"

当我第二次再喊她"加玛苏鲁"时，她迅速回应："你的眼睛不行。"

今年这片牧场上多了新什别克一家，两家轮值，放羊的工作轻松多了。等最寒冷的日子一过去，加玛苏鲁将完全代替爸爸轮值放羊。而在往年，这个家庭主要靠这个女孩放羊。因人口单薄，作为一家之主的居麻还有其他更繁重的工作。

尤其去年，遇到罕见的雪灾和高寒天气，家里冻死了一大半牲畜，又丢了家里唯一的坐骑。居麻便长时间出门找马，只剩加玛和嫂子在家。加玛每天出去徒步放羊。嫂子打理家务，管理牛群和骆驼。据说当时雪极大，深掩一切。为了让羊群能够走出沙窝子出去寻食，每天早上母女俩都会驱赶骆驼蹚雪开路。可是早上开出的路，下午就被风雪填平了……其中艰苦，可想而知。

姑娘放羊，在牧场上是少见的。好像哈萨克有句谚语，大意是："姑娘是家里的客人"——她只在这个家里出生、成长，总有一天会嫁为人妇，成为别的家庭的一员。因此要善待女儿，给予客人般的尊重。其实，就算没这样的礼性，父母也会为之愧疚吧？让自家的姑娘像男孩子一样干活……

居麻说，等到明年夏天，说什么也不让加玛放羊了。他打算给她投资一笔钱，让她在夏牧场的沙依横布拉克牧场上开个小杂货店。同时把李娟也安排了进去。说加玛负责卖货，李娟负责进货。两人一起努力，便宜地卖东西，气死别的老板……他对当下物价的飞速上涨相当愤恨。

我认为开店是杂乱劳碌的营生，利润又薄，还不如开个小馆子。加玛做饭那么好吃，生意肯定好得很。然后我又把阿克哈拉村仅有的两三个小馆子挨个评价一番，最后结论：都不如加玛。

居麻说:"我也考虑过这事,但哈萨克的酒鬼太多。一个小姑娘开店,让人不放心嘛。"

我说:"那倒是。"心里想:"还好意思说别人,你自己就是酒鬼!"

加玛初中一年级辍学,已经放了五年的羊。虽然五年过去了,她还能大段大段地背诵当年的汉语课文:"春天来了,小燕子从南方飞回来了……春雨沙沙地下……小草绿了……"还会说"黑黑的眼睛"和"蓝色的大海"这样较为复杂的汉语词组。她还会做广播体操,总是就着《黑走马》的音乐做。还喜欢让我压着腿做仰卧起坐。还做俯卧撑,立定跳远,三级跳远……温习一切学校里才有的花样。

提到学校,加玛话就多了。她说她们学校的汉语老师叫"小老师",并问我为什么不是"大老师"(我估计姓肖)……又说这个"小老师"是粮种队(阿克哈拉附近的一个汉族生产队)的,原先卖菜。大约生意不好,就改行教书……又怀念地说:"'小老师'可真好,经常表扬我!"我也由衷地说:"是啊,加玛是个好学生,爱学习,又爱劳动。"她听了便有些悲伤。

她说:"我放了五年羊,姐姐画了五年画。"

加玛十四岁那年,十六岁的姐姐乔里潘想去伊犁的师范学校学画画。乔里潘是这个平凡家庭的最大光荣,她从小心灵手巧,看到什么图案都能依样临摹,在亲友族人间小有声名。大家实在不忍中止她的梦想。但当时家里唯一的男孩扎达未满十岁,妹妹也还小,再没有合适的劳动力了。于是加玛就辍了学，开始跟着爸爸放羊。

对此，加玛的确有些伤心，但毫无怨言。她很爱自己的姐姐和弟弟妹妹。一提到她们，就滔滔不绝历数每人的优点——姐姐画画儿好，跳舞跳得好；妹妹莎拉古丽歌唱得好，学习也好；弟弟最聪明，摩托车都会修……最后黯然道：就自己什么也不行，所以只能放羊……

我无从安慰，只能一个劲儿地说："哪里，哪里！……胡说，真是胡说！……"

其实加玛远比一般的同龄姑娘聪慧。如果能一直上学的话，也会非常优秀的。

加玛还告诉我，在阿克哈拉的"黑走马"宴会厅，年轻人聚会时，每人都会轮流站在麦克风前唱歌。其实那时她非常想上去唱，却怎么也不敢，无论大家怎么怂恿都不敢。真是个自卑又胆怯的孩子……想想看，一年到头，这个姑娘能够在人群聚居地——比如阿克哈拉村——停留的时间还不到半个月。其他的日子全是沙漠戈壁、森林草野，青春只与牛羊为伴……

虽然牧羊女多的是，但像加玛这样进冬窝子放羊的年轻姑娘太少见了。

可在自己的家庭里，加玛是个自在、快乐又淘气的孩子。每天早上一醒来，就赖进爸爸妈妈的热被窝撒娇，一点儿也不像十九岁的大姑娘。夫妻俩则享受一般地对待这种撒娇，无限溺宠之。但一到劳动时分，两口子就不客气了，非常严厉。每当我看到清晨找马归来的加玛冻得脸发青，不停搓手，就很难过。可夫妻俩神情淡然，只招呼一下"来喝茶"。我简直都觉得这样的父母太狠心了！再一细想：哎，情感这个东西，只需快乐时流露一下就够了。其他时候嘛，还是节制些比较好。

年轻女孩总是勤劳又细心的。隔壁的女主人萨依娜便总是请加玛过去帮着收拾房子。这种要求并不是指使和贪图，而是对伶俐女孩的认同，是对她的赞美。

在隔壁家喝茶时，加玛也以主人的态度为大家切馕沏茶。从不把自己当作客人杵在席间。

有了新什别克一家参与劳动，这个冬天加玛不会太忙了。于是她给自己列出以下计划：依着一个旧的花样子绣两片用来搭在壁毯上的围巾状的白布条。尽管是比照着旧样子绣的，可绣出来后明显比旧的匀净、漂亮；绣两条新毡子上的长毡条，给自己绣一套新的黑色平绒的马饰。她是大姑娘了，要体体面面地骑马出行；再绣一块四十多种颜色的十字绣，以及一块小的毡垫。计划完毕，还嫌打发不完时间，可材料却不够用了。她唉声叹气道："全绣完了又该干什么呢？"

加玛手很巧。很多姑娘的"灵巧"源于经验上的熟练，可加玛不是。许多初学的事情，一上手立刻心领神会。她织的花带子图案变化丰富，看得人眼花缭乱。不像隔壁萨依娜编的花带子，就隔三行织个圆点，再隔三行织个方块。

我家床榻上铺的花毡，加玛绣的部分明显比嫂子绣的针脚匀称美观。

大约手巧的人心气也高，加玛绣毡子非得别出心裁，非要绣得和任何人的都不一样。画花样子之前她在小本子上设计好几套方案，并让我评价。

我指着其中一幅说："这个萝卜不错！还开了花。"

她大喊："豁切！那是苹果！"

我只好指着另一幅说："这个白菜也好看。"

她快要哭了："这是树——苹果树……"

尽管如此，我还是得承认：无论是萝卜还是白菜，都形象优美，线条流畅。她要是也像乔里潘那样学画画，说不定也差不到哪儿去。

我曾在乌河之畔的定居点见过加玛绣的一块圆形花毡。四周倒是中规中矩的传统花纹，中间却非常可爱地绣了一只佩戴着红色领结的泰迪熊。到底还是个小孩子啊。她说是照着妹妹T恤上的图案绣的。

因为画得好，萨依娜做新毡子时，也来请加玛过去帮忙画花样子。她问我：画什么才是别人没绣过的呢？我想了半天："天安门。"她说："豁切！"并大笑。

总之，加玛苏鲁又漂亮又聪明又能干，可偏就没有男朋友！如果和她聊起这个话题，会让她小受惊吓，"豁切"个不停。唉，再过两年就是结婚生子的年龄了，怎么还是小姑娘的心态呢。

我俩在背雪途中休息时，加玛翻起身上的衣服念叨起来：上衣是捡弟弟的，毛衣借妈妈的，棉裤是爸爸的，牛仔裤是姐姐穿剩下的，袜子是奶奶的……算来算去，全身上下只有手套和鞋子属于自己。

我说："没关系，快结婚了嘛。等结了婚，啥都是自己的，对象也是自己的。"

加玛捏一把雪洒过来。

几天后的一个傍晚，结束完牛棚的工作后，在等待羊群回来的空隙里，我们俩在没点灯的家中静静坐着。外面很冷，我们打算等羊群离得再近一些才前去迎接。黑暗中，谁也不想说话。这时加玛唱起歌来。

加玛的嗓音虽然不是很明亮，却真挚动人，唱出的旋律婉转又惆怅。我默默听着。炉火闪烁在她的脸庞上，她的身体消融在黑暗中。青春多么美好，却再无人看到。

那天晚上我们顶着寒流在星空下赶羊，各走在羊群一端。不知怎么了，一路上加玛止不住地唱着歌。虽然歌声是平静的，但我猜她一定沉浸在激动之中。果然，快走到沙丘下时她才告诉我，前两天来找骆驼的牧人带来了沙阿家的卡西去阿勒泰上学的消息。她非常羡慕，也想去上学……其实卡西上学的消息也令我非常吃惊。我很熟悉卡西，她也是辍学后放了好几年的羊（不过不像加玛这样奋斗在放羊的最前线）。以前这姑娘天天嚷嚷着要上学，但家人一直不同意。没想到争取了这么多年，还真的美梦成真了！天啦，那个勇猛又混乱的超级牧羊女……我才不信她能学成什么花样回来！

我不知该对她说些什么好。一个姑娘实现了梦想，另一个则再也没有希望一般。加玛是这个传统家庭的重要支柱，一旦抽脱，这个家庭差不多就垮了一半。

接下来加玛又主动提起了结婚的事。她说来提亲的人家不多（我估计都怕和居麻这个大酒鬼当亲家），而且男方都有这样那样的问题，一时还没有下落。又说自己许多女同学都订婚了，还有的已经结婚了。说这些话时，她显得有些迷茫。说："不结婚的话，就是老姑娘了，老姑娘以后结婚更难了。要是结了婚呢，就和妈妈一样，天天干房子里的活，牛的活，羊的活……现在这样，老了也这样。"

那天她说了很多很多，还透露想去县里打工，学点手艺。并认为一个月只要有五百块工资就很好了，只要能够离开这荒野……

没想到这个平时快乐又坚强的姑娘，居然还有这样小小的、忧伤的野心。

不知是不是因为有了这样的想法，加玛才一直努力地向我学习汉语。而且心高气傲，不但学说，还要学写。她借用我的哈萨克语自学材料，抄写后面的汉哈单词、词组对照表。还一一注音，学得像模像样。但内容却一点也不实用，什么"礼尚往来不可缺"，什么"人的生命是有限的，时间却是无限的"……真不晓得编材料的人都怎么想的。

我也会向加玛讨教一二。她却总是一教就是一大堆，我说："行啦，够啦。这么多，得一个礼拜才能记住！"她微笑着说："要是我的话，一天就记住了。"

果然。头一天晚上学的单词，第二天早上听写，几乎全能写对！过好几天再抽查，还是能写对！我便提高要求，错一个笔画也大力扣分。这下,她只得了九十五分。她很生气,划去九十五的字样,硬要我改成一百分。我接过笔改成了八十五分。她一看,连忙说:"好吧好吧,九十五就九十五吧……"认真极了。

因互相学习语言,说话时不知不觉双剑合璧。我闹的笑话有:"加不加黑?"她最有名的笑话是:"波儿阿达姆波儿毛驴子。"前者意为:"(炉子)加不加羊粪?"后者为:"一人一个毛驴子。"

按说,在所有孩子里,唯一留在父母身边的加玛应该是最不让人操心的一个,可事实上她最让父母不安。居麻很少有针对某事特别激动的时候,那样的激动往往与加玛有关。比如,某天他花了一个小时怒斥当今哈萨克小伙的酗酒行为,起因是好容易有人给加玛介绍了一个样样都好的对象,可又打听到小伙子爱喝酒……还有一次他感慨读书无用,并一口气举了十几个例子。起因是加玛羡慕卡西,流露出也想去阿勒泰上技校的想法。

其实加玛已经很乖很懂事了,这些年来,她为这个家庭做出的牺牲令父母都感到愧疚。之所以逆悖女儿的意愿,不要她去上学,并非出于"舍不得一个劳动力"这么自私的原因。我想,作为父亲,居麻是希望这个女儿永远不变。他希望她能够和牧场上的大多数姑娘一样,稳稳当当地定一门亲事,就此稳稳当当地生活下去。他担忧变故。他想继续把握这个孩子,想永远保护她,照顾她,不愿她吃苦——照他看来,只有一切如故,才不会吃苦。

大女儿乔里潘曾是父亲最大的骄傲，可是每当谈到孩子们，居麻却总说：除了乔里潘不好说，其他的孩子都是好孩子，都让人放心。见我追问，又解释道：乔里潘毕竟在外面上了五年学，有五年时间不在爸爸妈妈身边，不知道这五年令她变成了什么样子。

我见过乔里潘。当时她还很小，还没有去伊犁上学。整个寒假都在用毛线头拼绘一幅繁复的风景画。那时她因毛线不够而发愁，而我因绣花攒了好多毛线头，便答应全送给她。她很高兴，麻花一样绞着我的胳膊不放，催我立刻带她回家去取。那时的她，像加玛一样快乐、机智又爱撒娇。现在却远离了家庭，胡乱谈恋爱，每个月的工资一分钱也存不下来。和家人团聚时，骄傲又寡言，和大家都有些生疏了。

不管怎样，加玛也一天比一天大了，迟早有一天会离开自己曾深深依赖的父母和家庭。也就这两年还能留在家里，听父母的话，帮家里的忙。那两年之后呢？等加玛离开后（或打工，或结婚），谁又来放羊？

到时剩下两个儿女也初中毕业了。我问居麻，继续供他们上学还是叫回家干活？

为此居麻想了好久。我都以为他不会回答了的时候，却听他突然叹道："就看娃娃们自己咋想的吧。如果不想上学了，就回家分一份财产，参加劳动。还想上的话就上。实在没人放羊的话，就把羊全卖了。只留二十多头奶牛，回阿克哈拉种地。别人种地都能过嘛，我为啥不能？"——而不久前，他还嘲笑农民太穷，一年到头也吃不了几次肉。

虽然居麻表示自己做好了两手准备，但我知道，他已经清楚了孩子们的选择。据说小女儿非常刻苦，已经把读书当成人生的唯一出路。而小儿子则一心热爱摆弄机器，想做一个修理工。

因此，这个家庭的现状，其实完全维系在加玛一人身上……

我天天都会在自己的笔记本上记一些内容。加玛问我写了什么，我说："写加玛的事。"她说："豁切，有那么多的事？"

时间久了，大约她也有所触动，也决定写点什么。有一天轮到她放羊了，出发时找我借了一支铅笔和一张纸。等晚上赶羊回来时，纸上就写满了漂亮的阿拉伯文字。晚饭时，她认真地念给大家听。夫妻俩放下茶碗，听得津津有味。听完都说"好"。还把那张纸要去默读了一遍又一遍。我问："写的什么啊？"居麻说："给李娟写的信。"我一听急了，非要他翻译不可。结果这家伙只翻译了一句："李娟在我们家的工作情况。"

我们在这片荒野上刚安定了不到一个月，加玛就要回乌伦古河畔的定居点了。因为奶奶病了，得住院，家里的奶牛和山羊没人照料。于是地窝子里只剩我们三人了。想想都觉得寂寞啊。但加玛却显得非常高兴，大约定居点有她念念不忘的"黑走马"宴会厅吧？——有年轻人的世界，有可能前来的爱情，有打工的机遇，有改变生活的可能性……不知这个冬天，我们已经成为大姑娘的加玛苏鲁是否能积攒到足够的勇气，终于站出去为大家唱歌？

　　加玛走后我们都备感寂寞。一月初，她托兽医捎来一封信。这回居麻认真地翻译给我听了，开头第一句是："冬窝子里的爸爸妈妈，还有李娟，你们好吗？身体好吗？"只这一句，就让人想要流泪。

十一　居　麻

居麻是远近出了名的酒鬼兼赖皮鬼。当我决定这一整个冬天都跟随他家生活时，很多人都大吃一惊。

其实真正了解他的人都知道，这家伙除喝酒和耍赖之外，还是值得钦佩和尊敬的。他做事踏实仔细，为人机智风趣。大家都乐于同他相处。在人群里，只要他一开口，所有人都立刻闭了嘴专注于他一人。而这家伙也乐于表达，吹起牛来，总能超常发挥，妙语连珠。经他散播出去的笑话，能流传好长时间。这使他在牧人间有着某种奇妙的地位。

大约这样的世界里，天大地大，牧人们分散独居，日子寂静单调，生活艰难且封闭，极少与外界交流，人们大多是忍耐而沉默的。于是居麻的出现给大家带来了多少快乐与释放啊。这个人总是能痛快流利地指出一切，总是能说到人心坎儿上，总是寥寥数语就能轻易解开任凭怎样的蛮力也解不开的困结……而那些更加睿智通达、能言善辩的哈萨克弹唱歌手"阿肯"[①]们，则更是被民间深深崇敬，甚至奉若神明。

因此无论耍酒疯的居麻是多么霸道、可恶，大家都不同

---

① 传统的弹唱歌手，擅长即兴表演。

他认真计较，都原谅他的此种偏性。

居麻快五十岁了，头发花白，身高一米八五，体重一百一十公斤。走起路来惊天动地。虽然已是爷爷辈的人物，但我仗着自己也三十多了，非叫他"哥哥"不可。

居麻和我们家相识多年，算是老朋友了。每次去我家商店买东西，我妈都逼他买走包装破损的商品——大家都介意这个嘛。虽然质量没问题但总会被顾客挑剩下，直到都卖完了，实在没得挑了才能卖掉。他对我妈很有意见，但还是不得不继续光顾。因为只有我家愿意给他赊账。

居麻说得满口汉语，虽然含糊不清，但表达异常丰富。比如他把沙丘称为"高沙子"，说"路途遥远"——"戈壁滩多得很！"

有一天他看完一份哈萨克文报副刊后，想了一会儿，认真地以汉语告诉我："这个纸说，我们放羊的这个地方，是专门送这个——"他指着墙上的挂绣，"把画这个东西的细细的、亮亮的线送过来的一条路的上面！"

我想了想：哦，他说的是"丝绸之路"——是的，阿勒泰正是在古丝绸之路的北道上。

他不会汉语的"绣"字，总是以"画"代之。他的大女儿乔里潘是学画画的。我估计在哈萨克语里，这两个动词可能是一个意思。

居麻很善于学习。原先他所掌握的用来骂人的汉语只有"三字经"。自从某次和我妈吵了一架，我妈骂他"不是人"之后，他总算又学到了一句。见了不听话的牛就骂："你不是人！"见了捣蛋的骆驼也骂："不是人得很！"

因居麻总是编派国家领导人，老是说"当初一起放羊时曾怎样怎样"的话，我就笑他："你这个反革命！"他大乐，从此又学会了一句。每天赶羊入圈时，总是边赶边大喊不休："你，反革命！你，也是个反革命！"

难怪居麻汉语说得那么好，后来才知道他小时候生活在县郊的生产队，邻居是回族，便跟着学了许多。后来阿克哈拉这边的人民公社缺一个赶马车的，他的爸爸就揽下这份活计，带着全家人迁过来安了家。再后来公社解散，一家人便渐渐成为牧民。居麻有一次告诉我，自己若还在城里的话，会继续上学、工作，然后就是城里人了。可现在却是个放羊的……情形很有些失落。他是骄傲又敏感的。

而他又总是欢乐的。一大早，大家忙得团团转，就他无事，到处搭讪也没人理他。他就取下镜子照来照去，冲着自己说笑话，捏腔捏调的。但大家还是不理他。他愈发来劲，突然正色敛容，以《新闻联播》的语速和口吻，庄严地念了一长串高级领导人的名字。我忍不住无聊地问："怎么，你都认识吗？"他傲慢道："当然认识！以前一起放过羊……"又指出其中两三个："也是酒鬼……"

大家终于忍不住笑了，说："豁切！"

居麻不但笑话闲不下来，一双手也闲不下来。在不放羊的日子里，他整天东找西翻，东修西补。在一天之中，他可以完成以下事情：帮老婆补好全部的破鞋子并擦得锃亮；在一根用了二十多年的檩木下撑一根柱子；修太阳能电池板；糊补漏风的门缝；修灶台；修漏勺；修加玛的钩针；修自己的墨镜[①]；修我的眼镜——某天放在床上时，被我一屁股坐断了两条眼镜腿。没办法，当时没戴眼镜，什么都看不到；修手锯；修匕首。最后还把一根扭曲的细钢筋垫着十字镐砸得笔直，再敲敲打打，做了一个相当像样的新火钳。只可惜短了点。他说："那就给个子矮的人用吧！"气死我了，说的是我。

全部干完这些后，他才说自己已经胃疼了整整一天。让嫂子灌了热水袋敷在肚子上，早早睡下了。

虽然这家伙还算是个会过日子能顾家的好男人，但让人心烦的是，他一个人干活，所有人都得帮忙打下手。一会儿让我递一下鞋油和刷子，一会儿让加玛取榔头，一会儿又指使嫂子起身拿麻绳。

嫂子不干，说："正在捻线呢！"

他一把抢过纺锤："有什么了不起，不就捻个线嘛！"立刻搓转纺锤，替她捻了起来。

嫂子无奈，只好下床去找麻绳。等取到麻绳转身一看，气坏了！——就这么短一会儿工夫，一大卷线全绕乱了，理也理不清⋯⋯

这个样样精通的男人当然也有失败的时候。比如修补一只裂了条缝的塑料桶。他先燃烧一个塑料袋，使熔浆滴在裂

[①] 由于牧民常年饮用雪水及冰川所化的河水，又很少能吃到新鲜的蔬菜水果，普遍缺乏维生素及微量元素，易患雪盲症，在雪地里放羊必须得戴墨镜。

105

缝上……不成。又找来一块硬塑料,用烧红的炉钩烫煳了贴上去……还是不成。折腾半天,怎么都不成。大怒!干脆取出透明胶带,绕着桶刷刷缠两圈,扔一边再不管了。

而且做这些事情时,无论成败,别人不能表示怀疑。比如给一根钢锯装新锯把时,我只不过随口一句:"这能行吗?"就令他大伤自尊。锯把做好后好几天了,他还在念叨:"那天是谁说不行的?是谁?难道是你吗?过来看一看,到底行不行?"而且此后每当使那把锯子干活时都不忘来一句:"看,做得多漂亮!多好用!李娟开始还不相信呢!"

修理破烂家什什么的倒也罢了,让我吃惊的是,某天居然看到他在做针线活!

他一边喝茶,一边慢慢缝补自己那件破破烂烂的羊皮袄。然后又补手套,然后再补袜子。边补边哀怨地嘟囔:"我的老婆子不管我了,难道她不爱我了?……这也要我自己干,那也要我自己干,可能以后饭也要我自己做了……这个老婆子,我要还是不要了?……"嫂子屋里屋外进进出出,忙得焦头烂额,懒得理他。

然后他又念叨着说李娟很可怜,一个人来到冬窝子,哪天要亲自给李娟做顿正经好饭,并问我喜欢饺子还是拉面。我很吃惊,立刻向加玛求证,她说:"是的,爸爸什么都会!挤牛奶也会!烤馕也会!"

我啧啧赞叹:"简直跟汉族男人一样嘛!"

这时,居麻才告诉我,在他很小的时候,妈妈手断了。

自己是老大，弟弟妹妹都年幼，他便开始替代妈妈做一切家务活。

似乎怕我不信，他还立刻地表现了一把——捞起嫂子绣了一半的毡子就开始抽针引线起来！还指着旧花毡上的几团花告诉我哪块是他绣的，哪块是加玛绣的，哪处又是嫂子完成的……简直不敢相信啊，看他那双蒲扇似的大粗手！

他边绣还边说："等李娟结婚了，老汉画的这块毡子嘛，卷起来捆在马鞍后，送到她家！"

我赶紧说："不要！"

"为啥？"

"你绣得肯定不好！"

……事实上，居麻绣得还真不错！就是针脚紧了些。但一看捏针的架势，就知道是惯用针线的。

后来又得知，他甚至还会用钩针钩花边呢！还会修理一些简单的家用电器，处理各种精密的电路……别看他那双手粗笨厚大，但摆弄小东西时灵活极了。他那粗大的手指头还给小婴儿喀拉哈西掏过小鼻孔！虽然略显笨拙，却耐心又温柔……

对了，居麻很喜欢喀拉哈西，总是拼命亲人家，亲得人家莫名其妙。还老是用筷子夹一下小家伙的小鼻头，再放进嘴里，做出嚼得津津有味的样子。小家伙盯着他那张"吧唧吧唧"的嘴，疑惑地摸摸自己的鼻子，真以为被吃掉了。

居麻还爱扯着小家伙的两只小胳膊和她对舞，跳"黑走马"。节奏激烈，乐得小家伙哈哈大笑。再把她搂在怀里，掀起自己的衣服，喂她吃"奶"。喀拉哈西疑惑地盯着眼前的大白肚皮和胸毛看了一会儿，然后号啕大哭。

我进冬窝子之前，最大的顾虑是这个家伙会不会天天酗酒……幸好酒不多，只带了三瓶来。来时的路上，在司机旁边就消灭掉了一瓶（可怜的司机）。剩下的也只够他闯两到三次祸。每次闯祸，无非就是大叫大嚷，吵得大家一夜睡不好觉。其次就是扔碗砸东西，这倒让人生气又害怕。若是地窝子大些还好说，好歹还有地方躲，可就这么巴掌大的地方……值得安慰的是，扔了那么多碗，居然从来没碎过一个。幸亏地窝子里是泥沙的地面，墙壁是羊粪块砌的，床上又铺着厚厚的花毡。

居麻最可恶之处还不是耍酒疯，而是骗人。他老是骗我玩，用以调剂枯燥的生活。比方某天他突然说，西面荒野尽头的沙丘上有手机信号。害我第二天一大早就往那边跑。辛辛苦苦走了好几公里，爬遍了那一带所有最高的沙丘也……

他还告诉我，烧羊蹄这个活只能男的干，女的不能干。看他说得那么郑重，我还真以为有这么一个传统礼性呢。幸亏后来又多问了一句"为什么"。

只见他继续郑重地说："女的烧，越烧越小；男的烧，越烧越大……"——都什么跟什么！

或者某天夜里他突然兴奋地说："大黑牛今晚要生小牛了！我们都要去帮忙！"害我一夜不敢睡沉了，生怕错过了接生小牛犊的场面。结果那牛一个月后才生。而且牛生产时，根本用不着"帮忙"。

因他老这样，我便轻易不敢相信他的话了。无论他说什么，得先找嫂子或加玛证实一遍。真累啊。

居麻第二可恶的是，每次和我吵架时，吵不过我就转为攻击我妈。还老是模仿她哭的样子，弄出哼哼叽叽的声音。还总抱怨我家商店卖的全是假货，还说我妈"朋友也骗"。我自然很恼火。居麻几乎把阿克哈拉的所有商店老板都得罪光了，只差我家了。

第三可恶的是欺负小猫。后来才知他和猫无怨无仇，是故意气别人的。谁越是为之心疼，他就打得越狠。那么小的小猫，才三四个月大，捏在手里狠命往地上砸。我忍不住尖叫连连。可后来发现除我之外，大家都跟没看到似的淡然。原来，除了沉默，什么也不能制止他这一行为——你越阻止，他越来劲。跟小孩一样！气死我了……

我甚至一度觉得这只小猫可能活不过这个冬天。而小猫很有志气，一有时间就上爬下蹿练习捉老鼠。小小年纪，就决定自力更生。

其实平日里居麻比谁都喜欢小猫。吃肉时，总是不顾大家的反对，大块大块地给小猫削肉。喝茶时，他常常吩咐嫂子给猫的小碗里也倒一些牛奶，而冬天里牛奶那么珍贵……甚至有天晚上，我还发现猫在他被窝里睡觉！

总之，没事干时的居麻，把所有靴子都补好又擦亮后的居麻，把所有变形的锅盖都砸复原状后的居麻，实在讨厌极了。不但惹我们心烦，他自己恐怕也不好受。一会儿骚扰这个，一会儿招惹那个。然后沉重地哀叹：没事做，也不行啊！……然后大睡一觉。醒来后，喝茶，吃阿司匹林，继续惹是生非。

睡醒了，吃饱了，没酒喝，又闲着，并且没人听他说话，偏偏喀拉哈西又睡午觉了，不方便去隔壁串门——那时的居麻倍加寂寞。他便一个人慢慢登上东北面的沙丘，站在最高处，站在明亮广阔的天光下，久久遥望羊群的动向。长时间一动不动。

虽然都是牧羊人，但居麻对待牲畜远比隔壁的新什别克兄弟更谨慎体贴。他密切观察每一头羊的状态，一旦有生病的迹象就赶紧从羊群里拖出来仔细查看。体弱的羊带回地窝子"住院"，生寄生虫的及时抹药。天气降温时，赶紧给怕冷的山羊盖有顶的暖圈……而新什别克家呢，都零下四十度了，他家的牛棚还是敞顶的！

而且居麻放羊时，直到天黑透了才回家，让羊慢慢吃好。而隔壁家呢，太阳才刚下山，羊群就在沙窝子一公里外徘徊了。

平时的居麻嬉皮笑脸，惹是生非，可一到干活时立刻令人肃然起敬。他人高力气大，在每一次邻里联合协作的大项劳动里都是主要劳力。大家全围着他帮衬打杂。只要他不说休息，谁也不好意思回家喝茶。附近牧场谁家若要挖新地窝子，都会邀请他前去帮忙。

一天，轮休的居麻修好砍牛头时砍坏的菜刀、屉锅的锅耳和刚穿坏的一双靴子后，百无聊赖，开始整理陈年账单。我凑过去一看，全是别人打给他的欠条。有一部分是汉字写的，内容有某年夏天帮某人代牧二十五只羊；某年秋天牧闲时在阿克哈拉的水库工地上平地基；同年秋天，帮油葵大户敲葵花籽……真是个勤快人啊！如此想方设法地揽活赚钱……正感慨着，突然发现一张欠条有问题，竟给少算了一百一十九块钱。赶紧指出。居麻非常高兴，一边感谢我帮了大忙，一边骂那个家伙缺德："朋友也骗！"

其实居麻这样高壮的身材并不适合长年的剧烈劳动。不到五十岁，踝关节和膝关节就撑不住了。天气一变，就嚷嚷浑身疼。每天都把阿司匹林当饭吃，看得人心惊肉跳。头疼更是隔三岔五的事，常常半夜疼醒起来吃药。当他无言地往嫂子跟前一坐，头一低，嫂子就心领神会地帮他揉起脖子来。看来颈椎也大有问题。

尤其是轮值放羊那几天，每天回到家里，他疼得上床都抬不起腿来。

对此，嫂子唯一能为他做到的似乎只有每天将晚饭尽可能准备得丰盛些。在炸油饼时，还会心血来潮地炸一个超大号饼，比其他油饼足足大了六七倍。她说："这个，给老汉！"

等老汉回来，疲惫地坐到了餐布前，她特地把它端正地摆在他面前。老汉盯着这个巨无霸油饼愣半天神。缓过劲后，双手握起油饼，像握着方向盘一样，左右扭动，嘴里"呜呜呜呜！滴滴叭叭！"地不停打喇叭——这个老汉一直梦想拥有一辆汽车。

每当居麻轮值时，我就盼望时间快快过去，让他赶紧结束这一轮工作，好好地休息几天。可真等到他休息了……又再次盼望时间快快过去，还是让这家伙继续去放羊好了……唉，他不放羊时，真是烦死人了。不但天天欺负猫，给我们三个找麻烦、寻是非，还管不完的闲事。连我们煮个面条也要在旁边指手画脚一番。凡事操心，大约是聪明人的通病吧。

聪明又心高，能干又自负。这样的人在这样的生活中会有什么样的乐趣呢？真是说不清楚。因为他同时又是善良温和、易于柔软的。很多很多时候，看到他突然而至的快乐，心里一动，会感到难受，又会立刻随之一同欢喜起来。

早茶时我正在折叠干净衣服（洗完后在外面冻成了冰壳子，硬邦邦地挂了半个月，好容易才被大风吹干），他突然倾身过来，抓过一件就想穿。嫂子眼明手快，一把夺去，坚决不让穿。这是件板板正正的新衣服呢，刚洗净晾干，反复穿的话太毁衣服了。于是两人各持一端，拉来扯去，都不放手。

僵持不下，嫂子只好去帮他翻找另一件干净的旧夹克。他这才很不情愿地松手，放弃这件自己所有衣服里最体面的军便装。然后一边穿夹克，一边不停唠叨："不给我好衣服穿，哼，我今天下午早早地就把羊赶回家！……如果明天还不给，我明天中午就把羊赶回家！……要是别人问我为啥回家这么早，我就说老婆子不给我好衣服穿！哎，穿成这样，这么脏，这么破，怎么好意思在外面转来转去，让别人看到了可怎么好！……然后别人都说居麻的老婆子是个懒婆子……"穿上后，我一看，这件夹克不但破旧，还短了一截，还太瘦了，果然很不体面。

然而，几天后的一个早上，居麻还是如愿以偿地换上了那件新衣服。他高兴坏了，大声说："这个才好嘛！穿上嘛，就跟毛主席一样！"

我说："整天放羊，穿给谁看？"

他用唱歌一般的调子说："给绵羊看！给山羊看！它们看了都说：'咦，这是谁？不像昨天那个人了嘛？'然后都围过来看，再也不到处乱走了。让它们干啥它们就干啥。吃完草就回家，听话得很，听话得很！"

我和嫂子都笑了。

清晨，我赶小牛往北面走，半公里后，听到身后有声音。回头一看，戴着红脖套，皮大衣敞开，特意显露出新衣服的居麻骑在马上大声地喊着："一、一、一二一！……"命令马踢正步前进。经过我时，拐向小牛，快乐地替我把它们赶向荒野深处，让我少走了一公里多路。

到了晚上，在野地里冻了一整天的居麻铁青着脸回来，一声不吭，一碗接一碗喝茶。等喝饱了，终于暖和过来了，这才长舒一口气。然后让我给他拿来镜子，举着左顾右盼半天。最后满意道："嗯，还是那么漂亮！还是一个小伙子嘛！"

十二　嫂　子

嫂子沉默寡言，稍嫌严肃。但兴致来时，也会一把搂过居麻"吧"地亲一口，令其一时懵然。

长年的劳累和疾病使嫂子总是紧锁眉头，神情冷漠。因腰腿有恙，弯腰取物时总会沉重地呻吟。别看她干活时显得麻利又厉害，一干完活回到房里，便累得蹲都蹲不下去，蹲下去了又站都站不起来。每当结束了一天的劳动，她就挣扎一般地爬到花毡上，请我为她揉肩踩背。但如果那时她又听外面有人说花脸牛闯进了毡房，便立刻一跃而起，像小伙子一样精神抖擞地冲上地面投入战斗。

居麻胖高胖高的，嫂子却瘦高瘦高的，显得单薄而怯弱。我妈对她的印象是"老实巴交"。以前，每当居麻耍酒疯时，她只能在一旁哀愁地等待一切结束，顶多在他最胡闹的时候轻喝一声："够了！"

每次我们去她家喝茶，作为主妇，从没见她主动攀谈。只是坐在下席低声劝茶递食，毫不失礼。每当大家说起什么哄堂大笑时，她会低声问居麻："怎么了？"她不会汉语。

嫂子难得一笑，总是冷冷淡淡，令人心里发毛。而一旦笑起来，竟非常明媚，眉目之间登时大放光明，好像比任何人都更适合"笑"这件事。

加玛走后,居麻每天出去放羊。不放羊时也得常常出门找马、找骆驼,或是修圈棚。因此大部分时间都只有我和嫂子在家。我俩沉默着各做各的事,交流大多辅以手势。劳动告一段落,就坐下来一起喝茶。安静得像生活在几百年前。但这种安静和沉默是自在舒畅的,毫不勉强。

可才开始并不这样。才开始因交流上的困难,两人间总是误会重重,弄得我非常紧张。当然了,越紧张,错事就做得越离谱。而这样的反应多少令她也很有压力。

慢慢相处久了,才发现嫂子其实是单纯又大方的人,是我多心了。我为之不安、无措的那些,她才不会在意。

洗碗时不小心弄洒了牛奶,大惊,赶紧手忙脚乱地收拾。居麻吓唬我:"快点!快点!你嫂子要来了!看到了要打你!"其实嫂子才不会打我。而且嫂子弄洒牛奶或酱油的时候远比我多。

当她惊奇地说"李娟,猫"的时候,小猫咪一定正肚皮朝天,四仰八叉地睡着觉。当她说"李娟,洞"的时候,是她发现了一个硕大的狐狸洞——当时我们正穿过西面的荒野去往尽头沙丘下背雪。漫长一路一直无话。她突然的这么一句,让人觉得之前那沉默的一路上,她的心其实一直都是平静轻松的。

虽说嫂子不会汉语,但毕竟是居麻这家伙的老婆,多多少少还是能掌握些"牛""羊""马""骆驼"之类的常用单词。比起牧区的其他妇人要强出许多。加上后来又有了默契,我们之间的交流顺溜极了。

嫂子说:"牛,房子。"我就跑出去看花脸牛有没有靠近毡房。

嫂子说:"水,暖瓶。"我便把开水冲进暖瓶。

——措辞简练而有效。居麻啧啧赞叹:"就像老板一样!"

并且时不时还出其不意地有所发挥。当她要我帮忙把奶牛赶到小牛这边时,就说:"李娟,黑的小的牛的妈妈,拿来!"

嫂子每天一大早第一件事就是先把大牛放出去,赶离沙窝子。等大牛走远了,再把小牛放出去,往相反方向赶得很远很远。这样白天里母子们就不易碰面了。——碰面后会有什么后果呢?后果就是天色很晚了大家都不急着回家。而且小牛会把妈妈的奶水吮得一干二净,我们就只能喝黑茶,没得奶茶喝了……

自从李娟来了,赶小牛的任务就给她包揽了。而赶小牛最费事。因为大牛被赶了多年,对牧人的用意早就心领神会,一赶就对直往前走。而小牛以犯犟为天职,至少得把它们赶一公里远才能断了它们常回家看看的念想。

总之,我的存在算是帮了嫂子一个大忙。令她每天早上不再那么焦虑忙碌,可以从容地为大家准备早餐。她为此非常高兴。表示高兴的方式就是先抱我一下,再牵起我的手,一起走向西面高地,把小牛所在的方向及赶牛的方向指给我看。那时的我也为之快乐不已,顿时对往后的相处满怀信心。

在这个家里生活了一冬天,嫂子教会我许多事情——捡羊毛线、合股毛线、绣花毡、编花带子……以及生活中许多的小技巧和小常识。比如扛雪时，要先捡块冻硬的马粪团裹在袋口里，然后连袋子和马粪一同握在手心，这样便于使力，不会打滑；比如清理炉灰时如何才不至于弄得沸沸扬扬；比如使用手捻的羊毛线缝东西时，用完一截线后不必急着打结，只需把仍穿着旧线的针插进新线末梢的环头绕几圈，使之结实又匀称地和新线套在一起……其实，当我一离开这样的生活，这些技巧就全都用不上了。永远用不上了。但我还是为收获它们而感激。倘若我能在这样的生活中走得再长久一些，妥实一些，说不定会顺着这些小小的生活经验摸索出更大的生存智慧来。

阴天里，夫妻俩总是一同浑身发疼。尤其腰部，似乎疼得都坐不起来了。我临行时准备了两包发热贴，便一人给贴了一张，希望能起点作用。他们一贴上，立刻安慰我说肯定会有效的。为了不辜负这两张发热贴，两人立刻投入劳动。用两根棍子每次抬三袋面粉或饲料，硬是把近一吨重的冬储物资从很远的北面雪堆中挪进了毡房里。搬家过来那天，由于汽车不能直接开进我们低陷的沙窝子，就远远在那边卸车了。大家把其他急用的家什搬了回家。只剩这几十袋重家伙一直堆在那边的雪地里。

发热贴有没有起作用我不知道，不过居麻一直贴了三天才舍得揭下来。我大吃一惊："不痒吗？没过敏吗？说明上说贴八小时就可以了！"他笑着指指嫂子："她只贴了半个小时！"……然后就不知掉到哪儿了。

嫂子真的很潇洒。用完扫把、火钳、炉钩什么的，朝身后呱唧一扔了事。也不规整个合适地方放着。大约在大自然中无拘无束生活惯了,觉得哪儿都一样吧。害我整天跟在她屁股后面不停地拾这拾那。

一次炸包尔沙克时,嫂子惊叫了一声。我扭头一看,原来她被溅起的滚油烫着了。正想起身看看是否严重,却又见她立刻恢复了平静,继续打捞锅里的饼。我以为无大碍,便没在意。只见她捞完全部油饼后,先把滚油的锅子从火炉上端开,在脚下空地上放平,还晃一晃稳当否,这才卷起袖子,用凉水淋在患处镇痛。那时我才知道,伤得非常严重!烫起了一大片厚厚的水泡,好几天不能触动。

若是受伤后第一时间就用冷水浇洗患处,伤情也许会缓和许多。嫂子又是怎么想的呢?——好像受伤这件事的严重性远远排名在几只炸糊的油饼之后。又好像表现出对病痛的重视会是多么丢脸的事!这真是令人难以理解的坚忍与节制。

然而嫂子又远非无趣刻板的人(当然,也远没有居麻那么出精捣怪),偶尔迸发的幽默感还很扎实的。

嫂子逗弄小婴儿喀拉哈西时,总是说:"喀拉哈西,跳舞吧!喀拉哈西,笑一个!喀拉哈西,姐姐在哪里?喀拉哈西,阿帕[①]在哪里?……"似乎再也没有其他的哄法了。哪怕小家伙已经被重重上绑,一动不动地固定在摇床里了[②],

---

① 上年纪的女性长辈。

② 不知道为什么所有牧人的婴儿入睡前都会被绑得这么结实。我猜,大约这是一个马背上的民族,怕婴儿从马背上颠下来?

她还在津津有味地撺掇:"喀拉哈西,跳舞吧!喀拉哈西,姐姐在哪里?"喀拉哈西无奈极了。

隔壁家的喀拉哈西是他们一家人的生活重心,令家里永远充满欢乐与笑声。我家就无聊多了,只有一只猫。于是嫂子灵光一闪,给小猫也取名为"喀拉哈西"。从此,嫂子一有空就扯着梅花猫的两只小前爪命令它唱歌、跳舞、指认姐姐和阿帕,也不管人家配不配合。

没多久,居麻也落得同样的绰号。一大早上,嫂子就甜言蜜语地哄道:"喀拉哈西?嘿!喀拉哈西!起床了,你看,姐姐都起来了!"

居麻倒是非常配合。嫂子说:"喀拉哈西,跳舞!"他就缩着脖子和胳膊,前后摇晃不停。

嫂子说:"喀拉哈西,姐姐在哪里?"他就把指头伸到自己下巴上,害羞地指向我。

关于"喀拉哈西"这个笑话,不晓得隔壁的妇人萨依娜晓不晓得,乐不乐意。

相比萨依娜,嫂子邋遢了许多。有时头巾一歪,就露出乱糟糟的头发,两根辫子也不知是哪一年编的,散成了两只大饼。而萨依娜永远头巾裹得紧紧的,辫子梳得光溜溜的。当然了,嫂子远比萨依娜操劳。尤其在加玛走后,更是陀螺一样整天忙得团团转,哪顾得上拾掇自己。

烤馕前,揉完面通常还要醒一会儿,醒面的空当里她就争分夺秒地捻线。于是在馕块里吃出羊毛团是再正常不过的事情,有次还吃出了一团报纸。烤馕时,烤好一面后,翻过来烤另一面的那段时间里,她能绣两寸长的黄色羊角图案。衣服洗到一半,没热水了(雪水太冰,洗衣时,嫂子会把化雪的大锡锅支在外面空地上烧热水),等热水的时间里,她回地窝子里边烧茶边在新毡片上描花样子……所有破碎的时间缝隙都被她填得满满当当。连去隔壁家聊天喝茶都从不忘带上纺锤或绣了一半的毡片。干完牛棚的活回来,一边休息一边思索——实在没什么事可做了。羊毛线捻够了,新毡片刚染好还没干,李娟已经背了两袋雪回家……坐在那里想了一会儿后,起身拆了两只旧枕头,掏出里面的羊毛片——就洗洗枕套吧。

可我觉得居麻这家伙很多时候非常任性,一点也不体谅嫂子。有一次家里的晚饭眼看就出锅了,他还跑到隔壁去聊天。我俩等了许久也不见回来,又不方便为这种事去叫他回家——在牧场上,吃饭这种事嘛,见者有份。城市和农耕地区才各家吃各家的,毫不惭愧——最后嫂子只好盛了大半盆炒面片叫我送过去,让他与邻居分享。于是我们两人就得少吃很多。

可为这事,居麻回来还发了一场牢骚。说自己放了一天的羊,那么辛苦,回家却不能立刻吃饭,还要让他等!所以就赌气跑到隔壁蹭饭……可是那天嫂子也很辛苦啊。那天傍晚突然下雪了,我们赶在羊群回来之前拼命清理羊圈,干了很久的活。回到家都很累了,休息了一会儿才做饭。再说了,隔壁家的晚饭不是做得更晚吗?……

夫妻俩偶尔也会起争执。那时的居麻总是暴怒不已,以嗓门大和语速快屡占上风。而嫂子不为所动,细言细语、冷静分辩，到头来总会取得最终胜利。而这种胜利表现出来时，倒像是两人的共同胜利。居麻便心平气和，再无话可说。旁边的我看着觉得实在有趣……

除了偶尔的争吵之外，两人还时不时生会儿闷气。那时谁也不说话。也不知为了什么，更不知如何收场。于是一整个晚上，居麻不停扯着我没话找话说，而嫂子能一口气捻完全部的羊毛。最倒霉的是小猫，经过谁就会挨谁的打。

第二天喝早茶时，冷战继续。居麻喝完一碗茶，递过去空碗。嫂子没有伸手去接，居麻只好放在餐布上。嫂子取过碗续茶，再放回原处，不顾居麻的手已经伸了过来。

居麻最先耐不住了。他左思右想，突然飞快地脱掉身上的旧外套，起身从粪墙上取下装着干净衣服的编织袋，掏出最好的那件衣服——果然，嫂子中计了，扑过去就抢衣服。居麻扯着另一头不放。两人僵持了许久，突然"扑哧"一声，两人一起笑了起来。接下来，换不换衣服是次要的事了。两口子坐回餐布前继续喝茶，开始不停地说这说那。唉，真的好久没说话了。

在结束一场辛苦的劳动之后。两人回到家，站在地窝子里，疲惫又茫然，似乎一时不知接下来该先干什么好。居麻便一把搂住嫂子，他以为这样会吓嫂子一跳。谁知嫂子这时难得幽默了一把，立刻也反手搂住他，倒把他给吓了一跳。于是两人如此这般在炉子前勾肩搭背地站了好一会，亲热得让一旁的李娟都看不下去了。李娟取出相机，他们立刻同时撒手。

嫂子出生于农民家庭，少女时代生活在距离阿克哈拉

121

三十多公里外的恰库图小镇。有一次我问:"恰库图离阿克哈拉那么远,你们咋认识的?"——顿时打开了居麻的话匣子,说了老半天。原来当居麻还是个小伙子的时候,眼光蛮高的。前前后后结识过好几个姑娘,这也看不上那也看不上。好容易看上一个,双方父母又不同意。便渐渐折腾成了大龄青年。直到某年秋天,他在恰库图的一场拖依①上认识了嫂子,从此三天两头往恰库图跑……他喜滋滋地说:"左看,右看,还是这个丫头子最好!瘦瘦的,高高的,白白的……"一来二去就绕到手了,至今得意非凡……嫂子在一旁端着茶碗抿茶,不知听懂了没有,神态安然。

显然居麻对自己的婚姻还是极满意的,叹道:"要是过得不好,早就离婚啦!"接下来,向我列举了村里一些刚结婚就离婚的夫妻,以及一些结婚多年又离掉的。——"唉,现在的人,脾气越来越大了!"说完,扑在嫂子怀里,用抽咽的声音撒娇道:"这么好的老婆子,给我生了四个娃娃的老婆子……呜呜……"嫂子一手摸着他的头,一手持碗继续喝茶,不为所动。

快要离开这个家庭时,我挑一个光线柔和的黄昏给这夫妻俩好好地照了一张相。看照片时,居麻沉重地说:"我明明在这边,你嫂子的头为啥要往那边偏?可能不喜欢我了……"

---

① 舞会、宴席。

十三　隔壁一家

隔壁一家个儿都不高，他家马却特别高。尤其那匹白马，连居麻那样的大个子骑上去都得折腾一番。为此他不好意思地瞎解释：穿得太厚！

比起我家，隔壁显然富裕多了。啥都比我们多：山羊绵羊共两百多只，我们只有一百来只；骆驼大大小小十二峰，我们只有三峰；马十匹，我们只有六匹……比较下来，只有牛没我们多，但牛奶产量却远远比我们高。

富裕的生活令隔壁夫妻言行举止从容、适然，很有优越感。然而生活劳动的处境却是一样的艰辛。女主人萨依娜每次背雪的时候，整个人被压得都快找不到了，荒野里只见一大袋雪在缓缓移动——不晓得每次干吗非要背那么多。再一想，对了，她家有婴儿，经常洗刷，用水量自然很大。

隔壁男主人新什别克又矮又瘦，黑脸膛，亮眼睛。总是穿粗条绒的裤子，踩着胖乎乎的毡筒，走到哪儿都戴着手套。他的体面之一表现在抽两块钱一盒的"红雪莲"烟，而居麻只卷莫合烟。两人坐在一起聊天时，各抽各的，从不互相让烟。

作为父亲的新什别克，无比溺爱七个月大的小女婴喀拉哈西。一回到家，总是不顾一身的寒气，先扑到床上，搂住孩子亲个没完。亲完脸蛋亲屁股，亲完手指亲脚丫，惹得小家伙咯咯笑个不停。每当喝完茶躺下休息时，也要搂过女儿使之骑在自己的脖子上，任其抠摸自己的鼻子眼睛嘴，再渐渐睡着。

喀拉哈西是异常美丽的女婴。想想看，生命的事多么感人！——新什别克和萨依娜，这对苍老黯然的夫妇，却拥有如此光鲜娇艳的美丽婴儿！一家三人簇拥一起的情景可命名为：希望。

喀拉哈西实在是个好孩子，不但漂亮，健康，还极爱笑，愿意亲近陌生人。一听到有人唱歌就跟着摇头晃脑，手舞足蹈。连喝醉酒后毫不讲理的居麻也爱把她搂过去亲个不停，宠溺地念叨着"坏姑娘，太坏了！坏姑娘，坏死了……"一副简直不知该如何爱她的模样。

奇怪的是，一个正在状态中的酒鬼提出来要抱孩子，父母居然也放心交给他……

喀拉哈西虽然只有两颗牙，却咬坏了我所有的本子和书。短短一个月后，又长出了三颗上牙，又白又大，咬起东西来更来劲了。给她一根尺把长的牛腿骨，也敢接过去抱着就啃，极有魄力。

作为喀拉哈西唯一的玩具，新什别克家的大狸猫整天紧挨着婴儿坐卧。任其对自己又揪耳朵又掐脸，一动不动，满脸沧桑。又因它是喀拉哈西唯一的玩具，这个小姑娘在学会叫"爸爸妈妈"之前，最先学会的竟是猫叫。整天和大狸猫两个你"喵"一声，我"喵"一声，交流得非常愉快。

为什么喀拉哈西总是那么快乐呢？总是逢人就笑，还笑个没完。仔细想想，一天之中，绝大部分时间都以立正的姿势被固定在摇床里，从脖子一路绑到脚丫。还跟粽子一样被各种衣服和毛毯裹得里三层外三层，恐怕手指头都动弹不了一下。好容易松一次绑，能不欢天喜地？……真是想象不出一个人被绑上整整一夜不让翻身是什么滋味。难怪每次上绑时小家伙都会绝望地大哭。但正哭的时候你若逗逗她，又会立刻使她咯咯咯地笑起来，迅速忘记当前的悲惨处境。

进入一月之后，旱情过去，背雪成为很轻松的工作，家务活便不那么紧了。我开始每天去萨依娜家帮着绣两个小时的花毡。这令萨依娜非常高兴。作为回报，她每天匀大半碗牛奶送到我家。这样，我们才有足够的奶茶喝。

才开始，我见她家只有一头奶牛，猜想她家的奶水一定不够用。因为她家有两个男人呢，多能喝茶啊。况且还有一个需要喝纯牛奶的婴儿。可恰恰相反，她家的奶茶永远沏得比我家的浓，还能每天给我家接济牛奶……原来，她家的奶牛产奶量高。我家两头牛也挤不了小半碗奶，她家一头牛就能挤小半桶（直径二十公分的小铁皮桶）。

为啥我家的牛这么不争气呢？居麻说，因为今年夏天帮人代牧了二十多只牛，于是整整半年的时间里，每天拼命挤别人家的牛奶。自家的牛奶则由着自家的牛犊尽情吮吸，这样牛犊就长得快些，强壮些。可是，缺少人工挤奶的刺激的话，奶牛的产奶量便渐渐降低了……我听了，不由得想起我自己家里也有两头牛正托人代牧着呢……我家可怜的小牛犊啊，才八个月大……

居麻又说，隔壁家还舍得给奶牛加营养餐——玉米。难怪。我家的牛每天一回到沙窝子就在附近四处寻找干牛粪干马粪继续充饥。他家的牛却哪儿也不去，紧紧守在他家地窝子门口等着。

萨依娜个子娇小，总是面带微笑。性情和气、精明，略显矜持。整天总在不停地捻线、绣花、洗涮。除了挤奶、背雪、背羊粪块，很少见她出门。

清理羊圈，赶羊赶牛之类的联合劳动她也很少参加，顶多在傍晚大家最忙乱的时候帮着系一下骆驼。大家都很体谅她，因为她得带孩子。

男人们大部分时候都在外面放羊、找骆驼，干牛棚与羊圈的活儿。绣花的时间里，大多只有我与萨依娜相对独处。她的汉语水平还不如嫂子，但乐于对我说这说那。我若听懂了就艰难地回答，听不懂就笑一笑，含糊过去。但她一见我笑了，也会跟着一起笑。我见她笑得比我还厉害，只好笑得比她更厉害。她一见我笑得更厉害了，于是……接下来，我俩较着劲儿地笑啊笑啊，笑到最后简直没法收场。真累。

但大部分时间里我们只是认真地各做各的事，没任何交流。有时她绣着绣着，会轻轻地唱起歌来。又甜又糯，像小女孩的嗓音一样。我深深听着，头也不敢抬，怕打扰了这美丽脆弱的声音。

一次，我们全家去隔壁喝茶时，居麻郑重地告诉我，萨萨依娜是铁匠的女儿！别看她长得瘦弱矮小，但什么样的铁器活都能拿得下来！还提醒我要额外注意她家锡制的奶勺和调羹。我将其取在手里仔细地看。谈不上多么精致特别，但的确花了心思，还一圈一圈地敲了简单的装饰纹在上面。

萨依娜冲的茶水倒是相当讲究，还总是放有胡椒和丁香粒（我家只在天气特别冷的时候才会泡这种味道浓烈的茶）。茶里牛奶也兑得多，盐味总是刚好。她家的馕也总是很新鲜，不像我家的，总是又硬又发酸。她家餐桌上还会出现奶疙瘩和葡萄干。有时还会煮一大碗杏干汤放在餐布中央，碗里放一支调羹，大家共同使用这支调羹舀杏干汤喝。嘴唇触到冰冷的金属和酸甜迷人的液体的时刻，真是一点儿也没法嫌弃大家的口水。

隔壁家的天窗开在地窝子西南侧，下午的阳光在床榻上投出一小方明亮。几乎一二月间所有的下午时光里，我都坐在这方热乎乎的明亮之中，安静地行走针脚。长时间一点点扩散着毡片上的色块与线条。那团阳光移动一点，我也挪动一点。一直挪到床榻边再无可挪时，便收工告辞。地窝子太暗了，唯有在那块阳光里才能好好地工作。

她家天窗下有个羊粪块砌成的台子，上面铺着绿色的金丝绒，堆了又高又整齐的被褥，盖着亮晶晶的大纱巾。大狸猫经常蹲在被褥顶端，透过天窗上蒙着的塑料纸，出神地凝望外面模糊的天空。有鸟影紧贴着塑料纸倏然划过时，它就猛地缩回身子，做出欲要扑击的姿势。

每当有牲畜经过，屋顶震动，细细的流沙像小瀑布一样从天窗缝隙处流下来。那时若喀拉哈西醒着,就会扭头痴迷地盯着簌簌流沙,无限艳羡。并一次又一次想要爬过去一探究竟。但那里对她来说根本就是世界的尽头。

其他时候里,这个小婴儿总是温柔地"咿咿呀呀"地喃喃自语,揪扯猫咪,不厌其烦地命令它站起来。而猫咪总是瞌睡极了,像张空猫皮一样,由着她折腾。

绣花的两个人相向而坐,默默无言,飞针走线。萨依娜干累了,就放下针线,搂起女婴逗弄一阵。萨依娜虽然显得比实际年龄苍老,但还是很漂亮的。瘦脸,高颧骨,红扑扑的两块红脸团。眼睛又大又美,下巴挺翘。她的丈夫也是五官漂亮的人。小婴儿还谈不上像谁。她的美是生命之初未遭磨损的那种美,侧影深深地起伏,像个卡通形象一样夸张又精致。加玛说,喀拉哈西是"燕子"的意思。

新什别克和年轻的胡尔马西都在家的时候,这个房间仍同样地安静。新什别克总是在睡觉,胡尔马西总是没完没了地玩手机。萨依娜做一会儿针线活,再干一会儿家务活。添粪块,烧热水,洗尿布。喀拉哈西玩了睡,睡了吃,吃了再玩。只有胡尔马西的手机音乐从不见消停地响在地窝子左侧的角落里。这个有些孤僻的小伙子从来只待在那儿,不往床榻右边的世界靠近。右边有厨灶,有喀拉哈西的摇篮,有巨大的毛线袋和盛雪的大锅。——那是夫妻俩的地盘。

在我们抵达这片荒野的第三个礼拜,胡尔马西这家伙消失了。此后长达半个月不见人影。于是隔壁家更显单薄,日常生活更是忙碌沉重。在绣花的时间之外,萨依娜若有绕毛线之类的零碎活儿,总是带到我家地窝子,请我帮忙。还常常请我过去帮忙带孩子。

有这么一家邻居也挺好的,除了分担劳动之外,还能有个串门谝闲话的地方。缺个零碎物什了,还能互相借一借。哪家做了好吃的,定会邀另一家分享。怎么着都比一家人孤零零地生活在这荒野中央强多了。但时间长了,多多少少也会有些邻里纠纷。大多因劳动量的分配引起,说起来各有各的理。无论如何,大致还算和睦。

才开始,嫂子让我去隔壁叫居麻回家吃饭时,我敲开门,只在门口探头进去大喊一声:"哥哥,吃饭了!"就算完成了任务,扭头回家。紧跟着回家的居麻指责我:"那么多人都在,你怎么只叫我一个人?要叫的话应该大家一起叫。你只叫一个人,他们一听,都不好意思跟过来。"

我问:"我都叫上的话,他们真的过来吃吗?"

他说:"不管人家来不来,也得一起叫上。都住在一起了,就是一家人了嘛。"慨然无比。

等过了一个多月后,当嫂子让我去隔壁家叫扎达(后来进入沙漠的居麻的小儿子)回家吃饭时,居麻就会特别叮嘱了:"只叫扎达一个人啊,其他人不管……"弄得我反倒很不好意思。只好站在自家门口远远大喊:"扎达!出来一下!"等他循声出来,一直走到跟前了,才悄悄说:"吃饭了……"

十四　梅花猫和熊猫狗

我们地窝子的重要成员还有梅花猫和熊猫狗。每当我背着三四十斤的雪蹒跚走在起伏的沙地中，心跳如鼓，气喘如牛，抬头却看到家遥远得还只是一个小点……便总会嫉妒地想起梅花猫和熊猫狗来。世上恐怕只有它俩最幸福！此时梅花猫一定正想着法子调整出世上最舒服的姿势睡觉，而熊猫狗也正无所事事、费尽心思地打发时间，四处寻找假想敌……又想到梅花猫在暖和的火炉边，一会儿捂着脸睡觉，一会儿又捂着耳朵睡觉，好像全世界都在烦它；想到熊猫狗睡觉时把胖身子尽量缩成最小的一团，把脑袋埋在肚皮下，看上去没头又没尾，毛茸茸一大团……更是哀叹——不用干活，不用负重，瞌睡了能随时睡觉，这是怎样美满的人生啊！

实际上，荒野里容不得废物，两位的日子也不好过。

梅花猫还小，尚捉不得老鼠。作为闲猫，处于家中最受气的地位。每当居麻耍酒疯时，它总是第一攻击目标。它又不像狗，棒子快落下了，一趟子跑掉就是。地窝子就这么大点，能跑到哪儿去？外面世界又那么冷，那么陌生……它还是只三四个月大的婴儿猫，视野还没从家里扩散开去呢。于是，猫在屋檐下，不得不低头。平时夹着尾巴做猫，打不还手骂不还口。打了骂了，下回还得谄媚地往跟前蹭。平时一有空就练习捉老鼠、磨爪子，为早日成为一只有用的猫而努力准备着。

梅花猫原本是只小黄猫。有一天居麻给骆驼做标记，用红喷漆往它们的毡衣服上醒目地写上某乡某队的字样，及自己的姓名和电话。末了摇一摇喷筒，还剩许多油漆，便额外地给骆驼们染了红胡子和红尾巴。再摇一摇，还剩一点，不巧这时小黄猫正贴着毡房墙根小心翼翼地路过……从此，小黄猫便成了梅花猫，身子上东一团西一团的红漆。

我非常生气，冲上前大叫："怎么能这样做？！油漆喷进眼睛里会瞎的！"

居麻闻言，一声不吭，又"嗤嗤"两下，把人家搞成了红脸蛋。我大怒，去抢猫。他死也不松手，并迅速抹红了人家的两只小耳朵和四只小爪子……我错了，居麻这家伙是指责不得的。

小猫果然很难受，叫唤个不停，还用爪子去揉眼睛。没料到爪子上全是漆，更加辣眼睛，揉一下，尖叫一声。只好先清洁爪子，拼命舔啊舔啊，吃得满嘴红色。然后又洗脸，苦恼地洗了半天，抹得到处都是，情况越发糟糕。大约浑身油漆味，很难受，又扭头去舔肚子……更是一顿油漆大餐……我气坏了！这个居麻太过分了！人家才这么大点，这么弱，不给油漆毒死也非得给漆味呛死！

接下来又是一个闲适的夜晚。音箱放着歌，母女俩做饭，居麻看报纸。只有我气鼓鼓的，用洗手壶浇着水，努力

131

给小猫洗爪子洗眼睛。但油漆哪能洗得掉啊？打了肥皂也没有用。

居麻这家伙还故作惊喜地冲小猫说："咦，这是什么东西？我从来没见过这样的猫！"还用报纸卷敲它的头："怎么回事？你怎么变成这样了？"

小猫大约眼睛疼，一直眯成一条缝，睁也睁不开。我指着它对居麻说："看，眼睛瞎了！看，睁不开了！"

他便"么西么西"①叫了两声，小猫闻言立刻扭头看他，眯眯猫眼猛地瞪得滚圆！这个没出息的！……

居麻哈哈大笑："你看！你看！"气死我了。

此后几天，他总是拎着猫反复念叨："李娟说你瞎了，你自己说，你到底瞎了没有？"——意为我大惊小怪。

也许真是我大惊小怪了，生命远比所看到、所了解的更结实，更顽强。

来到这片荒野的第二个礼拜，煮雪时有一点雪屑落到地上。梅花猫立刻冲上前不胜怜惜地舔食。我这才意识到：大家平时只喂它食物，从没人给它喂过水！……天啦，这两个礼拜它怎么过来的？

居麻说，它渴了会自己从门缝里挤出去吃外面的雪。

我说："那又怎么回来呢？"门是朝外开的，往外挤倒是容易，再要挤回来，绝对是个技术活。

居麻说："不知道，反正它回来了。"

有一天果真让我看到它回来时的情景。只见它先伸一只

---

① 唤猫吃肉时的声音。

爪子在门缝外扒拉，门缝就渐渐大了一些。然后赶紧把小脑袋凑上前，以猫嘴别住扩张的门缝，拧着脑袋钻啊钻啊，硬是把脑袋挤进来了。接下来就好办了，猫也算是软体动物嘛，头能进去的地方身子也能进去。唉，真的一点也不笨。

对猫来说，喝水是件大事。虽然又麻烦又怕冷还怕狗，但每天还是得如此折腾一番。成长也是不容易的事啊。

梅花猫最热爱磨刀的霍霍声。因为磨完刀，接下来往往就该割肉了，而割肉时总少不了它几块。有时候居麻为割牛皮绳而磨刀时，它也会满怀希望凑过去等着。居麻就大骂："你！不是人！"

以前一直以为居麻不喜欢小猫，因为他一喝了酒就打它，打得特狠，看得人心惊肉跳。但一到吃肉时他总是不顾众人的反对，频频给小猫削肉。难怪小猫被打得那么惨，还总爱腻着他。

居麻给梅花猫吃肉时，嫂子反对："豁切！"嫂子给猫吃肉时，加玛反对："够了够了！"加玛给猫吃肉时，我反对："它已经吃了不少了！"我给猫吃肉时，居麻反对："它吃得比你还多！"总之一家人就这样互相有所牵制地宠溺着梅花猫。

居麻有时也会骂猫："天天睡觉！就知道吃肉！自己的羊不宰，就只知道吃我们的羊！"

我大惊："它也有羊吗？"

居麻说："老鼠不是它的羊嘛！"

……

隔壁的大狸猫是喀拉哈西的玩具，我家的梅花猫就是居麻的玩具。他一会儿揪着猫耳朵整个儿拎起来，用估量的口吻说："二十二公斤！"一会儿又紧紧地捧着猫脸："为什么生气了？是不是李娟又打你了？"

明明是他自己老欺负小猫，老是捏得人家吱吱叫！——每到那时，我若大声制止，他就把猫一把拽过来搂在怀里，故作心疼地问道："刚才谁打你了？告诉我，不要怕……是谁，是谁？……啊？是她？？"然后硬扯着猫爪子指向我。

他打猫的时候，猫当然会跑。猫一跑，他就操起菜刀在炉板上霍霍地磨。猫闻声立马跑回来，然后又给逮着挨打……没出息的！

找不到榔头时，他也会赖梅花猫："既然谁都说没有拿，那肯定就是你拿了！快，交出来！"

不过呢，像我这样的大好人，有时也会欺负一下梅花猫。比如背雪回家，累坏了，看也没看，把沉重的雪袋往床榻上一甩，就压着猫腿了——谁教它睡觉时腿拉得那么长！总之那一下砸得可不轻，只见它呜呜抗议了很久，一条后腿瘸了半天。

虽然梅花猫的处境有些不顺，但较之熊猫狗，它的日子幸福得堪称"腐朽"。

狗是比较地道的哈萨克牧羊犬，肥头大耳，体态硕大，皮毛又密又厚又长又卷。毛色却是黑白花的，跟荷斯坦奶牛一样。我第一次见到它时，问居麻："它叫什么名字？"这家伙飞快地现编了一个："黑白狗！"

于是我便称之为熊猫狗。

哈萨克牧羊犬体态臃肿,看上去不够精悍,宽大的耳朵也立不起来,耷拉着挡住了耳洞。据说,为了让它们在夜里更警觉地听到羊群里的动静,牧人往往会在狗很小的时候削去它们的耳朵。我们的熊猫狗也只是剩短短一截耳朵茬子。平时耳朵茬子笔直竖起。谄媚时,就刷地塌下去,成了个秃脑袋,越发显得憨厚胆怯。

才开始,我觉得熊猫狗是幸福的,至少每天晚上还有一份狗食。每当晚餐结束,嫂子总会从餐布里取出两三块旧馕,放进它专用的狗食盆——一只对半剖开的八升的破油壶,再浇点剩茶和面汤。而过去认识的扎克拜妈妈一家是从不喂狗的。那狗怎么生存呢?只好靠它改不了的老本行了……不知为何,大家都表现得好厌恶狗。

但居麻家就不会了。当居麻在沙丘上一坐下来,熊猫狗就凑上前紧挨着他一起卧倒。嫂子一出门,它就跟橡皮膏一样前前后后紧贴着她的腿走。大家顶多呵斥几声,却并不烦它。

羊有羊圈,牛有牛棚。骆驼还紧贴着厚厚的羊圈墙根儿过夜呢。只有熊猫狗总睡在地窝子顶上的迎风处。虽说地窝子顶是个地暖,但空敞无遮,能舒服到哪里去呢?我曾想过给它也挖个地窝子,但一直懒得开工。因为它看上去好像真的不需要,日子真的过得蛮不错的。

尤其冬宰时,大家分给了它好多下水杂碎。那段时间熊猫狗幸福得天天眉开眼笑!

那时熊猫狗最大的烦恼来自于牛。若嫂子给狗食时它不在场,牛就跑来打秋风。若那时给熊猫狗撞见了,它立刻爹开一身皮毛，在三步远外埋下肩背，撅起屁股，悲愤地大喊大叫。实际上不管它叫得多凶，牛若不理它，它也无奈何。但牛是不经吓的，果真很快让步了。狗扑向自己的财产，可怜兮兮地啃咬剩下的——早就已经冻得硬邦邦的了。

有一段时间因为伙食太好，熊猫狗开始挑三拣四。每天它的狗食盆里都会剩一些。时间久了，越积越多，冻成尖尖的一大坨。又有一段时间，伙食不行了，它只好去对付那尖尖的一大坨……可怜兮兮地埋头啃啊啃。一有空就去啃。啃了好几天，还真啃没了。

不过以上说的都是熊猫狗的好日子。再往后，熊猫狗就惨了……

冬天是孕育的季节。牛挺着大肚子，快要生小牛了。羊也一个个大着肚子，有好些个也快要产冬羔了。长久以来，大家一直在为牛羊的生产做准备。但谁也没想到，最先生小宝宝的，居然是熊猫狗！一直都没人看出来……怪不得看上去那么胖……

最先发现的是居麻。那天下午他破天荒在牛棚那边挖坑，说在给狗盖窝。我以为又在瞎扯，没理他。第二天早上，他又问我："你要几个狗？"我问："哪来的狗？"他说："我家的狗嘛，昨天晚上生了四个！"我说："又是做梦看到的吧？"他很恼怒，立刻拉我去看。果然，在他挖的新狗窝里，四个光溜溜的小狗正裸在零下三十多度的冷空气里冻得吱哇乱叫！

原来，头一天熊猫狗把狗宝宝生到雪地里了。居麻便挖了个新狗窝，并帮着把小狗扔了进去。奇怪的是，母狗产仔时一般六亲不认，见谁咬谁。若碰了它的狗仔，更是捅了马蜂窝。可熊猫狗却如此温驯。我凑上前，把小狗从它肚皮下拖出来看，它也毫无意见。还舔了舔我的手，信任极了的模样……大约它也知道自然严酷，寒冬漫漫，必需依赖人的帮助才能捱过去……

偏巧那两天正过着寒流。收音机播报夜里最冷会降至零下四十二度。哪怕正午最暖和的时候，温度计都显示在零下二十度以下。

虽说临时在羊粪堆里掏了个狗窝，但空空敞着，顶多就挡挡雪，对于寒冷和大风却不起任何作用。我预感小狗一定活不下去。

那两天真冷啊！赶羊回来的路上，我眼珠子都冻得发疼，只能半眯着眼睛走路，不敢大大地睁开。因为鼻毛是湿的，也给冻硬了，呼气吸气时，戳在鼻孔里微微发疼。

熊猫狗产后整整两天时间里，它不吃也不喝，缩成一小团护着小狗。可能那个新挖的狗窝实在太小，它身子的一部分还露在外面。其实那时我不知道的是，那个简陋的狗窝已经从最里面侧塌了一半。真是一个不幸的生命……而生产之前，因为它的狗食盆里冻满了汤汤水水，为了惩罚它，嫂子已经好几天没有给它吃的东西了，非要它把那坨冰块啃完了才给吃的……当时哪里知道它已经是母亲，而且马上就要临盆了。

居麻让我把冻硬的狗食端回家，放在火炉边。好半天工夫才化开。一大盆馊面汤，里面只泡着一小块馕。化开后我怕放到外面再次上冻，便一直留在地窝子里。第二天晚上，突然听到小狗惨叫得厉害，心想可能熊猫狗终于出来找吃了！出去一看，果然，它正在以往放食盆的地方着急地东找西找。我赶紧折回去端盆。等端着食物再出去时，熊猫狗已经又回到小宝宝身边了。无论我怎么呼唤，它也不肯出来。我便深一脚浅一脚摸黑过去，把盆放在它的窝边。

果然，第二天那盆狗食又冻硬了。它一口也没来得及吃，一步也不敢从宝宝身上起身。没有毛毛的宝宝，在这样的极寒冷空气里活不了几分钟的。

此后，每当熊猫狗偶尔出来找吃的，心里就很难过，为自己没有什么吃的能够给它……

嫂子每天给它泡两三块乒乓球大小的馕块——虽然比起别人家，对狗已经优待多了。但这哪能够呢？我养过狗，晓得这么大狗的饭量其实比人大。

听说奶疙瘩最扛饿。平时我们餐布上也不会放奶疙瘩的，只在加玛出去放羊时，嫂子才会从系了口的布袋里取两块给她。我想来想去，想法子偷拿了一块。到了狗窝边，见它无法起身，就凑过去塞它嘴里。它头也不抬，一口吞掉。那么大的一块，硬邦邦的，也不嚼一下，也不怕噎着。

突然又想起，好像生面的营养价值比发酵的面和熟面更高。晚上擀面条时，偷偷掐了一小疙瘩生面团。去喂它吃时，又一口吞掉……

偶尔嫂子会分给我一块糖，也统统留给了它。好歹也是一分热量啊。

狗是要吃骨头的，它恐怕比任何动物都需要补钙。我们隔三岔五会煮一次羊肉吃，啃剩的骨头很多。但嫂子每次都把骨头小心地收集起来——路过定居点时可以卖钱。这个倒是不用偷了，我义正词严地要求给熊猫狗吃。居麻同意我给它取几块，但也只有几块而已……

后来我开始偷梅花猫的伙食喂狗。所以说梅花猫这家伙腐朽嘛，从不为吃发愁。肉块、杂碎、包尔沙克、奶茶泡过的馕块……整天堆在它面前由着它吃。

对于一只小猫来说，这些东西过于丰盛了。但对于一只大狗，还不够填牙缝的。

几天后，有一次路过狗窝，看到熊猫狗正从狗窝里一点一点往外钻……才发现不知何时狗窝已经塌了！

我大惊，连忙凑过去查看。原来狗窝只是居麻在砌得整整齐齐的羊粪堆一侧掏出来的一个洞，上方没担木板，居麻用一整块较大的羊粪板简单地架了一个顶。不知何故，那块粪板从中间断开了。上面堆积的羊粪块塌了下来。我蹲在洞口，伸手进去摸了又摸，幸好只塌了一半，幸好没压着小狗。

我试着维修了一下，但力不从心。居麻是横向掏的洞。要彻底修好它，得挪开上面一米多高的羊粪堆，工程浩大。又有小狗在里面，实在不敢大动干戈。搞不好完全修塌了……就洞也没有，狗也没有了。

总之折腾半天，又是挪又是顶的，好歹把窝里的空间撑高了十公分。熊猫狗进出不那么费劲了。但心里还是很不踏实。

我央求居麻帮忙修一下狗窝。他听了很生气："我再没有别的事情干了吗？天天给狗打工？"

我时常过去，给狗窝换一块撑着上面粪板的粪块（荒野里再没有别的材料了，哪怕有根木棍也比这个强啊），或摇一摇，看稳不稳当。夜晚来临时，就拾块小小的塑料布（能找到的唯一的一张）搭在狗窝上，象征性地挡挡风（太小了，只能挡一半的洞口）。周围再砌些羊粪块堵一堵……这荒野里，连件破衣服也找不到，连块多余的破毡子也没有……那时真恨自己一无所有，没有财产也没有力量。什么也保护不了……

面对我的行为，大家都劝说："够啦够啦！它是狗嘛。"

居麻又说："人又能好到哪里去呢？"

熊猫狗生产四天之后，冷空气略微回暖一些的时候，不可思议的事情发生了。当我再次去查看小狗时，发现竟多出了两只！数来数去，没错，六只。之前有两只黑的，两只花的。现在却是两只黑的，四只花的！

回去传达这个消息时，一时都没人相信！

大约生下四只小狗后，天寒地冻，熊猫狗状态也很危险，便闭了产道。等捱过最艰难的那几天，才生下了最后的两只。

那段时间我过得非常煎熬。每天半夜不停醒来，听着羊圈那边小狗凄惨地尖叫，就疑心狗窝是不是塌了……焦灼不堪。但又没有勇气离开被窝。再说，为了一只狗深更半夜爬起来打扰大家休息，会令人厌恶的，大家会觉得我小题大做。最重要的是，这也操心那也操心，却又无能为力，只能聒噪地团团转——这种人最讨厌。

居麻安慰我："没事，它穿着狗皮大衣呢！"

可小狗却没有大衣穿！它们的衣服那么薄。

最糟的是，从第二个礼拜起，熊猫狗就拒绝同小狗过夜了。仍回到地窝子的地暖上自个儿卧着。大约奶水不够，奶头被小狗啜得太疼了，不敢回去。

不知因为冷还是因为饿，在那个敞开的羊粪堆里，小狗整夜惨叫不休。于是人也睡不安生。梦里都在想，不知这会儿冻死了几只……眼下这滴水成冰的冷啊……为什么不能像初生的小牛或生病的羊那样，把小狗挪进地窝子里呢？

居麻还是说："谁叫它们是狗呢？"

但是，还是那句话：生命远比所看到、所了解的更结实，更顽强。小狗全都活了下来。而且一个礼拜后，天气缓和了许多。甚至有时中午的气温还能达到零度左右。小狗总紧紧挤成一团，在睡梦中成长。叫得尖厉的往往是最外围的两三只。它们边叫边往狗堆里面挤，等挤到最温暖的中心地带就不叫了。轮到被挤出去的那几位开始边叫边挤。

二十多天后，小狗才完全睁开眼睛，睁得好慢啊。估计也和恶劣的生存环境有关。我记得我以前养的狗，一个多星期就能睁开眼了。

不过一个个肥嘟嘟的，握在手上很有分量了，让人感到它们饱满的生命力。好像只有我看小狗时会把它们拿在手上。大家非常厌恶我这一行为，好像小乳狗是世上最肮脏的东西，碰都不能碰似的。居麻的小儿子扎达看狗时，就用木棍把人家从窝里扒拉出来，看完再扒拉回去。有一次扒拉不回去了，只好用一张塑料纸垫在手上，隔着塑料纸捏着小狗扔回窝里。仿佛这是他接触小狗的最大极限。总之，小狗们一个个看上去很健康的样子，我果然瞎操心了。

但还是继续操心：快满月了，该断奶了。断奶后又喂它们吃啥呢？

果然，仍然是瞎操心——断奶后，就该送人啦！

某户人家的牧羊犬某月某日生了小狗——在荒野中这也算是重要的新闻呢。我们的熊猫狗也是这片牧场上流传的新闻主角之一。一个月之后，陆续有人打听着前来讨狗了。甚至还有从很远很远的牧场上赶来的，骑了大半天的马。据说冬天最冷时节出生的小狗是最好的狗，比其他的小狗更加顽强，更加耐寒。

每个来要狗的人选中狗后，都会给居麻塞十到二十块钱不等。他们是主动给的，并没有讨价还价。

居麻说，这么做并不是在卖狗。因有古老的礼性，前来要狗的人如果不给狗主人留下点东西，带回家的狗就不负责，不好好看家也不叫唤。

他说，过去年代里一般会给件衬衫之类的，现在就直接给钱了。

一共送了四只狗。剩下两只，我要了一只小花狗，居麻留了一只小黑狗。

我说："家里不是已经有一条狗了吗？"

他说："谁知道它还能活多久？"

说完掏出匕首，飞快地割去了小黑狗的两只耳朵。这就是狗的命运。

——能活多久呢？人不也是这样的吗？付出生的努力就

是了。

不晓得梅花猫能否理解熊猫狗的处境。它怕狗。在外面和熊猫狗狭路相逢的话，它就会踞缩身子，浑身梅花夈起，瞪着狗示威似的低吼。狗漫不经心踱过来，用鼻子嗅一嗅它——不能吃。鉴定完毕，原路走了。可梅花猫会把这种结果当成自己的胜利。它蹲在原地又吼一阵，再一溜烟闪回地窝子。

后来小猫胆子渐渐大了，开始主动示好。当饥饿的熊猫狗蹲在地窝子门口，堵着门找人要吃的，它就陪狗一起堵。不过为了能和狗保持同样的高度和视野，它每次都踞立在门口的一根细木桩上。那时，它深深地盯着熊猫狗。如果距离够近，它还会伸出一只梅花爪，试着去触碰它。

无论梅花猫还是熊猫狗，都本分得令人吃惊。家里没有饭桌，餐布直接铺在床上。大家喝茶时，小猫总是在周围徘徊，不敢越雷池一步。餐布内餐布外，界限分明。除非有食物不小心滚落到餐布外，它才迅速扑上去，放心大胆地受用。

冬宰时，床上堆了一大摊马骨头和马肠子。小猫紧紧挨着这些宝贝左右逡巡，极力忍耐，始终不敢触碰。哪怕家里一个人也没有的时候。

冬宰那几天，所有未处理的肉块全堆在毡房里，也没人看守。熊猫狗整天在毡房门外蹲着，眼巴巴地往里看。绝对不敢擅入半步。

看来为这些事情，它们肯定没少挨过打。

十五　大　家

牛、羊、骆驼、马——大家都只是吃草而已。放牧也似乎是极简单的事。早上把大家赶出去,晚上再赶回来就可以了……若真这么想就傻了!世上哪有不带智慧和精细规则的生产方式呢?除非从小就生活在牧人的家庭,否则要掌握这门技术实在太难了。就算大学开设了放羊的专业,就算读上四年书也没有用的,再往下读研读博,还是没有用。

我问居麻:"为什么骆驼要赶着回家,牛却不用赶?是不是牛知道回家的路,骆驼不知道?"

居麻说:"它咋不知道!它不回来嘛,是那个,草多得很嘛,又不怕冷。"

这个解释令我很费了些心思。为什么草多了就不回家了?难道草少了就回家了吗?草少了应该更加努力地四处寻找顾不上回家才对啊。还有,那个"不怕冷"又是怎么回事?这荒野四下里不都一样冷吗?

在牲畜里,最怕冷的是牛和山羊,然后是马。但牛和山羊都住着有顶的圈棚,就马露天过夜。

我问居麻:"为啥马没有房子?"

答曰:"因为马没有肚子。"

……这个，更费思量……

不过，这些问题很快就弄清楚了。前者是说骆驼贪吃，一出去就不想回家。虽然穿有抗寒的毡衣，不怕在荒野过夜，但它们喜欢到处蹭痒痒，万一衣服在外面挂坏了或挂没了，不及时回家修补的话，会冻坏的。

后者是说马没有胃部，是直肠子，消化得快。所以不能关起来，必须得由着它不停地吃，不停地拉。怪不得有句话是"马无夜草不肥"。

据我观察，在所有牲畜中，牛的眼神最好。记得转场途中，深夜降临之后，马安静地磨着牙，嚼着夜草；羊在黑暗中眯着眼睛，等待天亮；骆驼也静卧如山；只有牛，一只接一只开始鬼鬼祟祟地行动了。它们先靠近我们栖身的帐篷边翻找食物，拱踢炉子。弄得四处窸窸窣窣。又渐渐地越走越远。到了凌晨三点，大家起身。喝完茶后，男人们拆临时帐篷，往骆驼身上绑包裹箱笼，加玛打包被褥和厨具，李娟则去赶牛。羊马骆驼都卧在原地不动，就它们走出半公里外了！

不知为何，小牛永远比大牛长得好看。不晓得好看在哪里。经过我仔细观察，原来二者最大的区别在于脸部的侧影——小牛的鼻梁是塌下去的，大牛是隆起的。至于为什么塌下去比隆起好看，就搞不清了。

但是长得漂亮又有什么用！小牛最可恶了，它们清楚我只有一个人，而它们有三个（我家两头小牛，新什别克家一头，平时在一起放养）。于是一追赶，它们就往三个方向跑。每次追小牛，都累得我肝脏供血不足，肚子也饿得特别快。回家一定要大吃一顿……

虽然只是小牛，犯起犟来谁都莫可奈何。我双手攮着它的屁股推啊推啊，拼了命也只能推一两步远。累得够呛。居麻出馊主意："你骑上去嘛，一骑上去它就听话了。"口吻极郑重，害我差点当真。

姜是老的辣，牛是老的贼。当我举起棍子追打时，大牛会先瞟一眼我的棍子，根据其粗细来判断是否需要反抗。而小牛不管三七二十一，梗着脖子斗争到底。并且无论输赢都统统当成是自己的胜利。气死我了。

后来发现，追牛时，不能对直了猛追。那样只会把它越追越远。要讲究策略，先若无其事地往另一个方向走，让它慢慢放松警惕。等走到足够远的地方再慢慢绕着圈子走回来，一直绕到它的正前方——这才追！

而总是会出现这样的情况：当我费尽千辛万苦把它们赶到东面沙梁后的荒野深处，再转身回家。可等我到家了，它们也到家了……只好重新再赶。

很多时候，站在沙丘上，无论朝哪个方向眺望都看不到小牛了！大惊，赶紧跑下去满世界找。先往东走，再往北走。无果。回家暖和一下，焦虑不已地喝两碗热茶，再接着出去找……一直找到天色都暗了。等筋疲力尽地回到家，发现它们已经好端端地等在沙窝子里了……真是神出鬼没。

第二可恶的是那头三龄花脸公牛。一整个冬天里它都是我们的重点监控对象。自从某天深夜这家伙闯进毡房（那时刚搬到此处，牛棚还没有收拾出来，天气也不冷，大牛们暂时露天过夜），咬坏了装玉米的麻袋和面粉口袋，默默享受了一夜后，就把此处风水宝地铭记在心了。一瞅着机会就钻进去搞破坏。而我们的毡房只挂有毡帘，没装木门。无论毡帘外绑再多的绳子，横再多的木头也没有用。它多有力气啊，一拱一挣就破门而入了。我们唯一的办法就是严防死堵，看到就打。只要它靠近毡房十步远，就一顿猛打猛追。给它树立起一个"禁地"的概念。

唉，玉米粒弄洒了，还能从土中铲起，花半天时间细细扬去沙土，而面粉就只能白白给糟蹋了。真是可惜！

骆驼们则是逍遥派的，无组织，无纪律。要不怎么这一整个冬天里，路过我们地窝子进来喝茶的客人们，十个有九个都是出来找骆驼的。从没听谁说出来找牛找马。并且所有牲畜里，只有骆驼的身上会用红漆醒目地写有主人的电话、姓名和村落等联系方式。可见它们不但能瞎跑，还会跑很远。

新什别克两年丢了三峰骆驼。大约丢怕了，每天都严密监控骆驼的动向，比我家监控花脸小公牛还要严密。并且每天傍晚都不辞辛苦，坚持赶骆驼回沙窝子过夜，而我家的骆驼几天才赶回来一次。骆驼赶回来后，新什别克就把它们其中一条前腿的大腿和小腿折起来绑在一起，令它们一整夜只能跪卧着。就算站起来，剩下三条腿，谅它也跑不了多远。

为了每天赶骆驼的事，这两家人没少生气。新什别克家认为这与放羊一样，是共同的劳动，应该一同分担。而居麻认为我家骆驼的数量还没有他家骆驼的零头多，平均分担的话太不公平。再说了，居麻从没丢过骆驼，便常常嘲笑新什别克小题大做，没事找事。

同理，新什别克家从没冻死过牛，对牛的保暖工作也异常粗心。不像我们，一到夜里又是堵天窗又是盖棉门帘的。他家的牛棚很长一段时间里甚至没有顶，敞着。

总之，一轮到居麻赶骆驼，他就火大。每次一回到家立刻冲我埋怨："累死老汉了！那边——三个！那边——五个！那边，那边，还有那边——各一个！"他把四面八方各指了一遍。又说："比放羊还累！"

放羊的话，慢悠悠跟着羊到处走就是了。而赶骆驼，则得不停地纵马奋鞭，上下奔突，骂爹骂娘，斗智斗勇。

骆驼这家伙也怪，存在内部分歧似的，总搞自由活动。不像牛羊马，总是同类相聚，走哪儿都一搭儿。

除了逍遥派，骆驼们还应划入丐帮门下。当一群骆驼摇摇晃晃走过来，看吧，个个穿得破破烂烂，补丁迭补丁……哎，谁叫骆驼那么大的个子呢，哪有整块的布给它们缝衣服。于是全用旧棉衣旧毡片旧毯子拼拼补补。而骆驼们一点也不爱惜衣服，总是在地上打滚。沾了一身稀牛粪后，又站起来在同伴身上蹭痒痒，再把别人的衣服也弄脏。

另外，都说骆驼是抗旱耐饥能手，我看才不是。在南下的一路上，那些鼻孔没穿木栓的小公驼，个个饥不择食的模样。见到路边指头粗细的一小丛干草都会停下来啃几口，屡屡掉队，害得维持秩序的李娟折腾了一路。只有负重的或有过负重经历的成年骆驼们最懂事，老老实实被绳子穿成一串，一整天不吃不喝，照样安静前进。

在那次南下的转场途中，李娟负责牵骆驼。不知为何，打头的骆驼总是郁闷地嚷嚷不停。它有一个绝招，就是紧闭着嘴，只在喉咙深处吼。明明离你只有两步远，但发出的声音就像在几公里以外。

骆驼干的坏事还有老往羊群里跑。尤其在大家最忙乱的傍晚时分，有个家伙硬要跟着羊群一起入圈！它可能喜欢羊吧，但羊显然不喜欢它。本来大家老老实实排着队往圈里走着呢，猛然间给这个天降神兵搞得秩序大乱。一个个惊吓不小，刺毛乱夵。它还装糊涂，越是赶它，越是舒舒服服就地卧倒，把羊圈入口堵得结结实实。若是再赶，它干脆侧身一躺，跟死了一样，身子拉得直直的一动不动。

骆驼虽然讨厌，也有可爱之处。尤其是那么大的骆驼却长着那么小的耳朵！

大家吃雪的时候，牛伸出舌头转着圈地舔，马老老实实龇出牙去啃。骆驼最厉害，垂下长长的脖子，下巴平贴地面，像开铲车一样平铲过去，一下子就能铲满满一嘴！再合上嘴一口吞掉。我猜骆驼的祖先一定有铲齿象的基因。

牛也罢，羊也罢，只要是公的，时间到了都得去势。就算是骆驼这样的庞然大物也难逃此劫。在一月最冷时节的一个金色黄昏里，轮到我们家的一峰小公驼倒这个大霉了。它鼻子被穿上木栓系在牛棚边，又被绑上四蹄，然后被轰然推倒，割下了蛋蛋。手术很简单，取出蛋蛋后缝两针，用高锰酸钾溶液浇洗一下，再用烧红的十字镐烙烫伤口，算是消毒止血。我远远地看着大家守着那个倒霉蛋折腾，只见血流满地，不忍近前细看。事后倒是仔细地看了一下取出来的蛋蛋，居然是橄榄形的。

一切结束后，嫂子剪下一块方毡，中间掏个洞，穿过那个倒霉蛋的尾巴后，把这毡片直接缝在它屁股周围厚厚的毛层上，为创口挡一点寒风。缝完最后一针，新什别克解开缰绳，拔掉鼻塞，它赶紧一趟子跑掉。

和其他牲畜不一样，马是一直散养的。我一直搞不清马的管理方式，只知道家里的坐骑每天傍晚都会给开个小灶——戴玉米口罩。除了作为坐骑的马，体弱的"少先队员"和产奶的母牛根据各自的脸型，也都拥有各自的口罩。

马在戴口罩时分外配合。如果我系得有点歪，它就偏着头提醒我：右边太松！

那么大一匹马，可每次却只分给人家一小把玉米。居麻说今年草好嘛，能省就省点。万一变天了，又有了灾情，家里的四麻袋玉米说不定还不够呢。

居麻还说，在迷路的时候，牧人会松开马缰，让马自行前进。为什么马认得回家的路呢，因为它最惦记玉米！所以，无论什么时候，马一到家就赶紧给喂玉米，不能让它失望。再说了，马多辛苦啊，放羊全靠它。

如居麻所说，马是直肠子，消化得快，得不停进食。因此，除了坐骑之外，家里所有的马的主要任务就是一个"吃"字，得由着它们在外面游荡。我一直搞不清为什么骆驼放出去一天就跑得无影无踪了，而马一撒开就半个月不管，却怎么也丢不掉。可能就是玉米的功劳吧。

每天使用的坐骑夜里也得放养。于是每天早上，找马就成了轮休那家的大事。奇怪的是，四面八方，天大地大，找马的人却一出门就对直往一个方向走。要我，得先站到高处眺望一番才能准确地上路。

每隔一段时间，新什别克都会赶回一部分马群。每到那时，两家人全体上阵，站在羊圈前倾斜的空地上，布下天罗地网进行拦截。由于我人短势弱，居麻便让我拿条花花绿绿的编织袋一边吆喝一边挥舞。等马进入包围圈后，大家一起温柔地轻声呼唤，小心地安抚它们。令它们平静下来，一一进入羊圈，再拦紧圈门。那种时候不晓得大家要干什么，看情形又不像在清点数量或检查身体。

马是最自由的，满天下乱跑，常常有其他牧场的马光临我们的沙窝子。一天黄昏，浓郁的暮光中，沙窝子西面沙梁上出现了一小群漂亮的马，引起我们所有人的啧啧称叹。这群马虽大小不一，却全是色泽一致的枣红马。个个皮毛匀净光亮，鬃毛和尾巴上全部系了白色长布条，像统一着装、统一授衔似的，威风极了。

那时，我们的熊猫狗离马群很近，正趴在一大块冻得硬邦邦的血块边，吭哧吭哧啃得起劲。本来相安无事的，可这家伙一扭头，突然看到了我，觉得自己应该表现一下负责的态度，刷一刷存在感。便丢下血块狂吠着向马群冲去。马群骤然受惊，纷纷转身准备撤离。但有一匹小马偏偏不为所动，反而调过头迎着熊猫狗走了两步，冷冷盯着它。熊猫狗的气焰顿时矮了一大截，可它回头看看，我还在身后看着呢，便壮了壮胆，扭头冲着马群继续卖力地吠叫。这时其他的马也看穿了这只纸老虎的本质，纷纷返回，围绕着小马，一起冲狗瞪视，大有同仇敌忾之势。狗又扭头看看我，我摊摊手表示爱莫能助。它顿时熄了火，垂头丧气回到血块边继续啃。

多么勇敢的小马啊！像个王子一样神气，还长长地拖着软软的小鸡鸡。

最后来说羊。可羊有什么可说的呢？虽然羊才是游牧生活的重心，它们却永远像配角一样忍耐又沉默。关于羊，居麻说："山羊怀孕五个月，绵羊怀孕六个月。绵羊最贵能卖到一千块一只，山羊能卖到五六百。"就这些。

对了，羊的个子太矮，难免目光短浅。当羊群整体移动时，中间的羊永远也搞不清状况，只知跟着瞎走。只有走在边缘的羊才能看清周遭形势。尽管如此，边缘的羊还是边走边想方设法往羊群深处挤。大家都愿意盲从，好像世上最安全的事就是让自己消失在"多数"之中。

只有山羊胆子大，永远走在最前面。作为领头羊，转场路上，在通过悬空的吊桥或狭窄的悬崖路面时，只要把山羊赶过去了，后面的绵羊们无论多么害怕，也会低头慢慢跟上。

话说把视野从地窝子里渐渐扩散出去的梅花猫，也把兴趣从熊猫狗和隔壁的大狸猫身上转移向了羊群。每到傍晚赶羊入圈时，它也紧张地混在羊群中前后奔跑，以为自己也出了一份大力。

十六　荒野漫步

　　出发前，我妈倒不怎么担心我会受苦，只担心我会很闲。便建议：除了衣物，再带上几十斤毛线，在冬窝子里天天织毛背心。一件卖五十块钱的话，一个冬天下来也能赚回一头山羊。——那种波浪纹的彩条背心在我家商店很畅销。我妈织一件卖一件，供不应求。

　　居麻也操心我打发不了时间，一直建议我在他家开个小规模的商店。店名都帮我想好了，叫"冬窝子的李娟门市部"——我都快要忘了"门市部"这种古老的零售店称谓。还帮我列了货品清单：烟十条、酒一箱（不用说，这个肯定专门为他自己准备的）、糖十公斤、酱油十瓶、醋十瓶、电池五十对、袜子二十双、手套二十副、扑克牌十盒、蜡烛五十支。他说只需递个消息出去，我妈就会把上述货品托兽医捎过来。

　　他倒是不贪心。可是，附近几十万亩的牧场上，只住了二十来户牧民。如此狭窄的市场……

　　总之，冬天的闲似乎已成定局。两家人的羊合在一起放牧，两家男人轮流放羊。嫂子打理家务，清理牲畜圈棚。我呢，除了每天四处找雪，背雪，密切注意小牛动向，绣绣花毡，扫扫房间，洗洗碗，似乎真的再无其他事情可做了。

可是，大家都多虑了。我这人，啥都怕，就是不怕闲。"闲"这个东西，真是再多也不够用的。每天早上七点半起床，晚上十点钻进被窝。不睡觉的十四个钟头里，三个小时用来喝茶，一个小时打扫房间、清理厨具，两个小时背雪，一个小时配合嫂子或胡尔马西赶牲畜入圈，两个小时绣花毡。还有两个小时用于临睡前发呆、自学哈萨克语、听大家闲扯。剩下的三个小时，随便闲逛一下也就迅速打发过去了。

在茫茫荒野中漫步，用"闲逛"这个词真是再恰当不过了。若在城市里逛的话，可一点也不能"闲"，还得留神红绿灯，还要提防小偷。

旷野风大。一月里，哪怕在最暖和的正午时分，温度都跟冰箱冷冻室似的。直到三月，才能升至冰箱冷藏室的温度。在世界这个大冰箱里，厚衣服是最坚实的堡垒，围巾帽子手套一个也不能少。刀枪不入地走在明亮的高寒空气中，安全又自在。况且白天又没有狼。

在荒野中四面走动，无遮无拦。遇到骑马的胡尔马西时，他问我有没有看到小骆驼，我说没看到。就在这时，两峰小骆驼从我身后的沙丘顶端冒出头来——一分钟前，我刚从那里经过。于是胡尔马西很无奈，赶紧策马冲过去追赶。嗯，所谓闲逛，就是什么心也不用操。

很快，我的闲逛又多了一项内容：捡石子。虽然附近的沙丘上全是沙子，可舒坦的旷野低处会有许多石子。这些石子很小，少有超过豌豆大的。但它们总是斑斓光滑，色泽明亮。仔细地看，有些还是半透明的，玛瑙一般。但它们的美并非一目了然之美，一定得非常仔细，非常安静，非常长久地欣赏。在这样单调寂静的天地间，一粒小石子的美丽，也能令人动心摇神。

最开始我只捡白石子。很白，比雪还白，在雪地中分外耀眼。后来发现透明的粉色石子和黄色石子也很美，便也细细捡了许多。最后又开始捡陶瓷质地的彩色石子。然后把它们聚在一起，像一大捧糖丸一样诱人。

后来，我开始观察经过这片大地的所有痕迹。

最大的痕迹是路。哪怕是一条轻飘飘的、痕迹浅淡的路，也会令世界为之倾斜——倾斜向这路指向的地方。

在空敞的天空下，一片片戈壁缠绕着一片片沙丘，永无止境。站在高处，四望漫漫，身如一叶。然而怎么能说这样的世界里，人是微弱渺小的？人的气息才是这世界里最浓重深刻的划痕。人的气息——当你离他住居之处尚遥遥漫漫之时，你就已经感觉到他了。你看到牲畜脚印渐渐凌乱、焦急。看到这些脚印渐渐密集，渐渐形成无数条并排的小路。这些小路又渐渐清晰有力，渐渐向着他所在的方向一一合拢。一切都指向他，一切都正马不停蹄向他而去。是的，"倾斜"，整个世界都向着他倾斜。他就是这荒野的主人。

去年是罕见的雪灾，于是今年便是罕见的水草丰美。不止是牧人，连野鼠也迎来了幸福的丰收之年。旷野中鼠洞比比皆是，几步一个。和我们的地窝子一样，鼠洞也有斜伸下去的通道。凑近仔细看，这通道只通向深处一小团静静的黑暗。

野鼠显然相当谨慎，因为我见过那么多的鼠洞，却从没看到过一只野鼠。再想想看，野鼠们也不容易，在沙地里打洞，冒着随时可能塌方的危险过日子。

野鼠的路往往从自己的洞口开始的，小心地穿插在白雪黄沙间，弯弯曲曲通向世界上最神秘的地方。但那个地方往往只长着一丛平凡的枯草。

和单独的一长溜精致细心的脚印相比，两串交叉而过的脚印立显热闹繁忙。在交叉之处，似乎看到不久之前两个小东西打招呼的情景。

更常见的情形是，一串小脚印从一个洞口拐弯抹角地延伸到另一个洞口，难道野鼠们也会串门子？有时一串细碎的小脚印绕着一只庞大的牛蹄印绕了好几圈，都已经离去了，还不时折身回返，徘徊再三。不晓得当时那小家伙发现了怎样的一个秘密。

一条最繁忙的交通要道约一寸宽，上面脚印密密麻麻，深陷雪地。而只是一串脚印的话，就是条僻静小道了。

牛、马、骆驼们的脚印则粗鲁又突兀。

羊群的蹄印往往乱糟糟一大片，轰然碾过草地。然而从远远的高处看过去，却又是次序井然的缕缕细线，整齐地并行向前。

还有一种动物，不知是什么，蹄印分为四瓣，前面两瓣大，后面两瓣小。走路的情形应该是四平八稳，踱着方步。

鸟的脚印则惊鸿一瞥。鸟更多的时候应该属于天空，却很少在天空中看到它们。

野鼠只剩下脚印，鸟儿只剩下叫声。在荒野的某处，总是突然传来稠密激动的鸟叫声，令人霎时如身处森林的清晨。然而四面穷目，却看不到一只鸟。经常能看到的只有鹰隼之类体态硕大的猛禽。它静静停踞沙丘高处，偏着头，以一只眼盯着你一步步靠近。待到足够近时，才扬起巨翅，猛然上升。

除了芨芨草和梭梭柴，我再也认不得这荒野中更多的植物了。但认不得的也只是他们的名字，我深深熟悉它们的模样和姿态。有一种圆茎草，末端无尽地卷曲得跟方便面似的，呈淡青色。我为之取名"缠绵"。还有一种柔软绵薄的长草，我取名为"荡漾"。还有一种草，有着淡红或白色的细枝子，频繁分叉。每一个叉节只有一寸来长，均匀、精致而苦心地四面扭转。我取名为"抒情"。还有一种浅色草，形态是温柔的，却密密长满脆弱的细刺，防备又期待。我取名为"黑暗"。

走在满是缠绵草、荡漾草、抒情草和黑暗草的光明大地上，有时会深深庆幸：这样的时间幸亏没有用来织毛衣！

傍晚，陌生的马群在上弦月之下奔腾过旷野。满目枯草，却毫无萧瑟败相。谁说眼下都是死去的植物？它们枝枝叶叶，完完整整，仍以继续生长的姿态逗留在这冬天的大冰箱里。

沙滩是浅浅的米黄色，但捧起沙子在夕阳中仔细观察的话，却发现沙粒们其实大都是半透明的粉色和黄色。如果把每颗沙粒放大一百万倍，那这样的荒野该多么晶莹梦幻！

在同样的余晖中,在我们沙窝子东北面沙丘的西侧,我捡到过一个精美坚硬的,完完整整的刺猬壳。它的刺根根挺翘,质地如玉石般细腻润泽。丝毫没有敌意。你不会觉得这样的事物是遗骸,这只是温情脉脉的壳褪。欣赏完毕,再端正地放回沙滩上,让它继续宁静地在那里晒太阳。此后每当经过它,就忍不住打个招呼:"你好!"

又想到假如我真的开了商店,那么在这个悄寂阔大的世界里,此时此刻总会有一个牧人正与他的妻子仔细地商议着一个最恰当的日子。到了那天,他一大早起身出发,骑马向这边遥遥而来。他盘算着要买的东西以及要说的话,心里又有希望又有寂寞。于是他勒缰缓行,唱起歌来……而我没有开商店,没能与那人有相聚的缘分。只愿他此时正在大地的另一个角落为另外一些希望而欢喜独行。

当然,这样漫无目的地瞎走总会有迷路的时候。那样的时候总是阴天,没有太阳。唯一的地标是我们沙窝子最高处的假人和与之遥相呼应的大铁架子。我每走一段路便扭头看看它们还在不在。可是有那么两次,一回头,却什么也没了!再原地转个圈,本来心里还有点底的方向感顿时大乱。大地起伏,天空森然,四下相似。视野里甚至看不到一匹马或一头牛……那时当然会紧张,先胡乱走一阵,再爬上附近的一个至高点,穷目四望——却发现那个救命的铁架子居然在自己所判断的相反的方向。看来人的腿真的是一条长一条短,总会不知不觉地在荒野中兜圈子。

进入二月，太阳运行轨道渐渐偏北，白昼悄然延伸。我的闲暇时间更为漫长。在放羊轮休的日子里，无论居麻还是新什别克，整天发不完的呆，睡不完的觉，憋不完的闲气。百无聊赖的居麻会突然一跃而起，紧紧拥抱住正忙得不可开交的嫂子，做出久别重逢的激动状大嚷："这个老婆子真好，真好啊！……"一面夸张地拍打她的背，拍得她快背过气去，咳嗽个不停。总之，无聊至极。

唯有李娟总是愉快而适然，令人惊奇。她奋力劳动，大碗吃饭。早早干完活、吃完饭就消失在四面沙丘之后。有好几次居麻忍不住问道："整天走过来，走过去，在干啥呢？"

"玩呢。"

"走过来走过去，有啥好玩的？"

"就'走过来走过去'地玩嘛。"

他不解地嗤笑。

因为实在着迷于在这样的大地上无穷无尽地走动，赶小牛便成为我最乐意干的差事。当然，前提是它们不和我对着干的话。因为小牛总是走得慢慢吞吞，我也就慢慢吞吞跟在后面。这样的闲逛会显得我并非无所事事。

在每次结束闲逛回家之前，我会爬到高处四面望望。这样，回到家中就可以告诉家人："大牛在东北面，骆驼和小牛也都在！"仍然会显得我并非无所事事。

十七　与世隔绝

这个时代已经没有与世隔绝的角落了，连月亮之上都不再神秘。我们沙漠腹心的这个沙窝子与外界也一直保持着适当的联系。这一点从大家的日常交谈中就可看出——总有那么多话题可聊。早也聊，晚也聊。一聊就没个完。说者声情并茂，闻者惊叹连连。肯定有外部的消息连续不断地进入这片荒野，才能维持这种内容丰富的谈话嘛。

信息传播的主要途径是牧羊时马上相逢的问候。其次是新什别克家那部无线座机电话。但是，几天能遇见一次外人呢？而那个破电话几乎没啥信号，深更半夜才闪出一两格。打个电话得跟吵架一样大喊大叫："……你能听见吗？我能听见！你说！你说！我能听见！胡大（真主）啊！你真的听不见吗？……"亏他家地窝子门口还支了一根很高很高的架子用来挂电话的信号搜索天线。尽管如此，对这片荒野来说，已经足够了。

来到这里，一切安定下来，最重要的几项劳动也结束了。亲爱的加玛就该北上返回阿克哈拉照顾生病的奶奶了。可怎么回去呢？到哪儿找车呢？

我绣花绣得飞快。居麻总是赞叹道：像跑在柏油路上似的!

在牧场上运营载客的车统统都是三证全无的非法运营车,俗称"黑车"。车况之恶劣,能震惊所有的城里人。那样的车在荒野若隐若现的、软塌塌的沙子路上慢吞吞地,东倒西歪地爬啊爬啊,时速简直没法超过二十公里。只有偷偷上了乌河南岸的柏油路(少有交警),才能陡然神气一下,开得飞快。

可就连这样的车也是罕见的。如果能在最需要的时候碰到一辆的话,简直让人想要……想要……想要放鞭炮!——是的,只有鞭炮,只有我们汉族人的这种玩意,只有那种不分青红皂白"噼里啪啦"瞎咋呼的猛劲才能准确表达此种激动!

终于有一天,居麻去北面的亲戚家帮忙挖地窝子,带回了一个消息。说有一辆车第二天将经过这附近的牧场,去往南面送人。大约两天后北返。于是加玛赶紧开始做准备。

所谓的"准备"主要是洗头。这令我很难理解。且不说当时旱情严重,水非常珍贵。而且,她不是马上要走了吗?马上要去到水源充沛的乌河之畔,干吗不去到那边再洗呢?如果是为了洗给司机和其他乘客看的,这也太虚荣,太奢侈了吧?

再一想,怎么能用"虚荣"这么简单的两个字来定义这件事呢。生活本来就够局促了,如果再潦草地应付,那就是"破罐破摔"了。再窘迫的生命也需要"尊严"这个东西。而"尊严"需得从最小的细节上去呵护。哪怕就只在一名司机和两三名乘客面前体现短短几个小时的清洁和体面,也马

161

虎不得。

想想看——茫茫荒野，无尽土路，突然，视野中出现一个姑娘的身影。车开到近前，大家一看：竟如此光鲜整齐！像从天上掉下来的似的，而并非从土里钻出来一样……于是在这个粗犷沉寂的世界里，这样的情景多么令人惊奇，也给人慰藉，还平添了欢乐和希望。

于是，加玛不但洗了头，还从头到脚整顿了一番。出发那天，还打开上了锁的木箱，拆开一双新袜子换上。还坐下来打扮了一整个上午——主要是抹桂花头油——是的，都这样的年代了，牧场上的女人们仍习惯使用这种古老廉价又香喷喷的化妆品。另外还擦了粉底。接下来，光梳头发就梳了半个小时，然而即便梳了半个小时也没见梳出个什么花样来，只是光溜地绑成一条马尾巴而已。还换上了自己最体面的那双小皮鞋，虽然很单薄，却是她最漂亮的鞋子。

照我看来，有车的这个消息也未免太渺茫了些。不过是口耳相传的一则听闻罢了，既没办法直接和司机证实，也说不准会不会有啥意外和变动。但大家还是把它作为确凿的事实来接受了。

这一天很冷。一大早，只有一行脚印在结满白霜的地面上踩出黑色的粪土，一线绵延，穿过整个沙窝子消失在沙丘顶端。因加玛要走，头天晚上嫂子煮了一大锅肉，早上大家接着吃了些剩下的肉和肉汤。然后各干各的活，谁也不打扰正在打扮的加玛。等时间差不多了，戴足所有首饰，穿着干净外套的小姑娘突然抱住嫂子亲了一口，嘴里嘟囔着一句汉语："我爱的妈妈！"于是嫂子也微笑着亲了她一口。

我说:"时间还早,再背一袋雪再走吧?"

她不理我,扭着身子继续和嫂子撒娇。告别荒野令她非常快乐。

姑娘头一天晚上就已经打包好了行李。这时,隔壁萨依娜也过来给奶奶捎了一小包糖果。嫂子给奶奶捎了两条塞着马肋骨的马肠,一包煮熟的肉,两张前段时间冬宰剥的羊皮,还有一只直接埋在羊粪灰里烤出的面饼。这种烤法烤出的饼最香了!所有这些东西统统用一块白布包着。除此之外,嫂子还打开箱子额外给加玛拣几块比较贵的糖果,使她高兴得喊叫起来。然后这姑娘又翻出一只小小的空钱包敞开了伸向居麻——找爸爸要钱。居麻立马给了一百块,更是令她大乐。她原计划是要五十块。另外居麻还给奶奶捎了五百块,是生活费和治病的钱。

戴帽子时,女儿手持两顶帽子郑重地向爸爸征求意见。居麻说雪青色的好看,于是她立刻将其端正地戴在头上,遮住了额头。看着这么整齐、快乐的女儿,居麻微笑无语,卷着莫合烟耐心地等她收拾利落。比起体面的女儿,父亲非常灰暗。他还是穿着那双补丁迭补丁的大头鞋,破旧的外套皱皱巴巴。比起女儿的兴奋,他有些失落,精神不振的样子。却解释说昨夜没有睡好:"肉汤劲儿太大。"

然后两人出门上马,居麻送她去遥远的汽车路边等车。所谓"汽车路",只是荒野中的两道车轮辙印。传闻中那辆车大约会在今天中午时分经过那一带的荒野。

两人的马消失在北沙梁那边的荒野深处,我站在沙丘上看了许久。

少了两个人，我和嫂子备感寂寞。她一人去干羊圈里的活。我背完雪后，去萨依娜家帮着绣花，下午两点才回家。结果回家推门一看，父女俩正围着矮桌继续吃早上的剩肉……

他们说，在那条路上等了四个小时都没等到车，冻得实在受不了，只好回来了。

看来车要么远远未到，要么早就走过了。

之前我和加玛郑重地握手道别过。这回再见面了，又在肉盘子边握了一遍手，做出久别重逢的模样说："你好吗！身体好？"两人都觉得这事好笑。

加玛换下干净衣服和漂亮鞋子出去背雪。居麻则继续修牛棚。嫂子把白布解开，取出马肠子什么的统统放回了毡房。

我问居麻："为什么要去等车？车为什么不过来接人呢？"既然能打听到车的动向，就能给司机递出去消息嘛。

他很谅解地说："如果是你的车，你会过来接吗？汽油那么贵！"

晚上，给奶奶捎的钱以及给加玛的零花钱又统统收了回去。虽然说好等出发时再给，但加玛还是很不乐意。我也觉得很奇怪，干吗要收回去呢？怕她乱花吗？问题是这荒野里到哪儿花钱去？

又过了几天，天气不错，隔壁的电话终于有了信号，之前一个多星期没信号了。于是居麻打了几个电话，总算得到一个稳妥的消息：有一辆小货车会前往旱情严重的北面牧场送冰，并于当天返回乌伦古河一带。于是父女俩决定赶去那边的亲戚家坐等车来。

但那里很远，得骑两三个小时的马。加上等车，当天居麻未必能赶回家。

于是又一轮告别开始了。隔壁家女主人又来表达了一遍对奶奶的问候。嫂子又开始打包给奶奶捎带的物件。居麻重新给钱，重新算账。这次又多给了二十块，还额外给抓了一小把零钱。加玛喜滋滋地数了又数，反复感慨："这么多啊，这么多钱啊……"

因为有了上一次的经验，我明白了告别是件大事。也想送她一些什么。可冬窝子里的李娟实在太穷了。想来想去，便把自己装洗漱用品的一只手提袋腾出来给她。令她惊喜又不好意思，还推辞了半天。她不像别的姑娘那样都有自己的包包。之前她随身携带的零碎物什都装在一只轻薄的塑料袋里，肯定不结实。我对她说："骑在马上，袋子拎在手上，挂破一个洞，走一段路，手机没了。再走一段路，小镜子又没了。然后钱包也没了……然后加玛就哭了！"她听了一把抱住我，前后摇晃着撒娇，以示感谢。

这回还是一大早起来，长时间梳头发、抹头油、打粉底、别头花。程序一个也不能少。

当父女俩骑马的身影再一次消失在沙丘背后，我还在幻想：等到傍晚，门一开，两人又笑嘻嘻地回来了："你好吗？身体可好？——哎！还是没车！"

可这一次她真的走了。

居麻第二天中午才回来。他向我们形容了那车的样子。说他一直看着车完全消失了才转身回家。嫂子又仔细地问了

165

一些细节。然后夫妻俩就长时间陷入沉默之中。

加玛走了！像一百个人走了！剩下的我们多寂寞啊。

从此夜晚更加漫长寂静。在太阳能灯光下，我学哈萨克语，嫂子捻毛线，小猫练习捉老鼠。居麻仔细地翻看一沓哈萨克文旧报纸。每看完一份，就将其叠成几折，裁成长条，缠成一坨纸卷——用来卷莫合烟。如果遇到内容有趣的报纸，就停下来，大声念给嫂子听。嫂子每次听完了，会放下手里的活计，把报纸要去再默读一遍。夫妻俩小时候读书时学的是拉丁字母，后来虽然也渐渐自学了阿拉伯字母，但只会拼读，不会使用。

那样的夜里，胡尔马西偶尔会来拜访。先陪着居麻说一会儿话，再把手机递给我，说又有问题了，请我帮忙调整。因为手机的操作提示语是汉语，他看不懂。

白天里，我上午帮着干家务活，洗刷、打扫，再出门赶牛、背雪。下午去萨依娜家帮忙绣花毡。嫂子清理羊圈和牛棚、烤馕、缝毡子。居麻轮休在家时，到处修修补补、敲敲打打，然后睡大觉。然后长时间抽烟发呆。再然后四处寻找需要修补的物什。实在找不到什么活干，就把小猫逮过去，捏着人家的小脑袋胡乱揉，说它大约也头疼了——他头疼时我曾帮他做过头部按摩。

当他看到小猫像人一样，两只前爪缩在胸前，漏着小肚皮仰面而睡，便赶紧招呼大家都过去看。然后再就地躺下，模仿一番……总之就这么寂寞。

如果这时有客人上门，简直如同救了他一命。

哈萨克有一句谚语："四十个客人里必有一个是幸福之

神。"大致传达了两个信息：一、大家都好客；二、客人太少。

哪怕生活如此平凡，哪怕什么都不曾发生，也总有什么渴望拿出来分享，总有什么想要前去求索吧？

一天，居麻回来，半晌无话。后来用汉语对我说："李娟啊，今天嘛，我放羊的时候，看到一只老鼠，只有三条腿，跳着走。"我立刻好奇不已，还想知道更多细节。

看我如此感兴趣，这家伙就开始发挥了："后来嘛，又看到一只老鼠，只有一只眼睛。"

我开始怀疑："真的？"

他说："还有一只老鼠，没有尾巴。"

我彻底不信了。可他已经收不住了："另外还有一只狐狸，红红的毛，好看得很。但还是没有尾巴。"

我理都懒得理他了。他却兴致越来越高，越编越不着边际："昨夜起来解手，看到一只熊！"

我用哈萨克语对嫂子说："他说有熊！"嫂子便呵止了他。

接下来的日子里，他没完没了地重复这个笑话。真是没创意，普天之下缺胳膊少腿的东西全被他遇到了。

真的再没什么新鲜事了。

进入冬牧场之后，李娟胃口极好，尤其一见到油水旺盛的食物更是绿了眼睛。开始以为是物质不丰富的原因。可再一想，自己阿克哈拉的家里也丰富不到哪儿去啊？甚至还不如现在的日子，现在至少隔三岔五有肉吃。想来想去，大约是缺乏安全感吧。潜意识里有了生存危机——在这交通不便、毫无外援的荒野中。

我也是寂寞的。闲下来的时候，会长时间散步，走很远很远。回到家，居麻说："去了这么长时间，都看到了什么？"我没好气地说："看到一只熊，没眼睛！"

但是有一天居麻放羊回家后告诉我："来了七个口里人，在戈壁滩里走了好几天！"

我开始又以为他在瞎扯。但接下来听到他用哈萨克语把同样的内容对嫂子也说了一遍，这才相信。真是吃惊不小！

居麻说，他们是做生意的，主要来冬窝子卖衣服。他们进入沙漠后寄住在一户牧民家里。每天每人扛两三个大编织袋，步行去附近牧场推销商品。但随便一个"附近"也是十公里以上的距离啊！据说，他们要等到衣服全部卖完才离开。居麻遇到他们时，邀请他们也到我们沙窝子这边来展示一下商品。但他们打听了一下方位，立刻摇头拒绝。说太远了，步行过来得五个小时呢，晚上就没法赶回住处了。

真是不可想象啊！

大约他们在外面世界遇到了无法克服的生存困难，才想到了荒野。他们以为这里是扣在铁桶里的世界（差不多也的确这样），便跑来做独家生意。无论如何，这么辛苦地讨生活，还是因为总有些希望吧。

一天深夜，新什别克飞快地跑来通知："快！加玛的电话！快点！"——慢了就没信号了。

夫妻俩一同从床上弹起，外套都没披就往外跑。

加玛在电话里说，奶奶正独自在恰库图小镇住院，病情好多了。还说她一个人照顾家里的牛和一些山羊，天天挤牛奶，干家务。还说上次带走的羊皮卖了一部分，赚了一百四十块钱。

这件事让居麻和嫂子讨论了好几天，反复回味着女儿的每一句话。

又过了没多久，加玛托村里的兽医捎来一个包裹，缝得刀枪不入，缠了一层又一层布料。害两口子拆了老半天。这个包裹里除了几只油饼和两块奶奶裁好的可以做皮裤的生羊皮外，还有两个居麻日思夜想的好东西：一个电视选台器和一个卫星锅的零件。

从此以后，荒野的寂静被撕开了。我们，有电视看了！

十八　唯一的电视

　　每天早上太阳从东南方向升起，下午四点半就从西南方向落下。只在南面天空一角小气兮兮地划了一个浅浅的圆弧，算是上了一天班。不由得让人想到一个词：虚晃一枪。
　　昼短夜长——我倒是对这样的分配非常满意，正好饱饱地睡觉。总是那样，睡醒好几次，睁开眼睛仍然还在黑暗之中。
　　可大家都不那么认为，尤其是居麻，觉得闲着根本就是摧残！
　　因此每天的晚饭总是迟迟不能结束。好容易结束了，刚刚收拾完碗筷，居麻一声令下："喝茶吧。"于是我们还要再重新铺开餐布，切馕摆碗。颇有"添酒回灯重开宴"的强打精神的意味。但那时还能喝下几碗茶呢？居麻喝完茶后没有把空碗递给嫂子续茶，而是像拧陀螺一样把碗在餐板上转来转去。嫂子鄙视这种孩子才玩的游戏，就没收了他的碗。他顺手又取过装酸奶糊的碗转起来，然后也没收了。接下来还有装黄油的碗。再没收的话还有木勺和馕块……百无聊赖。
　　然后继续看报纸。他有许多报纸，看完后就用来卷莫合烟。不但有哈萨克文报，还有几份汉文报呢。不过汉文报一般是不会用来卷烟的。因为汉字笔画太多，笔画多了油墨的占地面积就大，这样的报纸卷烟，抽着呛人。

居麻自然不懂汉语了，但他特能瞎蒙。指着体育新闻版上三张得冠军的运动员照片给嫂子解释说："这个人，刚刚死了。他做了好事，大家要向他学习。这个，也是做了好事才死的。还有这个……"端详一阵，最后才说："口里又发大水了，他淹死了。"我不由乐了："豁切！"那是一张运动员正在水里游泳时的照片。

然后这家伙又指着医生下社区为群众免费诊疗的照片继续发挥："口里又来了厉害的医生，所有人都去看病了，看病不要钱。但是看完以后，人人都有病。看病是不要钱，买药还是要钱的……"胡扯一通。我一想，是啊，还真有这样的义诊骗局……居麻肯定某次进城时上过这样的当。

总之，这就是没电视之前的日子。其实对我来说，这样的时光还算享受。大家蒙报纸的蒙报纸，看书的看书，写字的写字，洗衣服的洗衣服。居麻蒙完所有汉文报后，想了半天，打开音箱。接下来按着"下一首"的按键，一首歌一首歌地换个不停，一直换到自己最喜欢的那首才停下，躺倒睡觉。等那首歌一结束，就立刻翻身而起，再一首接一首地换。冷冷清清。我呢，看一会哈萨克文自学教材，发一会呆，再翻一翻汉文报，再躺下小睡一觉。只有我毫无意见。

幸好还有个邻居。居麻总在最后时刻发出最后的吼声，然后披衣下床，跑到隔壁打扑克牌去了。那边有两个男人嘛。嫂子有时也会拎着纺锤过去找萨依娜说话。夫妻俩都不在家的时候,我和加玛就找出《黑走马》之类的舞曲伴奏音乐,疯跳个没完。那时加玛会偷偷告诉我许多年轻人间的传闻。最后总会力劝我嫁个哈萨克算了。有羊有牛又有马,多好!

但是十二月中旬,加玛走了。渐渐地,我也觉得这漫漫长夜真的过于"漫漫"了。想想看:一天之中,世界有十二个小时都是黑暗的啊!

很快胡尔马西也离开了荒野。居麻想打牌时,只有新什别克一人奉陪了。两个人打牌能有什么意思呢?

直到进入荒野的第二个月,情况才有所改变。那时,回到乌伦古河北岸的加玛托兽医捎来了一个电视选台器和一个天线锅零件。这正是居麻盼望已久的。他立刻将之前一直破破烂烂倒扣在地窝子顶上的网状天线锅架起来,牵了条数据线,连接到家里那台黑白电视机上。之前我一直以为这台电视是个装饰品呢。再把电视机和选台器的电源插头剪去,掏出铜线,拧成两个线圈挂在电瓶两极上(那是个普通的汽车电瓶,上面没有插座)。屏幕亮了,满是雪花点。然后我们一人在外面晃动天线锅,一人在屋里盯着显示屏上的接收数据。反复调试。很久之后,终于调出了两个汉语频道!虽然信号很弱,只有百分之二十,画面卡得厉害,但对大家来说,已经非常满意了。

唉,我可真是撞了大运了。真没想到自己居然待在了可能是整个冬牧场上唯一有电视的人家……大约大家都是中规中矩的牧羊人,像居麻这样稍稍有些野心的聪明人全都跑出去做生意发大财去了。只剩他一个待在牧场上陪着羊群孤独地聪明着。浑身聪明劲儿实在没处使，就折腾出来一个电视……在冬窝子里看电视，多么奢侈啊！在这荒凉粗犷之地看电视，多么超现实……总之我撞了大运，从此后再也没能睡过一个好觉了……

这种汽车电瓶容量不大，只能带动小型的黑白电视机吧，根本带动不了彩电。大家看电视，一直看到蓄电池电量不够了，画面不稳定了，渐渐发白了，还要看。看到画面越发模糊，并且越缩越小，还要看。后来画面一直缩至明信片大小，混混沌沌，啥都看不清了，还要看。到最后干脆连明信片也没了，整个显示屏黑乎乎的，只有声音没图像了，还要看——不，还要听。当广播剧听。一直听到蓄电池终于发出滴滴的低电压警示音，才满意地关闭。这还不算完，接下来还要再布一道茶，再讨论一番剧情，才能撤席扫床铺被褥，各自安歇。气死我了。

到了晚上，新什别克一家也会抱着喀拉哈西过来看电视。不久后，等两个家庭里的学生们放寒假回家了，每天一到晚上，我们的床榻更是挤得满满当当，想打个盹都找不到地方躺倒。况且我责任重大，不能打盹，得负责给居麻解释电视内容。居麻则负责给大家翻译。

其实更多地，大家并不在乎情节，只留心画面的细节。比如一个漂亮姑娘哭得很伤心，一个日本鬼子被抽了耳光，一群坏人踩了地雷……都会令大家看得津津有味，或叹息或大笑。

大家对一个从北京去东北放羊的知青姑娘深感同情，因为她美丽又不幸。然而令大家疑惑的是，电视里说她是放羊的，为什么从头到尾没看到过一只羊？唉，这种细节大约也只有牧民才关心吧……终于，直到第二天，才有了一个镜头——那姑娘抱着一只小羊羔寂寞地眺望远方。大家这才"哦"地释怀。又期待镜头下移或拉远，以便能看到更多的羊。但导演就是不肯成全。显然，剧组经费紧张，只租到这么一只小羊。

说实话，这样的垃圾剧在城里看看，打发打发饭后时光还算可以。但进入荒野后，就经不起被认真地对待了。那些暴风雪镜头，假得连喀拉哈西都能看穿——瞧瞧，只在摄像机前大把大把地洒雪，风雪中挣扎的演员身上一片雪也没有。

还有一个情节，说主角骑的马折了腿，马和人都被困在了暴风雪中。大家都很惋惜。但接下来，又有人骑马去救他。大家惊呼："腿又好了！"……导演真是的，也不知道换匹马。

对可怜的城里人来说，所有的马都长成一个样子。可在牧民眼里，一匹马和另一匹马的区别就跟一个人和另一个人的区别那么明显嘛。

总之，电视把外面的世界带进了荒野，撕开了这荒野的沉静。然而，它令牧人们惊羡外面世界的同时，又觉得那样的世界可笑极了。还有那些食品广告，虽然画面诱人，但我们刚刚出锅的包尔沙克也一点儿不逊色啊。我给试着翻译出一部分夸张的广告词，大家听毕，"豁切"连连。电视把外面的世界带进了荒野，事实上却令这片荒野更加与世隔绝了。

——多么不真实啊！那么多轻率的爱恨情仇，显而易见的欺骗，那些啰里八嗦的眼泪和隐情，拼了血本的噱头……连既不见多也不识广的牧人也会嚷嚷着"换台换台"。在我，就更是无聊和绝望了：电视机就像拖拉机，轰轰隆隆碾过来碾过去。所到之处，破碎混乱，狼藉不堪。每个频道都是如此，似乎这些真的就是现实。

而我们的现实距其多么遥远。我们一板一眼，一步一印，平实稳妥地经历着寒暑岁月。谨遵自然的规则和传统的戒律。像初生牛犊，虽然什么也不明白，却什么也不管，自顾自地成长，犯犟就是一切……然而，却谈不上哪种现实更为脆弱了。

居麻放了一天的羊回到家，正在准备晚餐的嫂子问："要不要先喝茶？"答曰："喝茶是小事，还是先看看乔海洋怎么样了！"……"乔海洋"是那几天正在追的一部连续剧的主人公。这个连续剧还算有趣，却着实莫名其妙。最能搞的是，主人公从十八岁一直演到四十多岁，二十多年的时间里永远都生活在东北的冰天雪地之中。居麻问我："为啥天天都是冬天？"我说："电视拍得快嘛！一个冬天就拍完了。没能等到夏天……"

看了一部抗战题材的连续剧后，大家最大的收获是学会了一句日本歌："拉古拉，拉古拉……"早也唱，晚也唱，唱着唱着就跳起舞来。那时加玛和弟弟扎达也回家了，拉着我一起跳，嫂子扯着喀拉哈西的小胳膊跳，居麻扯着梅花猫的爪子跳。其乐无穷。

又看完一部《双枪李向阳》。居麻修锯把时，突然一手抓一块三角形木片，上上下下左左右右前前后后"砰砰砰！！……"地扫射一通，吓坏了隔壁的小姑娘努滚。努滚是隔壁新什别克家的两个孩子之一，也刚刚放假回来。

等第三部抗战剧一结束，大家大略摸清了此类故事的逻辑。早餐桌上，居麻给所有人都分配了角色：李娟是八路军，加玛是游击队员，扎达是小日本，居麻是国民党军官，嫂子是军官太太……除了嫂子搞不清状况，不肯配合外，其他人都着力表现了一把，演得津津有味……

幸好并非一直烂片当道。终于来了一部真正有意思的片子《我的兄弟叫顺溜》。

加上那时哈萨克语台也调出来了，又有汉语字幕，皆大欢喜。所有人都看得很痴迷，都非常喜欢顺溜。这部片子我以前大略看过一些，知道些剧情。当我告诉大家最后二雷死了，大家都骂我胡说八道。

可惜的是太阳能供电有限，加之广告又多，每天总是只能看一半。

通常情况是这样的：蓄电池完全充满电得两天时间。满电的情况下，能看三个小时的电视；到了第二天继续充电，但这一整天充的电只够看两个小时了；第三天继续充电，这天晚上就只能看一个小时；第四天就非得休息一天了，只充电不能用电——这样，到了第五天又能看两个小时。如果是连着休息两天的话,第六天能一口气看三个小时……总之就这么糟糕。而且前提是不得有阴天,电池板全天正常工作,连接电池板和蓄电池时,嫂子也不得接错线路——她老干这事。由于没有插头和插座,所有电器接口全绕成两个线圈。挂在电瓶上方的线圈大大小小十来个,加之连接电瓶两极时还得分清正负……真是千头万绪。别说她,有时连我也会搞糊涂。

为了省电,一到广告时间,我们就摘下电瓶上的线圈暂时关闭电视。大家在黑暗中一起等待,五分钟后估计广告结束了再接上线圈。这样,每天从八点半开始,我们能看一集半的《顺溜》。

为了能多看会儿电视,在八点半之前,有天大的事也不许开灯,开灯也会浪费电嘛。大家坐在黑暗里聊这聊那。孩子们凑在火炉边,就着微弱的炉火玩耍手指的影子游戏。胡尔马西打开手机音乐后,孩子们就一起就着音乐跳舞唱歌,轮流表演节目。

在每天电量结束的最后时分,仍然一团黑暗,一屋子人静静地听着广播剧。那时谁要插嘴说话,会立刻遭到大家的斥责。

大家深深地同情二雷的命运,白天里也议论个不停。但终究还是没能看到最后的大结局。——最后那两天一直在下雪,一直阴天。每天看不了半个小时电就用完了。大家遗憾极了。

隔壁的男孩意犹未尽,特意做了一支长木枪,还为其系了背带,扭了铁丝圈的瞄准仪,整天背着走来走去。有时会突然就地卧倒，举枪伏击。一旦被我撞个正着，小家伙立刻把枪藏在身后，面朝着我慢慢后退；心虚地笑着，坚决不给我看到他的宝贝。

没几天，这枪被居麻拾到了。他拿回家给大家看。每人举起瞄准一番，大笑一通。第二天，准备出发放羊的居麻浑身披挂完毕，沉重地起身。他先拿起马鞭，想了想，再拎起那把"枪"，庄严地挎在肩上，上马而去。大家大笑。

连加玛也深陷剧情不能自拔。我们两人一起出去背雪时，她会突然冲下雪坡，占领有利地形，匍匐在掩体后，两只手左一下右一下地放枪。俨然双枪手，嘴里还"砰叽扣！砰叽扣"急促地配音。

遗憾的是，《顺溜》结束后，再也没什么像样的片子了。统统瞎逗。但大家别无选择，电视机播啥看啥。最可恶的是，总是这样的：头一个钟头的片子一点也不好看，等到最后半小时却开始播李连杰的一个功夫片。当然了，最精彩处就没电了。居麻大恨，说早知这样，前面一个小时就不看了。

十九　热合买得罕和努儿赛拉西

一月上旬一个晴朗的黄昏里，夕阳格外灿烂耀目，哪怕大半个已经落入地平线了，仍不能直视。不像往日，湿润又静谧，像个……以传统的说法，像个鸭蛋黄。

我们正打算出去系大牛、挤奶，下午出去找骆驼的居麻迎面回来了。这家伙一进地窝子便大发牢骚，说今天的十峰骆驼分别跑向五个方向，害他东南西北全跑了一圈，冻得够呛！嫂子无从安慰，只好搂过这个可怜人的脑袋，在他脑门上"吧"地亲了一口，就转身做事去了。于是，居麻的全部辛苦立刻被抵消。他喜气洋洋地摘帽子脱外套，上床休息。

就在这时，北面沙丘那边传来了汽车引擎声。这可是大怪事啊！我们连忙跑出去看。还没走到羊圈那儿，突然看到北面沙梁上的金色阳光中冒出来一个小小的孩子！只见他背上扛一个旅行包，手里拖一个跟他一样大的编织袋，孤独地在沙地里蹒跚。正在系牛的萨依娜放下手里的活计快步上前迎接。我意识到这个冬天里最隆重的大事发生了——孩子们来了！从此，荒野永离寂静。

很快，萨依娜家的小姑娘也出现在沙丘上，穿着耀眼的新衣服和红色的小靴子。她也大包小包拎着沉重行李，都快走不动路了。我赶紧跑上前接过沉甸甸的行李。只见这女孩漂亮极了,大约七八岁的模样。

紧接着出现在沙丘上的是消失了半个多月的胡尔马西。这家伙也穿戴一新,神气活现。

刚刚结束劳顿的旅途,那男孩就脱掉新外套,换上妈妈的胖马夹投入了傍晚的集体劳动。熟门熟路地跟着大家驱赶牲畜。当骆驼靠近羊群时,还发出牧人才会使用的尖厉哨音呵斥之。

赶羊时我和男孩走在一起。当我询问了他的名字和年龄后,他也羞涩地反问我叫什么名字。获知后,像含着一枚糖一样,轻轻地念了两遍,听得人心头甜甜的。过了一会儿,他又问我是做什么工作的——用的还是汉语!但很快我就知道了他的汉语其实不咋样——接下来一整个冬天里他一直在问我同一个问题。无论我回答多少遍,他都无法领会。

这天是新什别克轮值放羊,我前去迎接羊群时,第一时间向他传达了这个好消息。可他却反应淡然,似乎早就知道了似的。没一会儿,那男孩也跟了上来,一同赶羊。分别半年的父子见了面,却只是互相礼貌地打了个招呼,跟两个交情寻常的男人一样客气。

这时,女孩子也从地窝子跑了出来,仍然穿着漂亮衣服,远远地朝我们这边看过来。

这真是这个冬天以来荒野里最热闹的时分。虽然两个孩子都那么安静,一直默默无语。

男孩十一岁,叫热合买得罕。女孩子九岁,叫努儿赛拉西，我们都叫她"努滚"。这两个孩子都显得比实际年龄小很多。赶完羊后，我忍不住就着昏暗的天光给兄妹俩照了几张相，还给他们看了下回放。两个孩子兴奋极了，发出惊异的感叹，并低声议论了好久。

　　第二天，小姑娘一大早就往我们这边的地窝子跑了三次。一次送来一小盘糖果和一碟塔尔糜①，一次来借透明胶，还有一次来还透明胶。每次都会小坐一会儿，还总是坐在我旁边，目不转睛地看我，毫不掩饰对我的好奇。我便掏出相机给她拍照。这个姑娘真是漂亮极了！眉目间很是妩媚，微微的笑也如花朵怒放般灿烂。表现得却像个大姑娘，礼貌又矜持。嫂子对她也像对待一个大人一样郑重。两人说这说那的，口吻认真又平和。嫂子给她盛了一碗麦子粥，她一喝完就合碗②告辞。虽然留恋我和我的相机，却一分钟也不多留，因为那样不合礼仪。

　　从此以后，我就有了个小跟屁虫。我到哪儿她也到哪儿，连上厕所也紧紧跟着。还多了个生活助理——我缝完花毡，一抽线，她立刻奉上剪刀；我洗手，她赶紧抱着水壶浇水；我背雪，她在后面帮着往上扶；我一出门，就抢上前为我开门。总之她瞅着每一个空子千方百计地想为我做些什么，似乎非此不能表达她的情谊。

　　她总是慢吞吞地喝着茶，默默无语地坐在我旁边。当我起身欲要下床时，才赶紧坐起来，抢先一步为我把床下的鞋子摆正——让人很不好意思。往常，替人摆鞋子这种事一般

---

① 哈萨克传统食品，形似小米的粗粮。
② 这是结束用餐的礼仪，伸出五指挡住碗口，谢绝主人续茶。

181

是我来做的。

因一直帮萨依娜绣花毡，每天我会去她家待两个钟头。在我的影响下，小姑娘也对绣花毡产生了浓厚的兴趣。再说女孩大了，也到了该学习针线的时候了。萨依娜便从煮好的红毡片里挑了一块边角料，用肥皂片画了一个简单的羊角图案，手把手地教了起来。小哥哥在一旁当参谋。妹妹每缝错一针，他就兴奋地指出，毫不留情地哈哈大笑。

萨依娜脾气不太好，如果教了半天还不得要领，就开始骂人了。于是乎，妈妈骂，哥哥笑，光景好不凄凉。小姑娘虽然很受挫，却始终没放弃，仍坚持了一整个假期。虽然到头来仍是绣得张牙舞爪，好歹总算搞清了行针的逻辑。我觉得孩子小，应该多多鼓励才对，便挑出毡片上绣得还算不错的几针说："这几针不错嘛！"令她更为黯然……原来就那几针不是她绣的……不愧是铁匠的外孙女，很有打铁的潜质。

而李娟的针线活是相当漂亮的，小姑娘为之感叹个不停："哎呀！漂亮！哎呀！真漂亮……"小哥哥显然也很佩服。后来他翻出一件旧外套，扭捏再三，请李娟帮忙缝补。

我一看，之前已经补过很多遍了。而且针脚统统长达一寸奇丑无比。哎，萨依娜这个当妈的，不愧是铁匠的女儿……但是很快得知，竟是小家伙自己补的！因兄妹俩长年生活在寄宿学校，父母不在身边，小小年纪，什么都得自己动手。这个当哥哥的不但要补自己的衣服，还要帮着妹妹补。我不由肃然起敬，于是便帮着认真细密地大补了一遍。

可惜萨依娜提供的线是粗毛线，粗得不像话，就是再细十倍，我都嫌它粗，一点也显不出我的好手艺。萨依娜却说，粗了结实！

世上最幸福的女人，是有着三个孩子的女人吧？萨依娜边绣花边不自觉地哼歌。两个孩子渐渐也跟着一起哼。很快，睡醒的新什别克也加入了。全家人的大合唱让地窝子都振动起来。孩子们边唱边跳。小喀拉哈西也激动了，想站起来一起跳，又因站不起来而号啕大哭。她一哭，大家便哄堂大笑。笑得婴儿莫名其妙，只好不哭了，跟着一起笑……相比之下，之前这个家多么冷清啊，冷清得像在深深的井底。

不过，此时热烈的歌唱和欢声笑语也像是在深深的井底。门外黄沙滚滚，寒冷无边。一家人紧紧围绕着小火炉，欢笑着，吵闹着。这欢乐和吵闹多么孤独，孩子们的成长多么专注、无扰。

阴暗的地窝子里，唯一的光束从唯一的天窗外投射进来。看着热合买得罕亲吻小婴儿的屁股；看着兄妹俩商量着给小婴儿换尿布；看着儿子搂着正在切割牛皮块的父亲，父子俩有一搭没一搭地唱歌；看着小姑娘努滚披着刚洗过的湿头发，蹲在火炉边洗衣服……这些场景动人极了。却不敢拍照，不忍打扰。

再说地窝子光线太暗了，拍出来的照片总跟鬼魂附身似的。打闪光吧，又有小婴儿，眼睛还没发育好。再说打了闪光色彩也不漂亮了……再再说，大家正好好地过着日子，突然闪一记强光，不说有没有受到惊吓，首先就太不礼貌……

便恨恨地想：等我有钱了，换个相机，盘子大的镜头！

因为多了两个学生，再加上文化人李娟的存在，这个家庭陡然增加了学习氛围。父母和小叔叔胡尔马西开始对孩子们的汉语课本大感兴趣，轮流翻读个没完。只要我一登门，大家就纷纷请教各种家庭器具的汉语叫法。在全家人里，学得最快的是萨依娜，其次是热合买得罕，胡尔马西和努滚并列第三，最后才是新什别克。因为新什别克大部分时间都得放羊或找骆驼，进步缓慢，大家都表示谅解。总之每人都制订了自己的学习任务，不断背诵，并互相考问。日常交流也汉哈结合，学以致用。

最有意思的是热合买得罕。总是当着我的面大声朗读汉语课本，且尤其中意一句话："孩子小，不懂事，您看就算了吧！"——整天翻来覆去地练习、背诵、抄写，好像在为将来某个时刻替两个做了错事的妹妹求情而做准备。

热合买得罕也是漂亮的孩子，虽然和外貌过于出色的妹妹比起，显得苍白而平凡了一些。但这孩子极聪明。萨依娜教努滚编花带子时，他在旁边只看了一会儿就学会了，努滚却怎么也搞不清哪跟哪儿。当脾气火爆的萨依娜教得不耐烦了，弃之不管时，他就赶紧过去救场，手把手继续教。但努滚还是没能学会。

热合买得罕有强烈的责任心，处处表现得自己之于这个家必不可少。背雪，背粪，毫不含糊。每个清晨和黄昏，无论天气多么恶劣，他都坚持参与羊圈的清扫和铺垫工作。挥着比自己还高的铁锹，干得像模像样。劳动多么令人理直气壮！

这兄妹俩，男主外，女主内。努滚则负责打扫房间、抹灰、洗碗、洗尿片。几乎也是整天闲不下来，边干活边不停唱歌。热合买得罕有些害羞内向，努滚却快乐又大方。别看她脑袋不灵光，学习成绩不好，也绣不好花，编不成花带子，却能歌又善舞。肯定是班里的文娱积极分子！尤其是唱歌，还能玩点流行音乐里的哭腔呢。

作为年长者、男性、重体力劳动者之一及较聪明的人，热合买得罕不放过任何一个指使妹妹的机会："去关紧门！""剪刀拿来！""书包放过去！"而妹妹总是无怨无尤地照办。哪怕正在争执之中，哪怕自己也正忙得不可开交。

同样，作为强势一方，热合买得罕非常关照妹妹。吃饭时，一听说小牛提前回来了，刚出锅的炒肉块都顾不上吃，戴上帽子就往外跑。萨依娜便特意为儿子拨了一大碗肉单独放一边，令妹妹很是觊觎。男孩回来后，见妹妹馋成那个德行，只吃了一小半就全让给了她，令她欢呼。看她吃得那么高兴，又做出不屑的样子。顺便说一句，自从热合买得罕来后，李娟赶小牛的任务算是卸任了。而且他可比李娟负责多了！

兄妹俩偶尔也会有争执，还会用汉语骂架。妹妹说："笨蛋！"哥哥说："王八蛋！"——快乐得不得了。

然后两人又一起问我："笨蛋"和"王八蛋"是什么意思？我呢，本着不欺骗的原则，很无趣地解释如下：笨蛋就是不好的鸡蛋。王八蛋么……碰巧前不久刚翻看了一篇努滚的哈萨克语课文《龟兔赛跑》，便指着上面的乌龟插图说："这就是'王八'。"他们"噢"了一声。我又说："'王八蛋'就是他的孩子。"他俩又"噢"一声，非常失望——不明白坏掉的鸡蛋和乌龟的孩子有什么特别之处，何以用来骂人？于是一下就没劲儿了。再也不这么骂了。

两个孩子都深爱小妹妹喀拉哈西。整天想尽办法逗她开心，并因她的开心而更开心。然而比起努滚，热合买得罕表现得更热切些，陪喀拉哈西玩耍时，也更为耐心、细致。要是正在绣花的努滚不小心把剪刀放得离婴儿太近，他会惊叫着冲过去拿起剪刀丢得远远的，并怒斥妹妹。妹妹则抱歉地笑。

这个小伙子每次出门干活前，总会严厉地吩咐妹妹看好小婴儿。而一回到家，脱去寒冷的外套，烤热了双手，才去抱婴儿。他总是陶醉地亲吻她，还含着她的小耳朵轻轻地咬。唉，谁能不喜欢呢？这个软乎乎的肉团子，这个有着迷人笑容，并总是信任地看着你的小小生命啊……

喀拉哈西是一家的重心，她最喜欢做的事情是玩线团和撕书本。如果不让她这么做，她就悲恸地哭。大家只好由着她，把各种线团交给她扯乱，努滚负责重新缠好。再把作业本交给她一页一页地撕，热合买得罕负责粘好。于是乎，这边扯那边缠，这边撕那边粘，其乐融融。

家里有一盒国际象棋。男人们用来赌钱，喀拉哈西用来磨牙，兄妹俩用来互相投掷。还是其乐融融。

而兄妹俩脸上总是伤痕不断。问之，总是好脾气地回答："喀拉哈西！"再无奈地，毫不计较地微笑。尤其是努滚，那么漂亮的脸蛋，竟被抓了清晰的三道红杠。我戏称她为"大队长"。她听了顾不上反驳，骄傲地告诉我：她的哥哥是真正的中队长！

刚刚进入荒野时，两个孩子穿得漂亮极了。没几天，漂亮衣服就全换了下来。小哥哥穿着爸爸的大鞋子，妹妹穿妈妈的大鞋子。另外兄妹俩全都穿着妈妈的旧外套。萨依娜非常娇小，她的衣服，两个孩子都能穿。至于孩子们自己的好衣服和好鞋子嘛，要留着上学时才穿。

才开始努滚只干家务事，不干重活。但两个星期以后，也开始跟着哥哥出去背雪背粪块了。我总是为这小小的兄妹俩背着雪从荒野深处一前一后蹒跚走来的情景所打动。我看到小姑娘的腰背像老人一样深深佝偻着，再有一尺多就贴着地了！经过我时，她一边继续挣扎向前，一边很不好意思地冲我笑，似乎以此稀释自己的狼狈。那时的她脸蛋僵红，长长的睫毛上结满冰霜。

就算实在扛不动了，小姑娘也不放弃，不求助，拖也要硬拖回家。因为在所有人的观念里，无能于劳动是羞耻的事情。于是乎，一大袋牛粪，五分钟拖了十几米，累得大喘气！我赶完牛后赶紧帮忙一起拖。——真的好沉啊。就算是我这样的大人，也扛不了几步，拖不了多远的。

有了这两个小帮手，别说萨依娜，就连我也轻松极了。

187

既不用对付小牛，也不用清理羊圈了。每天除了背雪，收拾房间，大部分时间都用来绣花。很快就完成了这个冬天的第一件作品——一大面黑色软呢料上的八团对称的大花和一大圈花边。便特意让小姑娘裹着这块美丽的绣品，在黄昏的雪地里拍了好多照片。她多美啊！热合买得罕骑着无鞍的白马经过，欣赏了一番妹妹的搔首弄姿，轻蔑一笑，打马走了。我又赶紧对着他的背影拍了几张。

二十　胡尔马西

二十二岁的胡尔马西像个影子，飘忽忽地就过来了，飘忽忽地就消失了。话语也飘忽忽的，眼神儿也飘忽忽的，意愿也飘忽忽的。从来没有明朗地出现过一回。——除非穿上新衣服的时候。

胡尔马西最大的气息似乎就是音乐。只要一有手机音乐从远及近地传来，那就是胡尔马西过来了。人到哪儿，歌也到哪儿。胡尔马西是热爱音乐的。但是，似乎不只胡尔马西，所有的哈萨克人都热爱音乐。总之，他的手机存储卡里几乎搜罗了所有时下流行的哈萨克语歌。他每天不停地做着两件事：一、玩手机；二、给手机充电。

也因为手机的事，一整个冬天里，他与李娟倒是有不少的交流。他不懂手机上的汉语提示。一旦操作错误，出了问题，就赶紧过来请我帮忙恢复。

这家伙几乎一句汉语也不懂。每当向我交代手机的问题出在哪儿时，唯一的办法就是逮着手机按键捏来捏去，嘴里不停"这个，这个，这个……"地嘟囔。而每次我都能令他满意而归。天知道我们怎么完成沟通的。

我一度想教他学会手机上的那些汉字提示语，但念头一闪就放弃了。看看那些词，什么"个性化""情景模式""时间格式"……得多高的水平才能翻译成哈萨克语！

有一天深夜，居麻和嫂子去隔壁家喝茶，就我一个人在家的时候，胡尔马西又来了。这回却不是来修手机的，手机音乐也没开。他在床边坐了一会儿，冲我开口说了一些话。我听了好几遍也没搞清啥意思。又没法装出听懂的样子，只好明说："我听不懂。"就再不理他了，继续看书写字。

他又静静地坐了好一会儿，突然指着炉子问我汉语怎么说。得到回答后，又找我要了一页纸，一支笔，用阿拉伯字母认真地拼写出这个汉语发音。然后再问我铁锨的汉语怎么说。

接下来，这家伙指这指那，记下了许多日常用具的单词。不但把发音拼写出来，还认真地标上了词意和序号。共有十八个。我很纳闷，怎么突然想起学汉语了？莫非长夜漫漫，借故聊天？可他分明这么郑重。

第二天，当这个小伙子全副武装跟着羊群走进荒野时，才明白……放羊的时间漫长难熬，这家伙想边放羊边学点东西打发时间。那天是他第一次出去放羊。他是寂寞的。

寂寞让人同情，可不好好放羊就让人生气了。这小子每次放羊，才下午三四点，就赶着羊群在附近荒野中徘徊了，探头探脑想回家。而那时牛还没回家呢！居麻气得要死，抗议了一番。从此，隔壁家再不让小伙子放羊了，只让他在家照料大畜。每天找找骆驼，清理羊圈和牛棚，再帮着萨依娜背背雪，打打杂。

可我看他干什么活都不上心。盖个两三个平方的小牛用的牛棚，跟磨洋工似的，慢慢吞吞，一盖盖了一礼拜。最后还盖得四面漏风。要是我，保准两天就盖好了。

而且还常常走亲戚。据说西面牧场有他的两个表兄，每次他一去就两三天没影儿。

居麻说他到那边打牌、赌钱去了。又轻蔑地说："这样的小伙子，哪里还需要劳动，只需要一个手机就能过日子了！"

但大家又怎能责怪他呢？他还那么年轻，又没有爱情，没有财产。

又那么孤独。虽说是和自己的亲兄嫂一起生活，也是寄人篱下啊。当一家人亲亲热热地唱歌说话时，胡尔马西像不存在似的向隅而卧，逮着手机捏啊捏啊。有好几次，还真令人忘记了他的存在。

在寂静的上午茶时光中，胡尔马西总是会突然推门进来，往我家床榻上一倒，什么也不说，什么也不做。慢吞吞喝完嫂子给他冲的一碗茶，再躺一躺，就告辞了。问他干什么去，回答找骆驼。晚餐时分，这家伙仍常来报到。同样也不说话，吃得也不多，吃完坐一会儿就走。再问他干什么去，回答系骆驼。真是寂寞啊。

自从我家的电视投入使用后，胡尔马西的夜生活也得到了极大地丰富。几乎每天一系完骆驼就过来报到，早早占一个靠近电视机的好位置。看啊，看啊，一直看到画面模糊了，还不肯走；看到节目烂得要死，都没人看了，互相之间开始聊天了，还不肯走；看到我家的母子三人横七竖八都睡了，还是不走；看到一起陪看的居麻频频打开手电筒投向座钟，暗示时间很晚了，还是不走……后来居麻实在忍不住了，开口抱怨了一句，与胡尔马西同来的热合买得罕两兄妹一听，立刻起身告辞。这小子呢，反而躺了下来，换了个更舒服的姿势继续看……又过了半个小时，当电视画面缩至手心大小时，已经睡醒一觉的居麻终于爆发了。他站起身啪地拧开电灯，关了电视。这才把他轰走。

居麻说，胡尔马西在哥哥家帮牧，不是白干的。一个冬天能赚一匹马或一头牛。将来他的婚事将由父母和他的大哥大嫂操办，不用他自己花钱。

由于还没结婚，虽然是二十多岁的人了，胡尔马西在家庭中的地位仍和小孩子一样。在热合买得罕兄妹俩还没有进入荒野之前，每次吃抓肉都由他负责为大家浇水洗手。一手拎水壶，一手端盆子，来到每一个人面前服务。让这么大的小伙子侍候，让我觉得很不好意思……另外萨依娜想请嫂子共进午茶时，也总是指使他过来传话。

西面牧场上的保拉提和胡尔马西同龄。作为已婚男性和父亲，他的每次到访总会得到郑重接待。那时他自若地经过胡尔马西坐进上席，而后者只能坐在角落玩手机。

不知这小子是觉得拘束，还是真的喜欢独处。他总是像孩子那样，从不参与大家的发言。

直到新什别克的两个孩子也来到了冬窝子，胡尔马西的生活才算是添了新内容。从此天天研究兄妹俩的汉语课本，恶补汉语（当然，上次我教给他的十八个单词早就忘了个精光）。还不时虚心请教两个孩子。但他的问题总是很幼稚，总令两个孩子大笑，且不屑回答。

无论如何，这家伙的学习态度还是令人赞叹的。一闲下来，就在床榻一角摆开小桌子，捏一小截铅笔头，在一个皱巴巴的小学生作业簿上写啊写啊，反复练习。仍是老办法：先用阿拉伯字母拼写读音，再标注意义，并打上序号。然后不时温习、默诵。我心里暗想：要是小时候上学时也这么刻苦的话，说不定就是另一种人生了……

不合群的胡尔马西，只在经过喀拉哈西时，才温和地唤一声她的名字。只有喀拉哈西愿意为了这一声呼唤而欣喜大笑。只有喀拉哈西平等地对他，不觉得他有什么异样。

除了喀拉哈西，他的另一个重要交流对象是加玛。大约他俩年龄相当，有相近的想法和话题。虽然加玛背后也不怎么待见他，当面还是很客气。两人的交往内容之一就是互换手机存储卡，交换着听歌。

——还在两年前，年轻人串门时，互换的是磁带。这两年就成了存储卡。时代真的在进步。

另外与之关系较密切的，还有热合买得罕。两人时不时摆开国际象棋切磋一把，棋艺不相上下。看得出，平时他最乐意听热合买得罕说话，暗暗地钦佩他。热合买得罕是聪明的学生，知道许多令牧人们纳罕的知识。他向大家演示过盛着水的纸盒子在蜡烛上烧，却怎么也烧不糊这个令人惊叹的实验。

在喀拉哈西、加玛和热合买得罕之外，胡尔马西还有两个真正的朋友，就是他常常（常常＝三次）去做客的西面牧场上的那两个表兄。和胡尔马西一样，这两个年轻人一整个冬天里也频频过来做客（频频＝两次），大家都不嫌路远。这两个小伙子老实巴交，只微笑，不说话。相貌很特别，肤色黑，头发卷，跟印度人一样，跟塔吉克人一样。居麻便戏称之为"外国哈萨"。每到那时，三个年轻人到哪儿都走在一起，赶羊、找骆驼。或者什么也不干，只在北面沙丘上静静站作一排。

总之，关于胡尔马西，好像就这么多了。我对他所知太少，所以他看起来才像个影子吧？可但凡生命，哪有不强烈的呢？无论怎样，好好坏坏，这小伙子看来都离不开牧场，离不开这样的生活了。否则还能干什么？——不会汉语，又不再是孩子。我希望他很快就能拥有自己的家庭和牛羊，在属于自己的生活里继续铺展生命，不要再这么孤独，这么消沉，这么无可适从。

有一天我在荒野里走着走着，转过一座沙丘，就迎面遇到了他。只见他胳膊下挟着几只大袋子，一个人去西面沙梁后找雪。打过招呼后，他约我同去。我拒绝了，又问远吗？他说远啊。然后就一个人上路了，越走越小。过了很久很久，还在旷野远处慢慢走着，那么倔强。那情景深刻得像是刀锋在皮肤上轻轻划了一下。在那样的时候，胡尔马西才不是虚弱的影子。

每当我要为他照张相时，他会说："等一等。"——从容地从怀里掏出小梳子、小镜子，照一照，梳两下，再照一照，这才面对我的镜头展开笑容。那时的他，也不是影子。

二十一　扎　达

一月下旬，消失了一个多月的加玛再次回到了荒野中。那天她穿着绿衣，突然出现在北面沙丘上，两手都拎满了东西，慢慢往下走。我正在远处背雪，见状立刻扔了雪袋和铲雪的盘子，大喊着她的名字向她奔去。然后与她握手、拥抱，并接过她满手的大包小包，一起往地窝子走去。加玛边走边用汉语问我："李娟，我没有，好不好？"我大声说："不好！"

一同前来的还有十五岁的小伙子扎达，加玛的弟弟，居麻唯一的儿子。从此我们的地窝子又多了一个成员。

虽然从没见过扎达，但已经很熟悉他了。在这个家里，他的痕迹无处不在——心形的木奶勺是他凿的，木柄上还雕了一个小小的心，涂了红漆。地窝子一进门右手边的红砖火墙①也是他砌的。虽然从没派上过用场，但谁也没想过要拆它。

地窝子的地面是沙土地，虽然居麻用珍贵的泥巴糊过一层，但踩几天就没了。于是每天扫地都会扫起一大堆沙子，天长日久，岂不越扫越深？如今一进家门就得往下跳，门

---

① 北方取暖的室内设施，墙体里砌有曲折回环的烟道。

槛离地面快有半米高了。墙根也蚀空了一长溜。居麻每隔一段时日就会在墙根处填几团羊粪块，补些泥巴。但这能顶多大的用呢？于是我建议把那个火墙拆了，拆下的砖可以铺一大片地面呢。但这个建议遭到一致否决。理由是："这是扎达十三岁时砌的。看，砌得多整齐！"我也只好附和："是啊，是很整齐，真是个厉害的孩子。"居麻得意地说："他的爸爸就是厉害的爸爸嘛。"

早在半个月前，嫂子就在念叨着自己这个唯一的男孩，天天掐指计算放寒假的时间。为迎接孩子们的到来，嫂子把所有花毡、毯子抱到外面，在雪地上拍打干净，大扫除了一番。还炸了新鲜的包尔沙克。

此刻嫂子最快乐，眼睛闪闪发光。男孩一进门就和妈妈抱在一起亲吻，稍稍显得有些害羞。对父亲却敬而远之，规规矩矩坐在下席，一声不吭地听大人们说话。等送兄妹俩过来的司机喝完茶告辞后，房间安静下来，他这才慢慢蹭到上座，突然搂住爸爸亲吻起来。居麻也忍不住抱住了他。

这时加玛把带来的包裹一一打开，献宝一样掏出种种物品。大多是一小包一小包的糖果。全是七大姑八大姨各路亲戚捎送的，用毛巾或手帕包着，仔细地打着结，表达遥远的问候。其中还有个拨浪鼓，显然是捎给喀拉哈西的。大家取出来"咕咚咕咚"地轮流玩过一遍，才装回包装袋原样封好。而居麻再也不像过去那样嘻嘻哈哈乱开玩笑了。俨然父亲的模样，庄严地坐在上座，接受孩子们的各项汇报。

因为多了两个人，当天傍晚挤奶和赶牛的工作变得格外轻松、快速。结束后大家回到地窝子里,提前亮起了灯——以前得等到电视结束后才用最后的一点点电开灯的。

在准备晚餐时的空隙里,母亲再度搂着儿子摇来晃去地亲吻。加玛见状也扑进爸爸怀里,嚷嚷道:"那么,你就来亲我吧!"居麻却一把推开,佯怒:"走开,不是我的女儿!烟也没给爸爸买一盒,打火机也没给买一支!还不如李娟,每天还能帮我赶小牛,赶羊,补衣服……"加玛大声抗议并继续撒娇。一家人都笑了。孩子们来了,这才像个家的样子嘛。

扎达瘦高、漂亮、矜持。刚回到家,就带着男子汉的骄傲劲毫不含糊地投入了傍晚铺垫羊圈的劳动。并且为和大家一样能为这个家庭出力而享受着平等的愉悦。还很快和胡尔马西熟悉起来。垫完羊圈,两人一起去到东面沙丘上,爬上铁架子,高高坐在月光里,有一茬没一茬地交谈,一起看望羊群归来的方向。

刚到家时,扎达穿戴得像城里的孩子一样时髦。干活时才脱去外套,换上妈妈做的绿色金丝绒面料的羊毛马夹,立刻成为普通的牧民孩子形象。居麻拾起他扔在花毡上的新外套,仔细地翻看,并问他多少钱买的。这样的时候,竟显露出对孩子的一丝陌生。

这天晚上嫂子煮了一大锅肉,比以往哪一次都多。新什别克一家当然也被邀请过来一同分享。地窝子热闹极了。一共十个人加一个婴儿,都快要挤不下了。席间,孩子们都显得礼貌又矜持。小姑娘努滚在自己家里是个馋姑娘,但在别人家做客时却矜持极了。远远坐在大人后面，怎么也不肯坐进席面。面对小山一样堆起的香喷喷的肉块，无论大人们怎么劝，只慢吞吞地吃了几块就打住了。吃的时候，甚至还表现出一点点厌恶感。居然有微妙的女性意识呢。扎达也显得很客气，看到姐姐擦手后立刻跟着擦手——擦手表示吃饱了，提前结束进食。

后来事实证明，在没有外人的情况下，这小子的饭量仅次于居麻。

吃抓肉时，人太多，席面坐不下的话，女人和小孩就窝在角落里另开一席，分吃小盘装的。那时扎达不好意思坐在大人堆里，总想加入我和嫂子、加玛这边的侧席。但嫂子坚持让他入正席，像对待真正的男人一样。

每到吃拌面时，嫂子会给扎达分很多的肉和菜，却只分给加玛一点点。虽说常言道：姑娘不可贪吃。但这也太偏心了吧！加玛终年生活在牧区，一年到头能吃到什么好东西呢？但加玛毫无意见，偶尔的抱怨也会被嫂子狠狠地斥责回去。

其实，作为寄宿学校的学生，扎达的生活也是清苦的，学校食堂免费供应的饭食未必比家里的油水大。尤其他还正在长身体啊。

一天黄昏，大家都在外面忙得不可开交，只有我一个人在地窝子里准备晚餐。这一天我给大家包饺子（类似汉族的饺子，但区别很大，姑且这么称之）。过了一会儿，闲下来的扎达兴致盎然地挨过来帮忙。我擀皮儿，他包。这小子在昏暗的空气里边包边唱歌，然后快乐地告诉我，他最爱吃饺子了。又问我最爱吃什么。我忍不住说了一大堆。其中的火锅、炒米粉之类是他没见过的，便详细地询问细节。当我说到凉皮时，他立刻用汉语大喊："耶！凉皮！我的，也喜欢的！"并为之欢呼了许久……

出去背雪时，当我看到扎达从北面远远的沙丘上微小地、耐心地走来，一手拎一棵梭梭柴，身后跟着熊猫狗。白色世界无边无际……便莫名地感动。为一些最深处的缝隙里，最哑静的心。

两个孩子来了之后，每天男孩背羊粪、赶羊、打扫羊圈。女孩收拾屋子、做饭。我背雪、绣花毡。居麻叹道："明天，我和你嫂子回阿克哈拉算了！我们还干啥呢？就没我们啥事了嘛！"——神态间，倒是非常享受。

扎达不在时，加玛在爸爸妈妈面前娇得不得了。扎达来了，加玛自动让位。总是端庄地捧着茶碗，笑看弟弟像小猪一样在父母怀里拱来拱去，不时夷地"豁切"一声。

母亲深爱着这个唯一的男孩。常常突然放下手里的活计偎过去，跪在他身后捧着他的脑袋百般亲吻。

别看姐弟俩整天拌嘴。不拌嘴时，也常常互相依偎在一起，长时间搂抱着，亲亲热热地一声不吭。

比起妈妈和姐姐，孩子却更愿意亲近爸爸。爸爸一躺下休息，他就赶紧凑过去，紧紧抱着他玩手机。

但爸爸老是欺负儿子。扎达打算把坏掉的墙抹子的手柄钉到木门上做个门把手。居麻说："拿来看看。"扎达连忙递给他。谁知他一接过来就一把折断，说："不好好看书，天天做空事。"扎达顿时就给气哭了。赌气甩掉茶碗，坐得远远的，哼哼叽叽。不过几分钟后就全忘了，又凑过去亲吻爸爸，还把空茶碗拾起来递给妈妈续茶。

晚上电视节目结束时，扎达已经睡熟了。居麻凑过去趴在他耳边，猛然尖厉地吹起口哨来。这个玩笑惊着了孩子，令他顿时委屈得哭了起来。居麻一面嘲笑他胆小，一面催他快出去解手准备睡觉。顺手为他披上棉衣，怕他出去时着凉。

为节省电池，我很少给大家翻看相机里的照片。偶尔展示时，没看一会儿居麻就说："不看了，关了吧。"我很纳闷，因为以前就数他最爱看了。然而他接着又说："扎达出去了，等扎达回来再一起看。"

扎达是一家人的重心，大家溺爱着他，却并不惯肆他。他享受着宠溺，也并不恃宠而骄。还算是个懂事听话的孩子（就是每天早上总赖床），遇到自己分内的劳动从不躲避。而且聪明极了，能把手机一直拆到只剩键盘，然后再原样儿装回去（拆的是加玛的手机，为此遭到了她的呵斥）。还能把坏掉的MP3电池板掏出来，连上从另外的旧电器上拆下来的灯珠和小开关——就做成了一个造型奇特的小手电筒，还怪亮的。总之，他是一家人的骄傲。

但这么聪明的孩子，不知为何，学习成绩却总不好。

当然作为孩子，有时也会有小小的任性。大家都忙得腾不开手的时候，嫂子吩咐正在削木头瞎玩的扎达去背雪。他不满地抗议了半天，又磨蹭了半天，最后还是死不情愿地拖着袋子出去了。然而这一去，一个多小时也不回家。嫂子让我放下针线活去看看。我出去一看，这家伙早回来了，正在沙窝子附近的空地上挥舞着铁锨画画儿玩。雪袋已经装满了，鼓鼓地放在一边。因为不满妈妈的安排，故意迟迟不回家呢。

刚下过雪，那块空地上铺了薄薄一层。雪是白的，雪下的粪土是黑的。他用铁锨"画"出的画白底黑线条，清晰又刚硬。是一个硕大无比的怪物的脸，瞪着圆眼睛，长着浓浓的络腮胡子。我赞叹道："真像你爸爸！"他说："豁切！"立刻挥着铁锨抹去。

不晓得"童年"这个东西，到底是有趣的还是无聊的。许多看起来没一点意义的事都会被他做得津津有味。比如某天他不知从哪里翻出一瓶大姐乔里潘留下的过期粉底液，便灌上热水嗤嗤地喷射乳白色的水柱。热水没有了，就倒暖瓶里的茶水。如此折腾了一个多小时，不晓得到底有什么好玩的。

他做过的无聊之事还有以下这些：

——裁掉加玛的一块原本打算绣靠垫的白布，做了一面日本旗；又裁了嫂子的一只红色破衣服袖子，做了一面红旗。然后和热合买得罕两人一人高持一面旗子冲上沙丘，激烈火并。

——把一大束准备用来捻线的羊毛披在头上装作假发，并忸怩作态地走模特步。嫂子看了大笑。笑完又把这小子臭骂一顿，因为他把李娟花了整整一中午才撕顺的羊毛给弄乱了。

——一天他在电视里看到一个南疆主持人戴了顶黑色的羊羔皮高帽，触发了灵感。翻箱倒柜找到一只旧大衣上的黑色皮领。拆掉上面的带子，把两端缝起来，做成了一个皮筒扣在头上。从此天天戴着这个没顶的南疆皮帽出门干活。

——总是一大早就卖力地锯一块木头或敲一块红砖，忙得不可开交。以为他又在做什么零碎活计，给家庭建设添砖加瓦。结果做出来的是一个木头小车，装着四个瓶盖当轮子。或者在红砖上凿了一个圆溜溜的窟窿。

——有一次把一张冻得僵硬的马头皮拿回房子烘烤，化开。又取回挂在沙丘铁架子上的一副完好的马头骨[①]，把柔软的马皮蒙在马头上，细细缝好，俨然一个马头标本。他做得相当仔细，还用针线细细缝补了马头皮的所有裂口处。

——还有一次，把许多细细的彩色胶皮电线接起来，一接接了十多米长。最后拐弯抹角地连在一个小灯珠上，再挂在电瓶上使之发亮。

——还用柔韧的细草拴住一粒白石子，做了个戒指。

……

没几天，精心缝制的马头标本不知被谁拆掉了，马头皮依旧扔回毡房里冻得硬邦邦，马头原样挂回沙丘顶端的铁架子上。小木车模型也很快被扔弃到地窝子一角，轮子少了三个。十多米长的胶皮线每天断掉一截，最后连着坏掉的灯珠

[①] 牧人拾到马头遗骸后总会挂到高处，以示尊重。

统统扔进了炉膛粪灰中……唯有南疆帽子倒天天戴着。这小子的确聪明,也的确做事认真,可聪明认真地做下的事却大都没啥用。

不过他削的骆驼鼻栓倒是有用。居麻刚刚吩咐下去,他就跑出去拔回了一大堆梭梭柴。坐在床边兴致勃勃地削啊削啊,一口气削了二十六个!可家里明明只有三峰骆驼……

加玛用染毡片的染料染手指甲时,他也嚷嚷着要染。但男孩子染手指甲算什么事呢?于是他染了脚趾甲……

二月中旬天气暖和的一天,我和加玛去西北面牧场串门子。回到家后,我向居麻惊叹那边人家的孩子何其之多!居麻恨恨地说:"他家不怕计划生育!他家有亲戚管计划生育嘛!"原来扎达属超生的孩子(当时一对牧民只能生三个孩子),出生时罚了一万多元,令居麻至今耿耿于怀。

这个唯一的儿子扎达身体却不太好,总是咳个不停。尤其在夜里,咳得快背过气似的,停也停不下来。大家在黑暗中静静地听他咳嗽,似乎既担心又习以为常似的。我劝居麻赶紧让孩子去看病,别咳出大毛病来。居麻说:"给了他看病的钱,他拿去买手机了。"我无语。但这样的虚荣有什么错呢?他那么年轻,又身处远离家庭的虚荣世界之中。

同样也是二月中旬的暖和日子里,有一天扎达穿上爸爸的全副行头,居然出去放羊了!我吃惊又怀疑,问:"中午十二点就回来了是吗?"居麻说:"哪里!晚上八点才能回!"

他出去放个羊，非要带上手机不可。这样，放羊时就能听歌了。而且还非要连加玛的手机一起带上。这样，一只手机没电了，还能用另一只手机接着听。

我却建议背上书包去——可以边放羊边学习。他嘿嘿傻笑，装没听见。

隔壁的热合买得罕对他此种独立放羊的行为艳羡不已。也跨上无鞍的白马同他一起把羊赶进荒野。我站在沙丘上，看着两个孩子并马遥遥向羊群走去。虽听不到交谈，看不到面孔，却感觉到了他们的激动和欢乐。

果然不出我所料。才中午十二点半，这小子就扔下羊群回家喝茶了。还一副立了奇功的模样，吃炒粉时，非要妈妈多多地放糖。

我本以为他只是一时兴起。毕竟真实的劳动是寂寞漫长的，他肯定坚持不了几天。谁知从那天开始，只要我家轮值，这小子一定抢着出马。相当积极。令人纳罕。

直到学校快开学了，这小子准备北上返校，清点随身物品时，我才明白过来——原来居麻答应他，每放一次羊，就给五块钱……

居麻感慨道："刚进冬窝子时，身上只有五毛钱。出了冬窝子，一下子有了六十多块！"

扎达果然很有经济头脑，连前来讨要熊猫狗宝宝的人送的礼金也全都纳入麾下。岂有此理！从来不喂狗，卖狗时却管收钱……

另外他还甜言蜜语用自己的二手手机交换了加玛的新手机。很快加玛后悔了，非要再换回来。这小子说，要换可

204

以，先赔我二十块钱！还搬出了许多道理，把加玛给弄糊涂了。居麻一边欣赏姐弟俩的争执，一边对我说："当初换手机时，我让他们写合同。他们不写，现在当当事情（扯皮的事情）就有了嘛！"

对于扎达的离开，加玛小有惆怅。总是无意识地念叨："二十号，扎达就没有了！……"夫妻俩听了默默无语。唯有那小子没心没肺，显得格外高兴。也是，马上要离开这个寂寞的地方了嘛。最重要的是，钱包也鼓了……

那两天我教加玛写汉字时，不知怎么的，扎达也来了兴致，翻出书包看起汉语课本来。往日这个点上，他总是翻出钱包数钱的。居麻感慨道："一个月，一个月了！第一次看他打开了书包！"扎达不以为意，看得兴致勃勃。

尤其是将要离开的那天（据说已经联系到了一辆汽车，到时会过来接人），更是兴奋得唱了一早上歌。大家围坐一席，吃头晚剩下的肉和面片。居麻吃到一块脊椎骨时，说："还等什么汽车？直接坐飞机走嘛！"说完举起有两个翅膀的骨头"飞机"，嘴里呜呜叫着，模仿起飞。大家都笑了。但离别的伤感还是笼罩着这个家庭。只有当事人本人突兀地欢乐着，小心地啃着骨头，怕油汁溅上了刚换的新衣服。

那两天天气暖和，每天早上大雾弥漫。雾渐渐散尽后，明朗的蓝天又被向上蒸腾的水汽严严捂住，于是又成了阴天。于是太阳能电量低，晚上总是看不成电视。加上一连三四天都没等到车，扎达有些急了——想去放羊赚钱吧，又怕放羊时错过了可能前来的车；不去吧，说不定又会白等一天……那时的他，总是站在高处，看着两支羊群（那时，南面牧场上开始北迁的胡仑别克一家也搬入了我们的沙窝子）隔得很远很远，向着同一个方向渐渐远去。他久久地看着……扎达是牧人的孩子，他当然是热爱牧场的，却更向往牧场之外的闪亮生活啊！

第三章

宁　静

二十二　暮色中

我不能形容黄昏的漫长。从夕阳沉甸甸地坠在西天时世界的金黄，到太阳完全陷没地平线后世界的清亮，再到星斗浮显并且越来越明亮时世界的越来越幽深——这段时间里，我们做了多少事情啊！喝茶，赶牛，挤奶，给即将归圈的羊垫"褥子"，准备晚餐。再一遍又一遍爬上北面的沙丘，遥望羊群归来的方向……再远远上前迎接……再慢慢随着羊群回家……

每当我独自走在暮色四合的荒野里，看着轻飘飘的圆月越来越坚硬，成为银白锋利的月亮。而这银白的月亮又越来越凝重、深沉，又大又圆，光芒暗淡……一天就这么过去了。长夜缓慢有力地推上来，地球转过身去，黑暗的水注满世界的水杯……我不能形容黄昏的力量。

对牧人来说，黄昏的意味更丰富浓重吧？他孤独地赶着羊群慢慢走向驻地。一整天没说话，又冷又饿。星空下，家的方向，有白色炊烟温柔地上升。羊比他更为急切，低着头只管向前走，速度越来越快。如果这时，牧人看到家人远远前来迎接，又该是怎样的轻松和欢喜！他忍不住唱起歌来。

傍晚，在家的人们结束所有工作后，回到地窝子里，一边休息，一边等待羊群回来的消息。我一个人站在北面沙丘上，向东张望。远远地，羊群似乎过来了。又等了很久，才清晰地看到它们涌动的身影，约一公里多远。于是赶紧回去报告消息。然后再回到沙丘上，拔下插在那里的一根长鞭，眼望着羊群，遥遥前去迎接。

翻过了两道低矮的沙丘后，却又看到羊群原地不动地散开了，在暗下去的空气里继续啃草。新什别克骑在马上，静立着一动不动，似乎不忍驱赶正在吃草的羊。于是我也停了下来，远远看着。怕一走过去，令羊群误以为我在催促，就会停止进食，起身赶路。

新什别克看到我后，下了马，牵马向我走来，并说出了今天出门放羊后的第一句话："你好吗，姑娘？"我也赶紧向他问候，接下来却一时无话。我们一起看着暮色里的羊群。

好半天，他才开口说出今天的第二句话："羊，吃呢！"用的却是汉语，意思是羊还在吃草，再等一等。

然而羊还是被惊扰了，一一抬起头，不安地彼此靠拢，渐渐朝着家的方向挪动。我们俩并排站在沉暗的天光中，仍然无话可说。突然，他用毡筒踢了一脚地上的沙子，用哈萨克语问道："这个汉语怎么说？"我说："沙子。"他低声默念了一遍。又问我雪和草分别怎么说。再晃了晃手里的马鞭，问我又该怎么说。我一一告诉了他，但知道他未必记得住这么多，也未必真的想学习，只是想说说话而已。刚刚结束了寂寞又冷清的一天啊。

我们各走在羊群一端，随之慢慢向西而去。天色越来越暗，羊群渐渐加快了速度。

突然，他在另一端高声唱起歌来："每一天啊，每一天！每一天啊！每一天……"

远处，我们高高站在沙丘上的假人像是向这边俯身过来，一面倾听，一面仔细地辨认着我们的模样。

若迎接的是居麻，这家伙话就多了，不停地向我灌输各种放羊的常识。因为他认定我不会无缘无故进入冬窝子，肯定有原因的，肯定是来学放羊的。

他对我说，晚上赶羊回家时，一定要慢慢地走，不能赶得太快。因为羊吃了一天的草，肚子太饱了，跑动起来的话，夜里肚子会受凉。

说完，他飞快地打马向家跑去，留我一个在荒野中慢慢地赶羊。

他跑了几步，又勒停马转身强调："千万不能跑！"——再高歌而去。

时候尚早。单独的一个人，赶着羊群走在单独的月亮之下。翻过最后一道沙丘，前方是单独的夕阳。

都说月亮所呈现出来的形状是地球被太阳投射到月球上的阴影造成的。可眼下太阳明明和月亮那么靠近，而地球在我这边——三者的平面位置明明呈锐角三角形嘛……

而且，等太阳完全落山后，那半弯月亮仍以同样的角度挂在天上，扭也不扭一下……

再一想，天文学家们说的肯定不会有错——大约大气层的折射就是这样的效果吧？

太阳完全落山了，一尘不染的天空倒扣在大地上，天与地的嵌合之处从青色过渡到红色，再往上是白色，再往上是最后的属于白昼才有的蓝。再往上，是陡然的明月，单独的一颗乔里潘星。

于是走着走着，我也忍不住唱起歌来。

有时胡尔马西也会与我同行，一起前去迎接羊群。漫长一路上，这小伙子总对我说这说那的，也不管我听不听得懂。我无可奈何，只好不管他说什么都且答应着，并报以微笑。令他非常满意。接下来是长时间的无言前行。

他突然问我："你的外套多少钱？"

我说一百五十元。

他继续期待着。

我只好也问他："那你的衣服多少钱呢？"

他说："我的一百元。"

又捏捏我的胳膊："还可以，挺厚的。"

我无从回应，只好也捏一下他的袖子，也说："也可以，你这也挺厚。"

接下来又是沉默。羊群仍遥遥无踪。

这时，他唱起歌来。

走到一处凹地，他突然停下，指着在雪地里横亘而过的一串乒乓球大小的足迹，告诉我：不久前有一只鹅喉羚从这里经过。

突然，我觉得他从不曾像此刻这样孤独。

自从隔壁家的男孩热合买得罕进入荒野，迎接羊群的路上通常都是我俩结伴而行。奇怪的是，一路上他也会不停问我："你的衣服多少钱？鞋子多少钱？你一个月工资多少？"

另外他一直想弄清我是干什么的，但我实在说不清，也可能他实在听不懂。他只好每天都问一遍。

有一次他突然问我黄河在哪里。我便指向东南方向。然后他又问我北京在哪里，我往同样的方向抬高胳膊指了指。他放慢脚步，往那个方向望了一眼，好像真的看到了黄河和北京。但神情并无向往之意，而是感慨——好远啊！

想起了一个笑话。一个放羊的老汉作为劳模去北京开会。回来后，大家问他："北京好不好？"他遗憾地说："好是好，就是太偏远了。"

北京又怎样？黄河又怎样？此刻，我们的假人俯视着的沙窝子才是这个世界的中心。

和努滚去赶羊的一路上就热闹多了。小姑娘又唱又跳又说又闹的，还拼命问我认不认识某某。我说不认识。她又问：那某某呢？我还是不认识。接下来她列举了一大堆名字，我当然统统不认识了。她很失望，因为不能把我纳入她的人际圈。

这样的暮色中，却很少能和加玛同行。她得干家里的事情，做饭，或找骆驼。

偶尔的几次，总是在她的歌声中度过。她那点小小的表现欲啊，只能在荒野里尽情地展示。就这样，唱之前还要扭捏再三，装出想听我唱歌，先请我唱。我说："还是你先唱吧。"她便一首一首唱个没完，越唱越自在。

我很喜欢加玛的歌声。她的嗓音虽平凡却充满深情。唱出的旋律又总是那么优美，在旷野里听来分外动人。

我们走在沉默的羊群两端。她的歌声在不远处平稳悠长地绽放，源源不断地舒展，展开长长一缕说不清的意味。有一次，唱着唱着，她突然停下来告诉我：她们这里的哈萨克姑娘过了二十一二，就是老姑娘了。而她，马上二十岁了……

加玛正处于成为妇人或老姑娘之前最鲜美最自在的青春时光里，却一直没有对象，甚至没有可思念的人。她说，来提亲的人很少，因家里太穷，自己各方面条件也不太好……

接下来，她话头一转，突然仔细地向我历数往下羊群会经过的地方：三月，此地的雪一化净就启程北上。在乌伦古河一带驻扎几天后，再穿过河流北岸广阔的戈壁，慢慢赶往国道线的"三岔口"处。在那里接春羔和春犊。停驻一个月后再向北渡过额尔齐斯河，在河北岸停留一个礼拜。接下来去前山丘陵地带的喀吾图。再沿着喀吾图东南面的哈拉苏进入冬库尔山谷。一个月后，继续深入阿尔泰群山，一直抵达离边境不远的杰勒苏牧场……全是旷野，全是山林。一年下来，在人群聚集地停留的时间也就十来天。所谓人群聚集地，其实不过是聚集着两三个村庄而已……全是孤独，全是等待……但是她又继续唱起歌来。

嗯，加玛说二十二岁就是老姑娘了，弄得大姐我也伤感起来……大姐我三十二，岂不比老姑娘还要老十岁？……

　　还有许多寂静悠长的黄昏里，我们等待羊群归来，等得心焦。新什别克站在东面沙丘上，手持望远镜久久凝视着东方。看我走到近前，一时无话，便为我指向大地的四个方向，告诉我骆驼在哪里，马又在哪里。

　　太阳完全沉没后，夜色从大地向天空升涨。在几近满月的月光下，还是什么都听不到。月光只照亮了天空和双手。侧耳倾听，什么都听不到。但新什别克指向东方，说：来了。又过了好一会儿，果然听到从那个方向隐隐传来居麻的吆喝声。慢慢地才看清了羊群的涌动。而骆驼们安然卧在羊的归途中，动也不动。羊群经过骆驼时稍稍迟疑了一下，然后像流水一样从中间分开，绕过它们继续向前涌动。月光照着这些羊群里的骆驼，一个个跟恐龙一样直直地耸着长脖子，瞪着眼睛，装作什么也没看到。

　　东面最高的那座沙丘是什么样的舞台呢？世界是怎样的幕布？……我总是站在上面，转身四望。看到西天最激动，满天云霞像条条大河，全部涌向夕阳沉没的地方。仿佛那里是世界旋涡的中心。而落日已经沉没许久了。

　　我看到西方晚霞中出现一个骑马的人，在远远的沙梁上停了下来。过一会儿，看到他下了马，和马并立着站了许久。我脸冻得发疼，可他和马一动不动。

　　看到扎达徒步走向遥远的羊群，边走边唱歌。人走得只剩一个小点了，歌声却仍那么清晰。

看到新什别克驾马奔向西南面的沙梁，那边远处的骆驼三三两两地静立。

看到加玛埋首蹲在地窝子前，就着昏暗的天光，用草枝在沙地上练习写汉字。还不时掏出口袋里的小纸条对照一番。再抹去沙上的字迹，重新默写。

看到嫂子扭动腰胯，跟着晚归的牛群从白色的雪地走向黑色的沙窝子。

看到夜色继续从大地向天空升涨。小半个月亮斜搁在西南方向的天空上。雪地晶莹闪亮。天上是深蓝的星空，地上是洁白的星空。

……

那么多的时候，站在那里看啊看啊，却怎么也看不到羊群的影子……却突然发现视野中有细微的亮光一闪。以为眼花了。可过了一会儿，又闪了一下。凝神定睛仔细地看，那闪光的频率高了起来，开始急促地忽闪忽闪。过了好一会儿，越来越明亮了，果然来了一辆车！这时发动机的声音也越来越清晰，不知前来的是摩托还是汽车。我激动又耐心地期待着，好半天才看它绕着圈子从荒野深处渐渐靠近我们——啊，是一辆汽车！那时的我激动得想要冲它大声呼喊……这样的时候会是谁来探访我们的沙窝子呢？还是开着汽车来的，多气派啊！……可没一会儿，又眼睁睁地看着那灯拐向东方，并很快消失……发动机的轰鸣声却一直回响在附近。

我以很长时间注意那车，一时忘了寒冷。新什别克说，走吧，羊到了。我连忙问：在哪里？他在暮色中指了指。我一看，果然，不知何时已经走到近前。多么安静啊。

二十三　牛的冬天

进入荒野最初的日子里,在我帮着赶了三天小牛之后,居麻便在晚餐桌上宣布:从此小牛就全部交给李娟了!真是责任重大。于是每天我一有空就爬到东面沙丘上,盯牢这三个难兄难弟的动向。一有不好的苗头,就立刻冲上前制止。所谓不好的苗头,就是大牛和小牛在傍晚回家前提前会合。

有两次危急时分,大牛和小牛隔着北面沙梁遥遥打照面了!我惊慌失措,穷追猛打,累得肺叶跟扯风箱一样,扁桃腺都快炸掉了。远远地,嫂子看我打了这个赶那个,没头苍蝇一样东扑西颠、团团打转……忍不住大喊:"够啦!够啦!安拉啊……"

后来才知碰到这种情况要讲技巧的,硬分哪里能分得开?只能由着它们会合。等大牛小牛成双成对走到一起就好收拾了,那时再一起往家里赶。走动着的小牛是顾不上干坏事的。

小牛会干什么坏事呢?其实,也就是喝点妈妈的奶水而已……但是如果由着它喝完全部奶水,我们接下来一整天就只能喝黑茶了……

对不起,小牛。虽然你还小,还在长身体,但我们也需要牛奶的慰藉啊。我们也过得很艰难，就只好克扣你的口粮了……

不知为何，归来的小牛总是一身又甜又浓的乳香味。总是疑心它们白天偷喝了牛妈妈的奶。可我盯得那么紧，哪有机会下手？

晚归无论是对大牛还是小牛，都是幸福而急切的事吧。因为沙窝子里有温暖的牛棚，有营养餐。对小牛来说，还有最爱的牛妈妈；对牛妈妈来说，还有最爱的牛宝宝。

傍晚，牛群里最先掉头回家的一定是身为母亲的奶牛。它们一动身，其他牛也只好告别枯草，陆续跟上。离家越近，牛妈妈们越是激动不已。到了最后的几百米时，它们干脆跑了起来，边跑边大声呼唤。这时小牛也在另一个方向焦急地回应，向着各自的妈妈笔直冲去……

可相聚后又能怎样？一相聚就得被牧人上绑，由着嫂子和萨依娜挤牛奶。嫂子挤奶之前先牵来小牛吮几口，再把小牛系在一旁，当着小牛的面开始挤奶。挤完后，再放开小牛，让它啜饮最后的几口。真凄惨……居麻说，这样的话，大牛会误以为一直是小牛在啜奶，便乖乖配合挤奶人的工作。

挤牛奶的时光是一天中最忙碌的时候。孩子们一起上阵，大呼小叫地赶牛、系牛。一定要赶在天黑之前安顿好牛群。那时候的居麻则非常愉快，长时间凝视单腿跪在母牛肚子下"刷刷"挤奶的嫂子，像在过目自己一生的财富。他走过去用手拍拍一头小牛的肚子，满意地骂了一声，又说：

"吃得饱得很嘛!"再拍拍另一头小牛的肚子,却没吭声。

他指着正在被挤奶的花脸母牛说:"去年冬天,太冷了,它冻坏了三个奶头,到现在都不出奶……"可想当时它遭受的痛苦!

他又指着另一头紧紧依偎着牛宝宝的黑白花奶牛说:"去年冬天,它的娃娃冻死了。"又指指小牛:"后来它的妈妈也冻死了。"

——于是大家试着把这只刚出生的可怜小牛牵去吮吸同样可怜的母牛的奶头。不知为何,母牛立刻接受了这个孩子。从此它们成了真正的母子。一到傍晚,黑白花牛的思念与其他母亲一样浓烈,总是跑在伙伴们的最前面。远远地一看到牛宝宝,欢喜得——欢喜得全世间再也没有比这更欢喜的事了!牛为什么不能站立呢?牛为什么没有双臂呢?如果可以的话,奶牛母子所展示的拥抱将是这世界上最热烈最深情的拥抱!

想想看:每天一大早就把大牛赶向荒野,夜里分别系在两个牛棚里,始终不让母子见面。只在挤奶时,才允许它们相处十来分钟。一天二十四个小时啊!只有这十来分钟的相聚……

然而天气越来越冷。有那么一两天,小牛回来得早的话,顾不上等待母亲就一头钻进小牛棚,死活也赶不出来。冷得连妈妈的奶都顾不上喝了!

小牛肯定是所有牲畜里最怕冷的。大牛回来时,再冷的天,也会绕着羊圈牛棚兜几圈,寻找沙窝子附近的干牛粪、干马粪啃吃——在草料不足的时候,牲畜粪便也是能充饥的。

别说小牛,最冷的那几天,大牛都有些招架不住了。隔壁家的牛总想方设法往我家牛棚钻,他家的牛棚那时一直敞着顶……不止是我,居麻对此也很不满。他说:"塑料布嘛,几块钱的东西,坏了就坏了,有啥舍不得的!"

小牛虽然最调皮,最可恶,最不讲道理,但也最可怜。不但整天见不着妈妈,喝不了几口乳汁,还得挨冷受冻,有的还长了一身脏兮兮的疮——也不晓得是什么疮,像糊着脏泥巴一样,结实又粗糙,一剥开就流血。一定非常难受吧……嫂子唯一的治疗方法就是化开一小块黄油,抹在那些疮疤上。

况且生活中还有那么多的不测。有一次一头小牛脖子上挽着的缰绳松了,打有结儿的一端垂下来,不知怎地。绳结卡在小牛前蹄的两瓣蹄缝间。勒得它不得不一直低着头走路。那截绳子太短,它只能塌着背,被缰绳拉扯着,一瘸一瘸慢慢走。远远落在最后。尤其爬沙丘时,简直是跪着爬上去的……细细的蹄瓣被绳结勒着,该多疼啊!也不知绳子什么时候掉下来的,不知那天受了多久的罪……从那以后,每天早上赶小牛出圈前,我都会仔细地检查一番缰绳,绕着他们的脖子挽得结结实实。

在最冷最冷的时节,黑白花牛开始对养子有所抵触,不乐意哺乳它,老是顶它。而另一头小牛无意中吃了一点妈妈的营养餐后,立刻上了瘾,竟然拒绝喝奶。无论嫂子如何按着它的脑袋，强迫它靠近花脸牛的乳房，它也不为所动。嫂子气坏了。

不过两只小牛一岁了，也到该断奶的时候了。

之后的黄昏里，挤奶成了很容易的事。因为不用再专门系小牛了，不用再苦苦地和这群小家伙做斗争。但白天里仍然会把大小牛隔绝开来放牧。从此，小牛们再也没有见过母亲。看起来小牛很轻易地就习惯了没有妈妈这件事，可妈妈们却很难习惯没有宝宝……一到黄昏，它们仍然第一个急急忙忙往家赶。望见我们的沙窝子时，仍然焦急地呼唤不休……很久很久以后，甚至它们也忘记小牛了，仍深深记得早早回家这件事。

一个月后，有一次小牛回来得特别晚，那只正等待挤奶的黑白花奶牛不知怎么的，突然一眼认出了自己的宝宝。之前它已经好几天没搭理宝宝了。那时它像突然想起了一切似的，不顾一切奔过去，闻它，舔它。但小牛无动于衷，它已经不认得妈妈了。

虽然这是生命必经的历程，但那情景还是令我有些难过。

每天系牛时，嫂子根据每头牛的体质安排床位。从最温暖的牛棚深处，一直到漏风的牛棚门口，依次安排着哺乳期的奶牛、奶牛、小公牛。但总有些家伙对床位的安排有意见，非往里挤不可。而且一旦挤到最里面，便堵在那里，一夫当关万夫莫开，谁靠近就顶谁。每天系牛时，嫂子就像搏斗一样，拳打脚踢，骂个不停。

奇怪的是，每次嫂子都会第一个系那头大黑牛，给它安排最好的床位。可它明明看上去最胖最壮实嘛……直到它产下宝宝，才知道原来是位孕妇啊。

黑牛宝宝是一月中旬的一天清晨出生的。一大早，出去赶大牛的嫂子把消息带回了地窝子。我大喜，放下茶碗就跑去看。原来刚出生的小牛比狗大不了多少。瘦骨嶙峋，眼睛却贼大贼大，肚子上拖着长长的、脏兮兮的脐带。这会儿大黑牛肚子全瘪了，松垮垮、晃悠悠地垂着。这时才看出来，这头牛竟然这么瘦弱。

大黑牛无限爱怜地舔着宝宝，一点也不嫌弃这个又湿又丑的小东西。小牛四条腿细得站都站不稳，撑都撑不起身子，还想拼命躲我。

居麻高兴地说："别看今天不能走路，等明天就能慢慢走了。后天就快快地走。到了大后天，李娟你抓都抓不住它！"

大牛棚太冷，嫂子把它抱回了地窝子。这令大黑牛非常生气，也不出门吃草了，堵在地窝子门口，愤怒地嚎了整整两天。我都替它伤心。更替它担心，刚刚生了宝宝，身子虚弱，得赶紧吃点东西补一补啊。有一件事不晓得居麻他们是不是做错了。他们把牛胎盘扔了，不让母牛吃。他们说吃了这个，不下奶水。可据我所知，刚分娩完的母兽，吞吃自己的胎盘是天性，是产后最重要的一项进补……

小牛大约不知道外面抗议的那个吼声是为着自己。它无动于衷地生着闷气。卧在天窗下的干粪土上，干瞪着眼睛，下巴颏平搁在地上，鼻子挤得皱皱的。发不完的呆。

大黑牛备受煎熬。头两天坚决不离开我们的地窝子。堵在门口，狠狠地盯着每一个从门里出来的人。还咬坏了我挂在门口的温度计，踩坏了我们的塑料天窗，挤倒了天线锅。直到第三天，估计实在饿得受不了了，只好跟着大部队同去找草吃。但只吃了两个小时就独自赶回沙窝子，继续堵在门口示威。示一会儿威又饿了，又掉头去追赶大部队。肚子刚填了三分饱，又心事重重往家赶……一天来回奔波了好几趟，也不嫌折腾。

就在第三天，大黑牛下奶了。小牛终于可以开伙了。我把它抱出地窝子，让它吮吸妈妈的乳房。可真沉啊，三十斤左右。牛妈妈的肚子长时间以来撑着这么大一块东西，一定很累。而且还得每天走那么远的路去找草吃。

既然大黑牛下奶了，嫂子就下狠心挤了满满一水勺，大约有一点五升呢！于是我平生第一次吃到了牛初乳。很不可思议——黄澄澄的，糨糊一样又浓又黏。这玩意儿根本没法煮，一煮就煳锅，只能放在锅里蒸。蒸出来跟鸡蛋羹一样，却比鸡蛋羹瓷实多了，味道感觉也和鸡蛋羹差不多，却没有什么奶味。这碗奶羹放在餐布中央，大家使用同一根勺子轮流舀着吃。小牛在床边气呼呼地卧着，可能知道我们在瓜分它的口粮。

可是谁教它自己不好好吃饭呢？好像这个陌生的世界远比妈妈的奶水更有吸引力似的。总是没喝几口就烦了，掉头就跑。害得牛妈妈跟在后面追，边追边苦苦呼唤。

居麻说得没错。果然，才到了第四天就抓不住这小家伙了。一放出去就满世界撒欢。到了第五天，小家伙又学会了一项本领：跳跃。于是炝着蹶子一边蹦跳一边跑，出尽了风头。所有大牛小牛都扭头诧异地看它。而它居然还是认不得妈妈！一路过其他大牛，不管是公是母，就凑到人家肚皮下寻找乳头。因此老是挨顶。并且争强好斗，一看到另外三头小牛就冲过去挑衅。估计它也晓得体态大的牛不好惹吧。可怜头上光秃秃的，连角也没来得及长，哪里是其他小牛的对手啊。

总之小牛很快爱上了外面的世界。才开始还需要人把它强行抱出去，后来一开门，就自己往地面上跳。一出去了就绕着羊圈一圈一圈地展开田径运动。它的妈妈则焦急地紧跟其后，一圈一圈地边喊边追。唉，每天放风时间有限，只顾着玩的话就顾不上喝奶了。真是让人担忧。连小婴儿喀拉哈西每天都得喝很多遍奶呢，它才刚出生一个礼拜啊，一天却只喝一两次，每次两三口。真能忍饥挨饿。

居麻说小牛十几天后就能自己吃草了。于是扎达采回了一大束荡漾草，用绳子系了挂在天窗下。柔软的荡漾草是冬天里最好的饲草，所有牛都爱吃。可那毕竟是干草，和小牛柔嫩的嘴唇相比，还是过于粗糙了。唉，还是夏牧场出生的小牛有福，满地都是青草。

那把草悬挂了一个多礼拜后，有一天小牛真的抬头去咬它了！我第一个发现这事，赶紧通知大家。在所有人的凝视中，它果然又抬头咬了第二口。大家都高兴极了。

到了第二十天，小牛骨架匀实了许多，皮毛也更浓密了，显得更加漂亮神气——黑鼻子亮晶晶的，眼睫毛又密又长，像小狗一样支棱着大大的耳朵。但脾气仍然很坏。在放风之外的时间里，永远一副气鼓鼓的模样，谁也不搭理。

托小牛的福，那段时间我们日子过得可真好啊。每天都能喝到浓浓的奶茶……刚分娩小牛的母牛产奶量可真高！

可惜这种好日子没过多久就结束了。在二月中旬一个温暖的日子里，居麻的亲戚雇车从阿克哈拉赶来，接走了黑牛母子。因为他家有刚出生的婴儿，更加需要牛奶……冬天寒冷又贫瘠，奶牛们的产奶量普遍降低，冬天的牛奶非常宝贵。

那时离我们拔营北迁的日子也不远了。小牛太小，怕是经不起数百公里的长途跋涉。也正好托这家亲戚先照顾着。牛奶嘛，就算是帮忙的补贴费喽。另外，有小牛在，奶牛才能保持较高的产奶量。

男人们把大黑牛绑在那辆北京2020吉普的小车斗上。给它披了条旧毯子，象征性地用来遮挡一路寒风。小牛则给绑成小小的一团，用毡子裹着塞进一只编织袋里，再塞在车座下……谁叫它小呢。唉，这一路真够受的。要是一个人的话，这么给绑着蜷缩一路，浑身麻也麻死了。

因为牛要走了，最后一次挤奶时，嫂子下狠心挤了一大锅，一滴也没给小牛留。于是我们连着喝了三天的好奶茶。

二十四 食 物

刚进入荒野时，月亮在我眼里是皎洁优雅的。没多久，就变成了金黄酥脆的，而且还烙得恰到火候……就更别提其他一切能放进嘴里、吞进肚子里的东西了。面对它们，我像被枪瞄准了一样动弹不得……

喝茶时，一般来说我喝到第三碗就会合碗辞谢："包勒得（够了，可以了）！"有一次才喝到两碗，居麻就替我说："杰！包勒得！" 我急了，立刻澄清："海得包勒得（这哪能够啊）？"大家大笑。于是居麻给我取了个绰号"海得包勒得"。

吃饱肚子后，如果大家还在劝食，我会客气地说："拖依得儿木（肚子饱啦）！"居麻那家伙故意误听为"拖依加儿木（才半饱）"。又给我取了第二个绰号"拖依加儿木"。

我便顶着这两个绰号过了一整个冬天。

到了今天，恐怕只在荒野里，只在刀斧直接劈削开来的简单生活中，食物才只是食物吧？——既不是装饰物，也不是消遣物。它就在那儿，在餐布上，在盘子里。它与你之间，由两点间最近的直线相连接。它总共只有一个意味：吃吧！——食物出现在口腔里，就像爱情出现在青春里。再合理不过，再美满不过了。

问题：什么样的食物最美味？

答案：简单寂静的生活中的食物最美味！

在简单寂静的生活里，连一小把炒熟的碎麦子都能香得直灌天庭。把这样的碎麦子泡进奶茶，再拌上黄油——全身心都能为之投降！……那是怎样的美味啊。每细细咀嚼一下，幸福感的浪潮就席卷一遍身体的沙滩，将沙滩上的所有琐碎脚印抹得一干二净。

如果热茶里添加的是一把"阿克热木切克"[1]末儿，则更有嚼头了。面对那香气，如面对体重一百二十公斤的妇人——她殷勤地站在那里，温和又稳当。如果茶里还煮进去了丁香粒和黑胡椒，那妇人便意味深长地笑了。

拌面的存在只有一个目标：把肚子撑圆了！

麦子粥则像熨斗一样把肠胃拾掇得服服帖帖。如果是加了酸奶糊的羊肉汤麦子粥，则会令肠胃里所有的消化酶拉起横幅，列队欢呼。

吃包子时，世上最好吃的东西是包子。吃抓肉时，世上最好吃的东西又变成了抓肉。这两种结论毫无冲突。

想想包子馅吧：土豆粒、肉粒、油渣。再想一想：沙沙糯糯的土豆泥，汁水盈旺的肉粒，金黄的油渣……然后再想想抓肉，想想居麻飞快地做完餐前巴塔（简单得几乎等于没做）后操起小刀就开始削肉，想想肉片下晶莹的面片饱饱地

---

[1] 变质的牛奶制作的奶酪。

吸足了肉汤，暗自得意，欲和肉片一较高低……包子也罢，抓肉也罢，哪怕吃得撑到了嗓子眼，仍感觉还能继续吃。

做包子剩下的馅还接着做包子吗？不！嫂子创意多多。第二天她又剁了些肥肉加进去。再擀两块方向盘一样大的圆面饼，夹住肉馅，四面捏紧，像烤馕一样丢进滚烫的羊粪灰烬里烘烤……多么隆重的烤包子啊，方向盘一样大！等包子出炉的时间里，大家团团围坐。邻居家两个孩子说什么也不离开，无限的耐心。等这个方向盘般的金黄色大包子从粪灰里刨出来，擦去灰烬，端上餐布，其光辉简直照亮了整个地窝子！嫂子像切生日蛋糕那样切它，油汁四溢。热合买得罕眼明手快，占据了最大的一块饼。他斯文地慢慢吃完，再斯文地拒绝第二块。

啃完马腿肉后，居麻总会操起菜刀，把哑铃似的马腿骨两端的软骨砍成薄薄的碎片，给我和加玛两个嚼食。我俩边嚼边吮吸骨髓里微末的一点点油脂。说一个人残忍，会说他"吸人骨髓"，听着很暴力。但是说良心话，马骨髓吸起来……那滋味……实在令人无法放弃啊……虽然一片碎骨嚼半天也只能嚼出那么一点点、一点点的髓汁。

萨依娜送来的奶酪汤也是生活的惊喜之一。况且她还慷慨地煮进了那么多白糖！

还有羊粪灰烤的薄馕——和前面那个方向盘烤包子一样，嫂子先在门口空地上烧起一大堆羊粪，等它们充分燃烧完毕，把剩下滚烫细腻的灰烬扒开，摊平。再把事先揉好的面团擀成一大片面饼，直接投入灰烬之中。不需要任何器皿或锅具。然后把四周的粪灰聚拢过来，完全埋盖住这块洁白的面饼。等灰烬降温后，扒出金黄、瓷硬的面饼——哎哟，香得哟……叫我说什么好呢？

牛肉抓饭无话可说，土豆炖肉同样无话可说。奇怪的是，每天早餐时分，干馕泡进淡茶，顶多再加半勺黄油——却仍然美味得无话可说！

如果再往这茶水里额外添加一把塔尔糜的话，何止无话可说，简直要默默流泪了……

我们总共就两棵白菜。每天只能剥几片叶子煮进晚餐，足足吃了近两个月。为什么能坚持这么长时间呢？因为，除了白菜，我们还有二十颗土豆！

炸包尔沙克的场景则如过年一样丰足：铁锅盛满滚油，面板铺满雪白的面块，旁边是满满一铝锅及满满一铁盆的金黄色方块！

包尔沙克里仅仅只揉了些盐，口感就已经相当富态了。揉进红糖的油叶子（和下文的面粒子一样，都是一种油炸食品）则是暴发户，揉进葵花籽油的面粒子是富二代。吃完暴发户，后面还等着富二代……这简直就是过年。

做油炸食品时，每从锅里捞出一块饼，大家就吃一块。也不嫌烫，排着队等。而李娟就是那个负责炸饼捞饼的。大家都吃过两三轮了仍轮不到她。每次都把她急得不行，馋得发慌。

当然了，什么抓肉烤包子塔尔糜，什么暴发户富二代……在日常生活里只是昙花一现。更多的时候，餐布上只有馕块、黄油碟子和羊油碟子。其情景简单得似乎几百年从未改变过。而我呢，我才不渴望抓肉，也不特别在乎塔尔糜，我只深深地思念那只昨天烤好后，一直孤独地摆放在厨台上的半边金黄半边淡黄的馕。它才是当下的全部！它是最令人纠结的现实，让人睡着了都为之焦虑不堪——怎么还不吃它啊？再往下等一天，它可就硬了！

就餐时，随意拾取餐布间的馕块。如果恰好取到唯一的那块两天前的馕（其他全是三天前的），简直比买福彩中了五块钱还激动。

有时候晚餐快结束的时候，新什别克前来拜访。为表示待客的殷勤，嫂子便取出一块新馕，切开撒进餐布。那时的我，哪怕已经合碗结束晚餐了，还是会忍不住重新坐回席间，就着新馕重新再喝一轮茶……豁出去了。就让我半夜起来冒着凛冽的寒气上两次厕所吧！

对于那些硬得无论多烫的茶都泡不开的旧馕，嫂子仍有办法处理。她把它们掰成碎块，炒肉块时一同焖在锅里。出锅时，干馕块吸饱了肉汤，软、韧、筋——居然比肉还好吃！看我这么喜欢，大家纷纷把馕块拨到我的面前（除了汤水多的食物，每次晚餐大家都合用一只大盘子进食）。作为答谢，我把自己面前的肉块统统拨给大家。

大约所有人都看出了我的馋。若哪天清晨比往常早起了半小时，居麻就会说："今天肚子饿得早得很嘛！"

他还好意思笑我，他自己才馋呢。每次炒菜时，肉块刚煎熟，嫂子就先给他盛出小半碗纯肉块，由着他自个儿吃独食。然后再就着剩下的一点点肉放菜翻炒或添水烧面汤。也不管旁边有没有孩子或客人。哪怕被所有人盯着，居麻这家伙也能独自心平气和吃到最后一口。

加玛平时是有些娇气馋嘴的女儿，到了那会儿，也心平气和得跟什么都没看到一样。大约体谅父亲的辛劳与病痛，也希望他多吃点好的。只有宝贝儿子扎达定力不足，偶尔有那么一次，会慢慢蹭到父亲身边，然后迅速捞两块塞嘴里，边嚼边撤退。

加玛的馋体现在每天都会缠着嫂子讨一两块糖。嫂子坚决不给的时候，就偷喝嫂子的保健药"脑心舒"解馋，好歹也是甜的嘛。

而加玛最感人的魔术是突然从铁皮炉下的羊粪灰烬中里刨出一颗土豆！哎哟，多么奢侈！我俩一人掰一半分吃了。掰开的一瞬间，沙沙的土豆瓤里呼地冒出一团热气，把冬天都融缺了一个小角……

加玛最大的惊喜则是翻出了嫂子苦心藏掖的一小包白砂糖！这可是稀罕物，毕竟糖比盐贵。她尖叫出声，立刻狠狠地舀一大勺拌入羊油罐里。搅啊搅啊，使油脂和糖充分融合。然后像抹草莓酱一样，把这种奇怪的甜羊油抹在馕块上，大快朵颐。这个，我就不敢尝试了……

扎达一直在外面上学，吃过许多家人从未体验过的食物，比如蘑菇、油豆皮、丸子汤。面对单调的冬窝子菜谱，他多次对大家拼命形容那些陌生食物的形象和滋味。但说到最后也只能搞得他自己完全沦陷，满口生津却莫可奈何。

我呢，为了吃，也豁出去不少尊严。当小姑娘努滚突然远远地叫住我，我就立刻预感有好事了！赶紧跑过去问：

"怎么了？"她神秘地说："来嘛。"我按捺激动一直走到最近前，果然，她抓起我的手，悄悄地往我手心塞了一粒奶糖……真是令人喜出望外啊！忍不住捧着她的小脸蛋"吧"地亲一口，再抱起她原地转三圈。

这个冬天，亲爱的小努滚一共给过我两颗糖和一块饼干！

在黄昏之后的夜空下，我总是久久仰望香喷喷的冒着热气的月亮，想着家里的另一个月亮——白天刚烤好的一只新馕……咳，这算什么啊，在冬窝子里，我简直变成了一只长着腿的空口袋，整天不停地往里装能吃的东西……

食物的力量所支撑起来的，肯定不只是肠胃的享受。刺激着旺盛食欲的，也肯定不只是生活的单调。大约所有敞露野外的生命都是如此吧。这是荒野，是几乎毫无外援的所在。人的生存意识不知不觉间紧迫异常，并趋于神经质。

想想看，若是在城市里，若是在人群中，当生活陷入绝境时，还能伸手乞讨，还能在垃圾箱里翻找弃物。在那里，人永远都有最低限度的生存保障，永远都有无数活下去的机会——在那些地方，"活下去"并不是最重要的事，最重要的事是"活得更好一些"。可荒野不。在荒野里，人需得抛弃多余的欲望，向动物靠拢，向植物靠拢。荒野没有侥幸，没有一丝额外之物。

总之，我缺乏安全感。除了拼命地吃，我无从把握。好像只有肚子填得满满当当，才有勇气应对一切。

总之，在荒野里，"吃"成了我生命中的头等大事。胃也变作无底洞，从来没有被填满过一次。并且较为彻底地改掉了挑食的坏毛病……

有一天中午加玛去毡房里拿出一块羊尾巴脂肪，切碎了扔进锅里炼出油和油渣。得意地告诉我："今天，要吃的东西嘛，不是抓饭，不是菜，不是拉面，不是汤饭……"总之列举了一切我们之前的生活中吃过的东西。我问："那到底是啥？"她想了想："就是一个东西嘛，不是抓饭，不是菜，不是拉面……"难以付诸于汉语。

等羊油炼出一大碗后，嫂子捞出油渣，再用锅勺舀了一勺面粉直接撒进锅里的滚油中。炒一炒，搅一搅，边翻炒边添面粉，直到油和面混合得完全饱和为止。再添加了几个炉圈，改用小火翻炒了好一会儿。最后又加了两勺白糖拌匀了。喝茶时，她给每人盛了浅浅小半碗这种油煎粉，并用锅勺紧紧地压瓷了，再冲进去奶茶。并嘱咐我喝完茶再吃下面的粉。我一喝——香极了！奶香和茶香里又添了浓浓的麦香。等喝完茶，煎粉的表层成了糊状，下部分则又干又沙。用小勺舀出来一尝——居然是龙须酥的味道！如果说刚才奶茶的香是山路十八弯的香，这种油煎面的香则是金光大道的香！真的是"什么也不是"的东西，是从来没吃过的东西……

饺子也是我没吃过的。虽然都是面皮裹肉馅，但牧人的饺子和汉族饺子区别挺大。首先，肉粒不是剁成泥的，一块一块切得极大。有时一只饺子里只裹了一块肉。皮也特别。

先擀一大块面皮，再切成小小的方块。包出的饺子形状则像一条条小鱼。

包饺子时，我、加玛和嫂子负责包。居麻负责把餐板上的所有的饺子鱼排列阵式，横平竖直，头尾相向，令它们两军对垒，随时准备投入战斗。而扎达负责冷眼旁观，不时"豁切"几声，为父亲的幼稚表示难为情。饺子包完后，大家还要玩好一阵才扔到锅里煮。

大家没吃过的东西也有很多。一天入睡前，不知是谁谈到了城里的凉皮，吃过凉皮的加玛和扎达感慨万千。嫂子和居麻则非常好奇它的做法。我立刻给大家上了一课，但大家将信将疑。加玛强烈要求我第二天给大家做，扎达更是双手赞成。嫂子却说："豁切！"居麻也说："浪费面粉！"其实他的意思是：异想天开，不合实际。

没想到第二天加玛真的催我演示此技术。于是我在嫂子不满的嘟哝中意气风发地展示了起来。揉面，洗面，静置，蒸面筋，烫面皮……并用洗面的水煮了汤汁。这期间，扎达显示出极大的兴趣，哪儿也不去了，守在旁边打下手。家里只有两个大铁盘子轮换着烫面皮，我忙不过来，便不停指使他做这做那。一会儿把烫好的放到室外雪地上降温，一会儿又取回来换另一个盘子。这会儿这小子格外听话，说啥依啥。忙进忙出，分外配合。

虽然只洗了一碗面，做出来后却每人都能分到一小碗，还给隔壁送去了一碗。大家各自端着自己那份默默地吃。不说好，也不说不好，真令人心里发毛。但再一想：以往无论吃什么好东西，似乎大家都没有过什么热烈反应啊，便踏实了一些。很快，令人心稳的反馈来了，加玛一吃完便很有信心地宣布：明天由她来做，她已经学会了！但嫂子立刻反对。她说：好是好，就是太麻烦啦！——的确麻烦，有这工夫，馕都烤好三四只，够全家人吃两三天了。

是的，冬窝子的食谱是单调的，一天只吃一顿正餐，其他时候只有干馕和奶茶。正餐的点上，三四天能吃到一次肉。其他时间要么擀面条，要么拉面，要么蒸米饭。无论吃什么，都会点缀一点点蔬菜。居麻总是抱怨蔬菜越来越贵了，还总是疑心是我家商店搞的鬼。

这个家里，每个人都有各种各样的毛病。居麻脚臭，嫂子和加玛的手指甲凹凸不平，严重扭曲。而我也渐渐十指撕满了倒皮。有一次绣花毡时，左手拇指处不小心给扎了一针。就那么一个小小针孔，居然一直愈合不了。后来还渐渐顺着指腹的纹理纵向裂开，伤口越裂越深。干活时，稍一用力就会挣破流血。另外我的口腔溃疡也很严重，这边好了那边长，满嘴不消停，只能歪着嘴喝茶。

——这些大约都是缺乏维生素的原因吧？

无论如何，我还是气吞山河地度过了这个冬天，无其他不适。在最冷的日子里，每天冻得跟猴子似的，也没感冒过一次。然而，就在我即将离开冬窝子的最后一个礼拜，大约因为已经做好了离开的计划，像是突然松懈下来似的——好像不用再辛苦支撑了，另外的希望与热切压过了一切，好像身心的平静被更加复杂汹涌的欲求扰乱了……总之，就在那几天，沸腾了一整个冬天的食欲立刻大降温。与此同时，大大感冒了一场。

刚开始进入这个家庭生活时，居麻看我吃相那么喜人，很有把握地说："等你回到家，你妈妈就要吓坏了。以为你在我们家天天吃化肥。"

而实际上，这个冬天我不但没胖起来，还瘦到了八十斤以下。

因为我一直用睡袋睡觉，居麻一直叫我"麻袋姑娘"。后来看我越来越消瘦，便改口叫我"半麻袋姑娘"。这就是我在荒野里落得的第三个绰号。

二十五　访客（一）

一天，居麻扯着我的外套严肃地对我说："这个，是老婆子的衣服，不是姑娘的！"

我低头一看，自己这件银色发亮的羽绒服正是年轻人的款式啊，不至于多么保守吧……

然而他接下来又说："这么脏！"

……唉，的确……脏透了……

因我只有这一件轻便的厚外套，便坚决不洗。洗了不易干。至少得捱过一个礼拜没外套穿的艰苦岁月。况且嫂子给我提供的水还不够洗一只袖子。

我厚着脸皮说："洗干净给谁看？"

居麻说："我就说嘛，你，老婆子一个样。"

作为一个年轻女性，被人这么说，能不羞愧吗？

穿成这样去赶羊、背雪、拾粪是无所谓的。一旦遇到陌生的骑马人迎面而来，我第一反应就是拐个弯远远错开。若他向我打招呼，就背朝着他，扭过头胡乱答应一下。

如果有客人上门，情形会慌乱很多。但也只需将衣服一脱，卷巴卷巴往被褥堆里一塞，就迅速与之脱离关系了。

唉，穿一件浅色外套进入荒野，真是失策！

幸亏这是人均占地四平方公里的冬窝子。一整个冬天下来，能有几个客人上门拜访呢？而且在十二月和一月间，就算有客人，十有八九也只是找骆驼路过此地，顺道喝个茶。算不得正式的拜访，我们也用不着过于郑重地接待。

依我看，找骆驼怕也是一项重要的人际交往。那些前来找骆驼的牧人，进了地窝子，一坐下就不走了，茶一喝就是一两个小时——还找什么骆驼啊？

我们刚刚安定下来时，隔壁新什别克家也跑丢过两峰骆驼。他连着出去找了一个礼拜，跑遍了附近的几个牧场，中间只回来了两三次。每次回来，骆驼没找到，还笑得跟平时一样。不等我们开口，就愉快地说："没有，还是没有！"

十个客人里有九个都是出来找骆驼的，剩下的那一个肯定是在前去搭车的途中路过此地。或没搭上车，往回赶的途中路过此地。

后者大多是年轻人，鞋子都擦得很亮。有的明显还穿着新鞋，因为鞋底子也是干净的。

他们进入地窝子，问候过屋里的主人，就一声不吭上床卧倒。正在煮毡片或裁毡子的嫂子继续干自己的活，并没有为之中止手头的工作。在等待茶水的时间里，为消除尴尬，他们要么逗猫玩，要么翻看扔在床边的皱巴巴的旧报纸。

我若是个像样儿的民间调查者，此时应该以长辈的口吻和蔼问道："你叫什么名字？多大了？家离得远吗？干什么来着？"可我总是懒得吭声。

一般来说,年轻的客人都会对我非常好奇。总是直勾勾盯着我看,其目光像被凸透镜聚过焦一样,盯哪儿哪儿烫。令人大不自在。

为了解决这个问题,我便深深地回盯着对方看。很快就轮到对方不自在了,再不好意思看我。

嫂子虽然态度冷淡,礼数却是周到的,并不怠慢客人。一忙完手头的活计,就铺餐布,切新馕,还总是吩咐我去地面上的毡房里取一些包尔沙克撒在席间。平时我们自己喝茶时,餐布上不会放这样的好东西。

之前,嫂子一言不发地干活,客人一个挨一个躺在床上傻等,那情形是有些尴尬。但茶水奉上后,没一会儿,气氛就起来了。嫂子饶有兴致地问这问那,客人说个不停,一碗接一碗地进茶。大家毕竟都是寂寞的啊。

对我的存在一点也不惊奇的客人,要么来过两次了,要么来之前就把我的一切已打听清楚。他一边和女主人打招呼,一边目不斜视地登床上榻。取下豪华的狐狸皮缎面帽放在身侧,只留下衬里的小白帽还戴着。他的胡子相当漂亮,态度令人倾心。我便主动搭讪,问可否给他拍一张照片。没想到居然被拒绝了!居麻替我解释,原来他要待会儿骑在马上再照,那样气派一些。

喝完茶,他还很郑重地做了感谢的巴塔。戴上沉重的帽子整装出门,我们一起跟在后面送了出去。只见他从雪地上拾起因寒碜而没有带进室内的旧外套穿上,居麻帮他抓着马笼套,恭敬地扶他上马。他策转马头冲我挥了挥手,我赶紧拍照。没拍两张，他就打马走了。果然气派！

也有特别熟悉的客人，比如保拉提——前些年在冬库儿夏牧场上认识的小姑娘加孜玉曼的哥哥。他家极远，离此地需骑一天的马。我一直没搞清他那天为什么出现在此地。既不是找骆驼，也不为搭车。

虽然很熟悉了，但当着大家的面这小子从头到尾也没和我打一声招呼。嗐，这有什么可害羞的！

有一天下午突然来了一位上了年纪的客人。个子不高，长脸大鼻子，穿得很破旧，挎着一个望远镜。望远镜算是贵重的物品，很多牧人都为之配备了方方正正的轧花牛皮小包。但这个老汉装望远镜包却是个布包，而且还是用碎花布拼的，花哨又寒酸。大约出自自家老婆子的手艺吧。我盯着这个喜气洋洋的包看了好久。唉，一个老头挽个这样的包包，实在是……再一想，咳，有什么可嫌弃的？人家好歹还有个包啊，我家居麻连个包也没有——他的望远镜就拴了根绳子挂脖子上。

话说这个老汉，虽然上下穿戴窘迫，脚下两只鞋却新得非同凡响。还很有几分时新的款式呢！至于嘛，出门找个骆驼而已，何必穿这么新的鞋？我猜他没准一大早就已经为这个问题和老婆子争执过呢。没准这是他唯一的体面物什，就像居麻放羊时也坚决要穿好衣服。

鞋子体面的人上床时往往不会脱鞋的。非但不脱，还踩得咚咚响。

我觉得这个老头很可爱，但小喀拉哈西却觉得他很可怕。她歪着身子，认真地瞅着他。老人也同样认真地盯着她。五秒钟后，小家伙突然放声大哭！这可是从没有过的事！众人哄堂大笑。这个不招孩子待见的倒霉老汉有些不好意思了，往后再不敢多看孩子一眼。

不知为何，我总会深深地感激那些一进门就主动问候我的人，好像获得了友谊与帮助一样感激。我还记得他们其中一人平静温和的浅色眼睛，记得他的欲言又止。我猜他有话想对我说，甚至想与我结交。他专注地侧身做倾听状，我感觉到他的期待，却张口结舌，一言难发。他走之前再次向我致意，我还是不知说什么才好。我出门送他，一直送到马前，才大声地说了句："再见！"

还有一个小伙子，在没有话题之前，一手搂着梅花猫，一手翻汉文报。煞有介事。谁知他是真看得懂！他当着我的面慢慢念出上面的新闻，十个字里面至少认得三四个。真了不起。我由衷地夸奖他。他这才结结巴巴地用汉语告诉我，他读过高中的，还是在县城里读的呢。

于是我们攀谈起来。我抱怨阿拉伯字母太多了。他告诉我其实不用全学的，有四个字母在哈萨克语里用不上，并一一指给我看。正是最难啃的那四个！我大喜，立刻重拾信心。

他又安慰我说："冬天时间多，一天学一个字母，一个月就全学到了嘛。"

我说："我年纪大了，得两天学一个。"

他便很无奈。

他走后,我盼望他还会再来。过了一段时间,果真又来了。我立刻凑上去和他东拉西扯找话说,可不知为何,这回这小子说什么也不理我了。多少有些伤心。

上门的客人如果穿得很厚,就是骑马来的。如果穿得特别特别厚,肯定是骑摩托车来的。如果穿得非常单薄,则一定是开着汽车来的。不过连汽车都动用了,不晓得丢了多少骆驼。

然而正是那三个开汽车来的,跟饿了多少天似的,喝茶时在餐布上翻翻捡捡,挑三拣四。我眼睁睁看着他们把我家最后三块混在普通馕块间的羊粪灰烤的馕全找出来吃掉……

一天黄昏时分来了一个客人。他对我的存在远比一般牧人更惊奇,竟一直死盯着我不放。我觉得很难堪,便用老法子,也回盯他。却不知为何,突然底气不足,气场远不能与之抗衡……席间,他一边盯着我,一边不停地向嫂子打听我的事。我想他一定是从极远的地方来的。附近几块牧场的牧人,就算没见过我,至少听说过我。而他连听都没听说过,才会显得如此意外。

很快,这个客人结束了茶饮。只见他合碗起身,取下壁毯上挂的白布……我还没反应过来,加玛赶紧提醒我让开位置。我这才意识到此人要做乃麻孜[①]了。虔诚的穆斯林每天都会做五次乃麻孜的。

---

① 定时的念颂、跪拜的宗教仪式。

他铺好白布，跪在上面（原来那块白布的用途在此啊。我还一直以为是个装饰物呢），面朝西方"啊啊呜呜"地念起经来，不时下拜、叩首。

扎达到底是个孩子，见这人如此认真，略显迂腐，忍不住扑哧笑了。此后偷笑个不停。

然而，当那人结束这场巴塔，双手抬起，开始做最后的结束语时，扎达还是迅速地跟着抬起手心，并赶紧提醒一旁正在绣花的加玛。这时嫂子也停下手里的活，母子三人一起抬起手，大家以同一个姿势，一起说出最后那一句"安拉"。这场乃麻孜的仪式算是结束了，竟如此郑重。

那人起身告辞，上了马孤独地走了。后来我去找牛时，站在沙丘上，看到他最后的身影渐渐消失在西北方向。和所有牧民一样，他的马鞍后也拖着长长的皮绳（这是一种软化皮绳的土法子）。他将把关于我的消息传到更遥远广阔的地方。

一天下午，我正在和嫂子一起裁一块黑色平绒布，打算用来包新花毡的四边。突然门开了，"扑通"一声，掉进来一个小男孩。站稳当后，呆呆地看着我们。嫂子笑了，招呼他过来坐，摸了一块糖给他。小家伙大约四五岁，脸颊黑乎乎的，一声不吭，温柔又腼腆。居麻说他是胡尔马西从西面牧场上带回来的一个小亲戚，将在我们的沙窝子里住一段时间。

那天羊回得很晚，傍晚时分大家非常忙乱。我刚系完小牛，就遇到赶羊回来的热合买得罕。这小子一天不见，突然变得好客气，走过来庄重地向我伸出手，还说："你好。"我很配合地迎上前与他握手。突然，白天里看到的小客人从他背面冒了出来，也轻轻地说："你好。"我只好也和他握了握手。这种大人一样的行为令小家伙激动不已。接下来赶羊入圈时，出了份大力。他一直跟在大家后面诚惶诚恐地吆喝，并用力拍打站着不走的羊（比他矮不了多少），和大家一同干到最最后才回家。可给冻坏了。

第二天我才知道那个小孩竟然七岁了！看上去小得可怜……

那两天居麻轮休，整天又锯又敲又打，捣腾出一系列的山寨货。有锯把，有匕首把，还有一个菜刀把。不知为何，家里的器具总是先坏把子。那个新来的小男孩观摩了一整天，钦佩极了。居麻认真地对他说："我的家里，二十岁的娃娃有，十五岁的娃娃也有，刚好还缺个七岁的，我们去和你爸爸妈妈商量一下，把你送给我吧？"这孩子左思右想，艰难地作了抉择："不。"居麻又说："我认识你的爸爸妈妈，我给他们说一下，他们肯定高兴得很。以后嘛，我们家有好的娃娃，也让你爸爸妈妈挑一个拿走！"他便黯然告辞。据说后来在新什别克家默默哭了一夜，第二天说什么也要回家。胡尔马西只好又把他送回去了。

居麻这家伙很可恶，不但欺负小朋友，还老给客人取外号。胡尔马西的两个胖乎乎的朋友，模样跟印度人似的，就被他称为"外国哈萨"。顺便说一句，这两人头发黑浓卷曲，圆脸。脸的上部分黑，下部分浅，估计是戴口罩戴的。

他还管一个瘦瘦的放羊老汉叫"花老汉",因为人家的毛衣是用零碎线头拼织的。

虽然有些刻薄,但这家伙还是极好客的。不过在这荒野里,谁能不好客呢?大约这世上所有地势偏僻、人烟稀少处的人们都这样吧。牧人的好客,既出于寂寞,也出于互助的人际需求。每个人都作为主人,为他人提供过食物和温暖的房间,同时他也不可能避免做客的境遇。这种宾主间的平等,令荒野中的人际交往踏实、真诚又单纯。客人登门,立刻铺开餐布奉茶。若碰到开饭就一起坐下来吃,碰到煮肉也毫不客气地洗手入席。若碰到劳动,同样也跑不掉,立刻下马投入。

我有一次背雪时摔了一跤,把裤子摔破了。因为当时另一条换洗的裤子还没干,它已经晾了一个星期了,冻得硬邦邦的。那天一回到地窝子就赶紧脱下来补。原本一连几天都安安静静的,不巧就那会儿突然来客了。而且来了一长串,鱼贯而入:一个来找骆驼,一个前去搭车回乌伦古河畔,一个去送那个搭车的,还有两个和那个搭车的认识,马上相逢后,一起过来叙话。

我一边大喊"等一等",一边忙不迭穿裤子,针还挂在屁股上。但大家连背过脸去的意思都没有,照旧一个挨一个有条不紊地上床,并冲我哈哈大笑。这件事从此成为李娟的一个经典笑话,居麻逢客就讲,起码讲过五遍。

而我则一直很纳闷,这些推开别人家的门就往里走的人,如果遇到更尴尬的情形又该怎么办……这个问题怕是只能让主人自己去解决了。所以在荒野里，再怎么隐蔽偏僻的地窝子，都会随时收拾得干干净净、利利索索。随时做好迎接客人的准备。哪怕一个冬天只有一个客人上门，也会为这一个人保持一整个冬天的整洁。这不仅仅是虚荣，这是尊严，也是尊重。

不知为何，宾主互相问候过后，一一入席，最初的十分钟往往无语。大家一碗接一碗喝茶，主人也沉默着陪同，好像突然间都那么疲惫……然而又是突然间，有人提起了话头，席面顿时活络起来。交谈渐趋热烈，到后来停也停不下来。

哪怕有事前来的客人也是如此。先愣着不说话，喝了二十分钟的茶后，我无意中朝他看了一眼，他这才赶紧说："你的妈妈，给你带来了一只箱子，在外面放着……"如果我一直不朝他看，他是不是就一直找不到机会说出这件事？好像人和人长时间被大片的荒漠分隔开来，陡然见了面，总是很难接上茬。

更多的人只是远远地路过我们的沙窝子而已。我们若看到有人影慢慢经过对面的荒野，便站在高处长久地眺望。直到那人渐渐远去，一点儿也没有勒转马头的意思，才失望地回家。

更多的访客是邻牧场散放的牲畜。总会有些时候，出了地窝子，一走上地面就吓一大跳——家门口不知何时忽地聚集了二三十峰披红挂彩的骆驼，热闹非凡！

邻牧场的牛群在迷路时也会光临我们的沙窝子。大约因为这里有同类的气息，大约这个羊粪厚积的沙坑里释放着珍贵的一点点暖意。它们停在我们羊圈外露宿。清晨，一个个身上披着厚厚的雪被……它们大部分都大腹便便，有孕在身。这个长夜对它们来说一定很难捱吧，陌生又寒冷。不过无论如何，总比搁浅在漫漫荒原的正中央安心多了。

平时光临我家地窝子的就只有新什别克和胡尔马西两兄弟了。胡尔马西几乎每天晚上的晚餐时分都来一次，打探或传递一些消息，顺便喝一碗面汤。而新什别克每天早上的早茶时分会来一趟，和居麻商量一下当天的放牧点及路线，顺便喝一碗头天晚上剩下的面汤。

二十六　访客（二）

一月初，我们的沙窝子隆重地迎来了一位客人。他既不是找骆驼的，也不是路过此地，他有着非常体面的身份：兽！医！

兽医是迄今为止最遥远也最重要的来客。他从北面乌伦古河畔开着一辆皮卡车过来。此行有四大重要任务：一、给羊群注射疫苗；二、做一些大畜的去势手术；三、当邮递员，两边来回帮着捎包裹；四、给大家理发。

每当有客人上门，居麻总会问对方会不会理发。还总是问我会不会理。——怎么可能呢？理发这么高深的技术，又不是炒菜做饭，人人都能掌握。

我还是那句话："天天放羊，剪了头发给谁看？"

我还劝过他不要再刮胡子了，胡子长了脖子就不进风，暖和。

对我这种破罐破摔的理论，居麻很是鄙夷。

总之，兽医来了。居麻和新什别克两人各自围着老婆的花头巾，轮流让兽医打扫了门面。

看完兽医理发，非常感慨——谁说学个理发必须得当三年学徒？我只看了一下就会了……

然后兽医又帮我们骟骆驼。听起来也算是个手术，其实从头到尾他就只割了一刀，缝了两针，用烧红的铁钳烙了一下伤口而已。而且他一人干活，我们全家都得上前帮忙。赶骆驼、绑骆驼这些出力活一点儿也不用干。完了居然收费五十块。真贵！

再一想，骆驼是个大家伙嘛，可能贵就贵在体型上。

可再一打听，牛和马也同样收五十块，便纳闷了。

给羊注射疫苗得在清晨羊群还没出发之前，于是兽医在我们地窝子里住了一夜。

第二天大家比平时早起了半个多小时。太阳还在地平线下，天阴沉沉的。羊圈里蒸汽腾腾。新什别克和居麻逮羊，兽医戳针。嫂子端着一盆用煮毡片的染料化开的红水，紧跟着兽医。每注射过一只羊，她就往羊身上涂抹一道红色作为标记。工作进行了一个多小时。那天非常冷。嫂子端的染料水不一会儿渐渐结起了冰壳，每个人的帽子和衣领上凝结了厚厚的冰霜。

一只羊收费一块钱，感觉不算贵。理发是免费的，捎东西也是免费的。此外两家人各煮了一锅马肉和一锅牛头肉，隆重招待了一番。临走时，两家还各送了一大包奶疙瘩作为道别礼。当兽医可真有赚头啊。

紧接着没几天，我们的沙窝子又迎来了这个冬天里的第二拨贵客——收牲畜的老板。

他们本来只是开着大卡车远远路过此地而已，但被放羊的居麻看到了。他策马前去拦车,并领回了家。

那天,当我爬上沙丘,突然看到荒野里有辆大卡车正一摇一晃遥遥驶来,心中激动不已!赶紧回地窝子报信。大家纷纷出来爬上沙丘,一起注视着卡车越来越近,猜测来意。只见居麻策马跟在车后,羊群被留在很远的地方。

后来车在沙丘东面凹地里沉重地停下,熄火。我看到车上已经绑了两峰骆驼和一些牛羊。

我和胡尔马西去接替居麻赶羊,一路议论这个牲口贩子的事。居麻早就想卖掉一匹马了,然后买一辆车。我当即表示不信:怎么可能呢?卖掉一匹马就能买一辆车?不过后来见识过各种各样的破车后,我就信了。

来人共四个,一个老板,一个伙计,一个司机,一个搭车去春秋定居点的(车费五十块)。晚上嫂子煮了一大锅羊肉和麦子粥待客。新什别克一家也被邀请了过来,满满当当坐了一席。因当时再无其他晚辈(加玛和孩子们还没回到冬窝子),只好由我来拎着水壶端着盆子侍候大家洗手,肩上还搭块擦手毛巾。我倒是蛮坦然,但客人们备感不安。一个个迅速地洗完并向我致谢。

因席面坐不下,我和嫂子便窝在右侧角落里分一小盘肉。大家坐在那边,脸却通通扭向这边。好奇地观察我削肉,并啧啧叹息。我也用当地人的手法,拇指抵着肉块,刀刃冲着自己,一片一片削割,煞有介事,小有得意。

居麻是寂寞的,一时间来了这么多健谈而博闻的客人,可把他兴奋坏了。才开始还是正常的交谈,很快就变成他一个人的演讲。大家远道而来,已经很疲惫了,但还是强撑着听。一听听到深更半夜。喝过一道茶，吃过肉，又喝了一道茶，他的演讲还遥遥不见结束。客人们都瞌睡得有气无力……直到有人下床出去方便了，嫂子也开始搬被褥铺床了，他还坐在被褥堆里说啊说啊，不肯让地方。直到灭了灯，大家各自钻进被窝，他还在黑暗中兴奋地说个不停。边说边兀自哈哈大笑。还不时一人分饰两角，绘声绘色地模仿两路口吻，表演得极其投入。好像面对的是广场的全体观众而不是几个熟睡的人。出于礼貌，他的演讲每告一段落，黑暗中就会有一个客人"耶"（语气词，同"嗯"）地回应一声。但渐渐地，再也没人开口了。好半天后，突然有人受惊一般喊道："安拉！"再口齿不清地连"耶"好几声——他被居麻吵醒了。

第二天清晨，被窝里的人们残梦未尽时，居麻又开始演讲了……在被窝里说了半小时，早茶时又说了一小时。多么过瘾啊……

因太冷，卡车的柴油机发动不起来，来人要求嫂子帮着烧点热水。虽然当时正值旱情，水很珍贵，嫂子还是二话不说，烧了一大壶。这一壶水全部都浇在柴油机上了，还是没用。居麻又帮着扛了一袋羊粪块过去。司机顶起车头，烧起火，在某个部位烤了许久许久，才发动起来。

另一边，人们在紧锣密鼓地套马。一大早胡尔马西就出门去找马，一个小时后赶回来四五匹。两家人全体上阵，用玉米口罩引诱，并四面堵截，总算套住了一匹。这马还不晓得大难临头了，吃玉米吃得非常愉快。若其他马想凑过来闻它的口罩，它就嗔怒着用戴了口罩的马嘴去咬人家。

然而，如此闹腾了一个晚上加一个早上，生意却没做成！那个老板摸了摸马肚子，满脸的不满意。他只肯出五千五，但居麻最低要五千六。为这一百块钱，双方相持了许久。最后老板火了，把钱硬塞进居麻的外套口袋。居麻迅速掏出来甩回去。老板很有脾气，揣回钱上车（那时车已经发动许久了）就走。居麻也很有脾气，一声不吭，骄傲又失落地看着那车摇摇晃晃开走了……真的开走了！双方在最后时刻怕是都在期待着对方的反悔，但谁也没有……大家都有脾气。

回家后夫妻俩默默无语，突然间，这个房间似乎从没这么安静过。

好半天后，居麻勉强地对我笑笑："没事，今年卖不掉嘛，明年再卖！也是一样的……"然后喝了两碗昨天剩下的肉汤麦子粥，黯然放羊去了。

依我看，下次卖马，得先谈好价再给煮肉备饭！

如此殷勤相待，却落得一场空……退一步讲，就算交易成功了，给他们煮的那锅肉折成钱算下来，我们还是没占多少便宜啊。

还有，我觉得那个老板好聪明，他先要求帮着发动了柴油车再谈价……莫非就是提防万一价格谈不拢，就不好开口求助？

再一想：我这可真是小人之心！在荒野里，礼数永远大于利益。都坐到一起了，什么样的客人都是客人啊，举座畅谈的快乐高于一切。

再说，这么冷的天里，如果因为纠纷而对别人的困难置之不理，也太不地道了。传出去也丢人……

唯一让我不能释怀的只有那辆大卡车上绑着的牲畜。那几天持续高寒，车厢铁板上多冷啊。它们之前至少已经被绑了一天一夜（以蜷身跪卧的姿势上绑的），因为这趟折腾，平白无故又被多绑了一个晚上。再往下，不知还得饿着肚子再绑多久（得收够一定数量，牲畜贩子才会离开冬牧场）——若不是居麻的拦截，说不定今天就可以踏上返程，少受点罪了。

一月下旬，在一个暖和的阴天里，居麻又迎回了一拨客人。迄今为止这是人数最多的一拨——共七个大人和一个孩子！再加上他们的厚衣服，我们的地窝子被塞得满满当当。

那是居麻离开后的第五天——他回阿克哈拉办事去了。那天下午我干完活后信步往北走。一直走了好几公里，走到了加玛跟我提到过的古墓地那里。就在墓地边，一扭头，突然见鬼一样遇到了一辆白车——从天而降似的，安安静静地出现在身边（可能当时逆风行走，风声的呼啸遮蔽了汽车引擎声）。原来正是送居麻回家的车。

虽然居麻离开后，地窝子里再没有人整天说怪话，发牢骚；每天晚上也能安安静静，一觉睡到天明，但看到他回来还是很高兴。想立刻跟着一起回家，便不顾这个五座的北京吉普里已经挤了七个大人和一个孩子，残忍地将自己硬塞了进去……于是孩子哭个不停……司机一直把我们送到我们沙窝子北面的沙丘下。

居麻也格外亢奋。他刚在村里理了发，皮鞋锃亮，外套笔挺，整个人上下簇新，八面威风。加之又到了自己的地盘，更是豪迈极了，强烈邀请大家去家里喝茶。于是大部队人马下了车，浩荡涌向地窝子。

来客一进屋，七嘴八舌地问候，呼呼啦啦上了床。满地的鞋子。碗不够用了，嫂子赶紧去隔壁家借。扎达"嗖"地开溜，加玛飞速收拾房间。很快食物铺满了餐布。大家七嘴八舌说起北面乌河之畔最近两个月的种种新闻，热闹极了。后来还有人回到汽车上取来了冬不拉琴演奏助兴！

因居麻又高又胖，年纪又大，不能和大家挤，这一路上就一个人坐了最好的位置，前排副驾。而冬不拉琴同样也是不能挤的，一路上便由居麻小心翼翼地抱着。虽然没有琴罩，还是完好地进入到荒野之中。

会弹琴的轮流露了一手，会唱歌的立刻拉开嗓子大段大段地唱。嫂子一边欣赏一边烧茶，不停劝食。没有一个人觉得有什么不妥——这会儿已经很晚了，再不赶路天就黑透了！

司机还劝我也跟他一起走呢。他说放下居麻后，车上刚好空出了一个位置（……原来超载百分之五十才能算是刚好坐满）。他还说他接下来要送四拨人，分别在大地的四个角落，估计得送整整一天。今天他会和所有乘客在下一个抵达目的地的乘客家借宿一晚（那他家惨了，六个大人和一个孩子）。到时候将非常热闹，整整一夜琴声和歌声不断（真惨……）。

他很有经验地对我说："像你这样，要写我们冬窝子的情况嘛，不能只住在一个地方。要这里，那里，还有那里，

253

那里,到处都得看看。"并且允诺我:送完这车客人,再拉满一车客人,北返时就把我送回来。他还说:"反正顺路嘛!"

我当时特别心动。但苦于没有像样的做客衣服,也不能为借宿主人准备什么像样的礼物。再三犹豫,还是谢绝了。

哎!幸亏没去。等到他的车再次经过我们这片荒野已经是一个星期以后的事了。看来他好容易才送完人又拉满人。其间恐怕夜夜笙歌,一路逢着人家就上门叨扰。若是我真的跟着这么折腾一礼拜,非得神经衰弱不可。

直到二月中旬,白昼变长,气温回暖,我们才迎来了两位真正意义上的访客——她们既不是来赚钱的,也不是顺路来娱乐的。她们包了礼物专程前来拜访——专!程!

她们是加玛的同学阿孜拉和她的母亲。阿孜拉在阿勒泰读了两年卫校,寒假来冬牧场看望爸爸妈妈。在冬窝子里住了两个礼拜了。已经习惯城市生活的姑娘怕是捱不住荒野的寂寞,于是天气一暖和,就缠着妈妈一同出去串门子。实际上,两个姑娘只是相识,并无深交。两位母亲也不熟稔。只是两家的牧场距离较近,只需骑一个小时的马。算是合适的串门对象。

这两个客人来得非常突然,令嫂子和加玛颇感意外。当时两人推开门就进来了。那妇人一进门就对直走过来和嫂子握手,架势拉得极大。而阿孜拉一进门的第一件事则是问镜子在哪里,然后手持镜子理了理领子和刘海。表示满意后,又向加玛提出第二个问题:厕所在哪里?

阿孜拉头发极黑（从色泽上看应该刚用过牧场上流行的染发剂"一洗黑"），极粗，剪着很洋气的斜刘海。她眉毛也很浓，肤色很淡，牙又白又整齐……怎么说呢，这张脸吧，分开看的话样样都好，但凑一起却显得小里小气……

并不漂亮的阿孜拉化着很浓的妆，穿着耀眼的白外套和白毛衣，还套了件仅具装饰功能的小背心，浑身上下浓浓地喷着香水。这些精心的打扮使她的"女性"意味异常强烈。相比之下，一旁的加玛衬得像个清汤煮白面的小孩子。

阿孜拉的妈妈显然和嫂子没什么话可说，但还是愉快地坐在席间，注视自己光彩夺目的女儿的一举一动。这个妇人面孔黝黑，穿戴利索，性格开朗。她对我说："她，我的女儿；我，老婆子一个！"说完兀自满意地笑了。

随后两个长辈在房中喝茶，两个女孩携手出门。坐在沙丘下羊圈旁晒太阳，亲亲热热地讲私房话。蓝天无云，旷野起伏，明明四下空寂无人，两人还把声音压得极低极细，其内容该是多么隐秘而惊奇啊！很快，胡尔马西这家伙也加入了。打过招呼后，他一屁股坐在两位姑娘身旁，沉默地倾听两人的交谈。从头到尾没插一句嘴，也看不出有多大的兴趣。反正就那样默默坐在一旁，似乎就这么坐着便是全部的态度和亲近了。过了一会儿，热合买得罕和努滚也凑了过去。我也无所事事地蹭过去。大家围成一圈，两个姑娘便停止了交谈。这种"停止"也是愉快而自然的。所有年轻人一声不吭地晒着太阳，心不在焉地玩耍脚边的沙子。天气真的暖和起来了，最冷的日子真的一去不复返了。

嫂子焖了一锅有肉块和白菜的米饭招待她们，还邀请了隔壁的萨依娜过来一同用饭。此时男人们都在外面放羊、找骆驼。除了扎达,一席全是女人。话题很快丰富自在起来。这场小小的宴席持续了很长时间才结束。一结束,母女俩便起身告辞——太阳已晃过中天,等她们赶到家,正好赶上黄昏的劳动。

她们走后,我们又铺开餐布重新喝茶。嫂子和加玛针对两个客人议论了很久。加玛扭过头对我说:"你看这个姑娘好吗?"没等我回答,又不屑道:"不好!她对象多得很!她一直在外面上学,汉语还不会说!"……第二点倒是真的,我无论问她什么,都得经过加玛翻译一遍。在城市生活了两年了,居然还不如一直在荒野中放羊的加玛能说两句。莫非真的天天都忙着谈恋爱?

接下来没几天,又来了两位特别的客人。他们是东面牧场上的两个表兄弟。那天只是路过我们这片荒野稍作停歇,目的地是北面的牧场。

为什么说"特别"呢?——其实年幼的那个一看就是寻常的牧羊小伙儿,络腮胡子红脸膛,害羞又沉默。年长的那个却相当体面。虽然他的羽绒衣和皮鞋是半旧的,却干净整洁。双手也非常干净,不像干过粗活的手。头发整洁,举止气派,汉语说得好极了……总之,怎么看都不像放羊的。我掏出相机给他拍照,他居然也掏一个相机给我拍——比我的还好。我的相机才一千块钱,他的两千块。

我疑心他是牧业流动办公室的干部。一问,却是个老师。在县城西北郊面额尔齐斯河边一个乡村小学上班,平时住在城里呢，也算是城里人了。他是东面牧场的客人，已经在冬窝子里住了二十天了。

我立刻问他为什么要进冬窝子。他轻松地说："玩啊！以前从来没来过嘛，想来看看是啥样的嘛。"——这兴致真够特别的，我才不信。慢慢地，他才说出原来是过来帮忙的。那片广阔的牧场上只住着一家人，是没结婚的兄弟俩。原先由哥哥放羊，弟弟料理家务，照顾骆驼。后来哥哥有事要去县城两三个礼拜，弟弟一个人顾不过来，就邀请这位表兄进冬窝子帮一段时间的忙（大约所有亲戚里，就这个放寒假的表兄正闲着）。每天，弟弟出门放羊，表兄干家务活。如今哥哥已经回来了，天气又暖和了。在离开冬窝子之前，弟弟便陪着表兄四处转转，探访亲戚。——那么这两天，那个哥哥一个人在家可得忙坏了。

我啧啧称叹："二十天啊，真不错！你一个城里人，能习惯吗？"

他反问道："那你呢，你一个汉族人，习惯吗？"

……

这时加玛向我介绍，那个络腮胡子的男孩是居麻的弟弟。不晓得是哪一支亲族的弟弟。我正打算刨根问底，老师主动用汉语向我解释："他俩是一个部落的。"——部落！多么专业的名词！

越往下聊，越惊奇——这个小学老师可不是一般的有见识啊，别说和我交流了，向县委书记汇报工作都完全没问题！后来我忍不住又问："您在学校是教什么的？"他微笑道："我是党支部书记。"我第一反应是肃然起敬，第二反应却忍不住想笑。因为立刻联想到这个党支部书记整天在地窝子里揉面、烤馕、拉面条、挤牛奶、赶骆驼……的情景。

这个客人哪里是家里的客人,根本就是我个人的客人嘛!我拉着他叽叽咕咕说个没完。很快,弄清了三件事:一、我家的牧场面积近三万亩,不是居麻一口咬定的两千亩。一直以来我都觉得奇怪,凭我目测,这块牧场再怎么也在万亩以上啊。二、果然有新政策说今年是游牧的羊群南下进入这片冬牧场的最后一年(恰好让我赶上了)。从明年开始这里就被划入禁牧区了。但是政府给每亩地补助的是七块钱,而不是居麻说的六块钱,而且会一口气连着补七年!——这两件事联系到一起:如果政策落实,居麻家会得到几十万的赔偿(因为他家实际上只能占这块牧场的三分之一)!

最后澄清的一项误会是孩子们上学的事。居麻说每个上学的孩子平均每个月都要花三百块钱。我怎么也不信,现在连农村的学校收费都这么高昂吗?果然,他又在胡扯了。这个老师说,寄宿学校费用全免的政策已经持续很多年了。每个学生每年只交四十五元的校服费。如果个子长慢点,省点衣服,两年才交四十五块钱。其他的学费、书本费、住宿费甚至伙食费统统全免。免得极为彻底。唉,居麻这家伙,真不是一般地会哭穷……

当然,就目前的情况看,他家自然是不富裕的。但也不至于瞒成这样啊,不是说好不要他还债了吗?

这兄弟俩只坐了一个小时就告辞了,继续向着北面赶路。往下他们还有一个多小时的路程呢。他们说今天晚上他们将在探访的那家住一晚，明天返回。

我居然有些恋恋不舍了……出去一直把他们送到马上。

两人刚扣好大衣戴好手套准备上马的时候，萨依娜家的两个孩子扛着雪迎面过来了。一看清这边的人，两人立刻"嗖"地躲进了附近的牛棚……

书记苦笑道："都是我的学生……"

我大乐——这个领导平时肯定很厉害，要不然孩子怎么怕成这样！

又过了几天，这个书记的表弟又独自来了一次，专程来讨要一只小狗。这次没有领导哥哥在，他话多了许多——原来他也很能说几句汉语的！

这个男孩年龄和胡尔马西差不多，显得文雅又客气。选小狗时细致极了，从脑袋和爪子的大小，到花色的均匀，再到尾巴的长短……比较个不停。和我蹲在狗窝边商议了半天。然而他选中的那只小狗我也看中了，他只犹豫了一下便让给了我。后来还向我请教怎么养狗，喂些什么，这么小能不能喂活，晚上睡在哪里……令人非常欣慰，觉得小狗找到了好归宿。

他还告诉我一些他的家庭情况。除了分家散伙的几个哥哥外，现在家里只剩下母亲、一个哥哥和一个小妹妹。冬窝子环境恶劣，多病的母亲和小妹妹便没有跟来。然后又欣慰地说："到夏天就好了！夏天妈妈也和我们一起上山，给我们做奶疙瘩，做饭……"这两个男孩一定很寂寞吧。朝夕相对，守着万亩的牧场。白天哥哥赶着羊群出门后，就弟弟一个人在家。干完家务活（会不会像女孩子那样认真勤勉地修饰地窝子呢？）的大量空闲时间里，又该干些什么呢？不过往后他的日子可能会好一些了，因为他有了一条小狗，一个小小的伙伴。

二月下旬，天气一天比一天暖和。距离羊群启程北上的日子越来越近，我们的沙窝子也一天比一天热闹。来客主要是陆续来讨小狗的牧人。还有两拨客人来拜访萨依娜家，都是女客。看来还是女人最热衷串门子啊。再一想，不对——整个冬天里，男的至少还能出去找个骆驼，顺道在路过的地窝子里坐一坐，女人可是哪儿也去不了的。所以在气温回升，白昼延长的日子，也该出来透透气啦。

就在那时，当初与我们一同赶羊南下的胡仑别克一家也迁进了我们的沙窝子。日常生活中猛然间多了一对夫妻、一个小伙子、两个小家伙和两条小狗，以及陆续前来探望他们的邻牧场亲戚……我们地窝子的门不时被"砰砰"甩开，孩子们进进出出，年轻人整天聚在我们家打牌赌钱。嫂子整天侍候大家茶水，我整天洗碗，加玛整天收拾房间……终日闹腾不休。最恼火的是，我绣了一半的毡片扔在床榻上，上门的女客看到了，总会先赞叹一番。我的针脚无比细匀，比加玛绣得还好呢。再拈起针顺着花样子绣一路下去……却总是破坏队形，绣得狗啃一般！她们走后，总会害我拆半天。

那段时间扎达也不敢睡懒觉了。没办法，大清早都会有客人上门。

二十七　宁　静

我给居麻缝皮裤时,他坐在旁边默默地看着。突然对我说:以前的人总是用落叶松的树皮熏烤皮制衣物,使之呈现均匀的棕红色,显得美观一些。

以前的荒野生活当然是更艰辛、更闭塞了。但哪怕是那样的生活,仍有美化的必要。人们在停止劳碌、暂闲下来的时光里,剥下潮湿的树皮,精心地烘烤简陋粗糙的皮衣皮裤。当一个穿着红色皮衣的骑马人从森林缓缓走出——他的红色,不只是他衣物的红色,更是他心里的红色……他的红色依附着这世上最最微小的爱美之心。我远隔着漫漫时间坐在遥远的地窝子里,也能感觉到那人的满足与宁静。

一月底,加玛已经绣好了一条白色长条面料(形似哈达)上的"古丽"(花朵)。这种绣有花纹的白色化纤布料是成双成对挂在壁毯两端的,因此还得绣另一条。她裁好布,请居麻把易滑脱的毛边用打火机给烫了一圈。然后依着前一条布料上的花样子绣了起来。这两块绣品填满了她日常生活的一切零碎闲暇的时光。将来,它们会成为我们起居生活之处最重要的修饰之一。当然,还有传统或宗教的意义。

不放羊也不干活时的居麻,长时间注视着女儿绣花。有时会要求让他也来绣几针。女儿说:"豁切,你绣妈妈的毡子去吧。"

遭到拒绝后,居麻失意又骄傲地对我说:"其实我什么都会!没有我不会的!"

然后他突然想起了什么似的,翻箱倒柜地找出一把抹墙泥用的塑料抹子(真是搞不明白,他又不是泥瓦匠,沙漠里也没有泥巴,游牧的一路上带着这玩意干吗?)。只见他把抹子的把柄锯掉,剩下的塑料板也破开锯成两截。接下来,他将这两截塑料块夹在一片断了刀柄的旧匕首上,细细缠上铜丝,给这块旧刀片做了一把漂亮的新刀柄。

匕首有刀柄了,墙抹子却毁了,真是毁东墙补西墙啊。但终究填补了一道生活的裂缝。再说了,墙抹子长年累月放那儿不用,也是个累赘。

幸好生活里总有那么多缝隙需要填补,否则的话,居麻一补好刀柄就会痛苦地嚷嚷:"刀也修好了,又该干什么?"

他把家人的每一双靴子擦得锃亮;把地毯磨损的边缘修剪整齐,并用红布条为之滚了一圈边,缝得又结实又美观;看到嫂子的外套上有脱落的线头,赶紧给拽一拽。填缝。嗯,填缝。

梅花猫也填补了生活的不少缝隙。漫长的沉默和无事之后,居麻突然一手拎起猫的两只蹄子,举高,再突然松手,令梅花猫在这短暂的降落距离中演杂技一般瞬间翻身着地……比三米跳台还精彩。

然后又把它扔向柱子，让大家欣赏它如何敏捷地空中转身轻轻抱住柱子——而不是一头撞得头昏眼花。幸好是只猫，要是只狗就惨了。

另外居麻还老是强迫梅花猫伸直了腿仰面睡觉。而猫呢，往往也很配合。

白日里居麻睡觉时，小猫也陪在一边睡。两人姿势总是一模一样——侧着身子，脑袋枕着胳膊。

更多的缝隙是用沉默填满的。丢失坐骑的寒冷早上，居麻很早起床，出去找马。他沿着东面沙梁慢慢地走，一个人深入荒野，越走越小，背影令人叹息。我们谁都没有提出喝早茶的事，不约而同地等他回来一起喝。嫂子捻线，我看书，加玛绣花。等这个可怜人回来时，帽子和脖颈挂满了冰霜……而他经受的寒冷和痛苦也细微而锋利地渗入了这场早茶。大家一言不发。直到居麻突然放下碗，大声宣布自己昨夜上了七次厕所，大家才"豁切"着笑了起来。

一月下旬，生活的裂缝越来越大。白天越来越漫长，天气越来越温暖，加上孩子们包揽了全部的零碎活计，居麻越发无事可做。于是，为了芝麻大小的一点事，他决定专程回一趟阿克哈拉。

当他打听到未来两天我们这片牧场可能会经过一辆车，便做好了随时出发的准备。他把一条非常破的编织袋剪开，作为补丁，仔细地缝到另一条不太破的编织袋上。补了又补，使之结实无比。准备带回定居点的东西被统统塞进这个袋子：一个天线锅零件（需要修理），断了的方锹锹头（要焊补），一把山羊绒梳子，一大卷骆驼毛块（明明是从定居点带过来的，不知带来带去有什么意义），还有几件旧衣服。

此外嫂子还找出几块旧纱巾包了几小包糖果让他捎过去，以问候亲戚和邻居。还烤了两个羊粪灰馕捎给奶奶。

这天，才凌晨三点，居麻就被嫂子叫起来，令他在黑暗中洗头、洗澡（平时实在找不到更安全的时机）。一大早，居麻穿了最新的那件衣服，在口袋里整齐放入手机、抄电话号码的小本簿（手机是汉语操作系统，没法录入号码）和墨镜，做好体面出门的准备。

我说："回到阿克哈拉，大家一看，这哪里是从冬窝子里来的人嘛，明明是从哈萨克斯坦来的！"

很快，那个清晨，一辆绿色的北京吉普带走了居麻。嫂子歪着身子，扶着腰，站在沙丘上看了好一会儿。

接下来加玛替爸爸出去放羊。出发时，嫂子突然说"等一等"，回房子里抓了两三块糖追上地面，塞进马背上的女儿手里。女儿用汉语快乐地说："我爱的妈妈，再见！"打马冲上沙丘。嫂子慢慢跟着爬上沙丘，又以同样的姿势站在那里看了一会儿。

奇怪的是，少了这么一个大忙人，大家还是该干啥干啥，各自的工作量好像都没怎么增加。只是安静了许多。只是音箱里那个印度女歌手勾魂般的声音愈发突兀了。只是不用频繁烧茶了，而且奶茶也浓了许多。我们剩下的四个人静静喝茶，无话可说。

只有傍晚挤完牛奶后，孩子们才突然来了兴致，玩起捉迷藏的游戏来。这真是全世界永不过时的游戏啊！可又能躲到哪里去呢？这个世界里除了牛棚就是羊圈，但大家还是玩得津津有味，尖叫不休。

夜里格外安静。晚饭吃擀面条，少揉了一大团面。唉，家里就数居麻这家伙能吃能喝。

想起头一天吃的是包子。昨天的这个时候，大家一起包，围坐一圈流水作业。加玛切面团，嫂子擀面皮，居麻往皮上放馅（这个环节好像很多余），我捏褶子，扎达负责挑刺。每当嫂子的某张面皮擀得不够圆，他就"豁切"之。

睡觉时也安静得令人不安。再没有人频频起夜，再没有人打鼾、猛烈地咳嗽，再没有人半夜起来卷烟、喝凉水、吃去痛片。

和往常一样，早上六点，世界暗沉，嫂子就默默地起身了。趁着炉灰已经凉透，不会腾得太高，她捅开了炉子，再往空炉膛里填满羊粪。然后上床继续睡。等到七点，天光大亮时她再起来往已经暗淡的炉子里再加一次羊粪，并放上小茶壶熬浓茶。新的一天便拉开了序幕。等孩子们起来后，房间已经烧得足够暖和，茶水也等待许久。

早茶时光重新愉快起来。大家一起玩那个百玩不厌的游戏——嫂子说："喀拉哈西！跳舞！"我捏着梅花猫的两条爪子扭动不已。扎达说："喀拉哈西！阿帕在哪里？"我捏着它的爪子指向嫂子。大家一起问："姐姐呢？"我令它指向我自己。大家一起笑了。但是嫂子又说："阿塔[①]在

---

① 上了年纪的男性长辈。

哪里？"我愣了一秒钟，然后高高举起猫，令它远远指向北方。

如果居麻还在家，这会儿，他肯定会一把逮过猫，用汉语冲它大声唱："长长的尾巴，黄黄的眼睛，好像在什么地方见过你……"套用的是时下流行的一首汉语歌。我们的每一天几乎都是从这首歌开始的。

如果他在家，一大早，就会在餐布前郑重地宣布一些假消息。比如他今天要骑马去乌鲁木齐，后天就回来。比如他昨天看到六七个小狗在戈壁滩上慢慢地爬……我问是谁扔的？他说可能是搬家的人扔的吧，狗在搬迁途中下了仔，没法带走嘛。令人顿时揪心不已。

然而再仔细地问，却又说是晚上看到的……这才晓得这家伙在做梦呢！

很多时候他的笑话其实很无趣："昨天放羊，看到一个飞机。肯定是来找你的！"

我板着脸说："为啥不叫到家里喝茶？"

"太高了，我喊他们也听不见。"

有时还会聊起国家领导人。这家伙很羡慕他们，总说他们过得应该不错，不用天天出去放羊。

而到了傍晚呢，再也没有那么一个人放羊回家后，半晌无话，再突然搂着嫂子呜咽："老婆子！八小时没见了……"

再也没有一个人，在那时，花两分钟时间，和嫂子抱在一起一动不动。

晚餐依旧安静极了，虽然饭菜还是那么可口，虽然大家还是吃了很多。

白天采雪时,有好几次清晰地听到背后有汽车的声音。激动地扔下雪袋跑过沙丘,站着看很久,却什么也没有……

坐在地窝子里时,突然出现的真实的马达声反倒如幻觉一般。正说着话的人立刻被打断:"等一等!"大家一起侧耳倾听,一起等待。而那马达声总是在响得越来越近后,再渐渐越来越远……总是只是经过这里而已,总是摩托车而已。

如今许多年轻人在荒野里的代步工具都选择摩托而不是马匹。也不管汽油越来越贵了,也不管在沙地里骑车多么费劲。

比起深夜、清晨和黄昏,白天的时光总是那么短暂。绣花毡时,绣着绣着,突然发现光线很暗,走出地面一看,太阳早已偏西了。

又想起居麻总是说我绣花毡绣得很快:"像跑在柏油路上似的。"后来看我越绣越快,又夸道:"像开飞机一样!"

他不在的这几天,我绣完了一大块橙红色的方毡,上面有篮球大的一团花块。等他回来,又该怎么惊叹呢?

毡片很硬,绣到最后,捏针的右手疼得都握不紧拳头,右边胳膊也抬不起来了。

伸伸懒腰,出去转转。

这几天,虽然每天傍晚的天空都重重堆积着漂亮云霞,但大致还是晴天。已经一星期没下雪了。西方有纤细的弯月，隐约可见月亮缺失的那一部分椭圆。

没走一会儿，就在北面沙丘上遇见了胡尔马西。他背着一捆羊毛绳和一块毡褥，慢慢地顺着沙丘独行。见到我后，他改变了行进方向，拐向我走来。很久后才慢慢走到近前。他问我从哪边来，有没有看到马。我说没看到。他又问我居麻什么时候回来。我说不知道。他便转身孤独地走了。那时我真恨自己为什么没看到，为什么不知道……

二十八　最大的宁静

农历大年三十那天，吃过午饭，我很早就结束了当天的家务活。然后决定往北面去，做一次漫长的散步。这天虽是阴天，却有朦胧的太阳，还不至于迷路。气温也蛮暖和，正午时分是零下四度。

记得刚刚到达这片荒野时，加玛曾指着那个方向告诉我，那边远远的地方有四个人的坟墓。我一直惦记着这事，早就计划找个合适的日子过去看看。

非常好奇——沙漠里的坟墓会是什么样的呢？

哈萨克族的坟墓有独特的传统制式。埋入尸骨后，坟包四面还会围起护墙。在讲究的城郊墓地里，一座座坟墓就像一个个小院子，装着彩漆木门和木窗，墙上还绘着各色图案和花边。这样，一块墓地就像是一座热闹的村庄。

北面山区的坟墓简单些，但也用整根的圆木层层垒砌，像一座座金字塔。结实又美观。戈壁滩上的坟墓则用石块或土坯围拦，也无不极力修饰。但在沙漠里，到处只有软塌塌、滑溜溜的沙子，又依靠什么建筑材料起坟呢？

我每走一会儿，就扭头看一下太阳的位置，以确定方向。大约三四公里后，渐渐走到横陈在这片空旷沙地尽头的一长溜沙丘边上。爬到一座沙丘的顶端眺望,黄沙白雪,四面茫茫。没有一点突兀之处,更别提坟墓了。我想,可能自己走得不够远,也可能角度走偏了,看来今天是无缘见到那块墓地了。然而天色还早,一时不知又该往哪里去。

这时又看到视野东面有一座更为高大的深色沙丘。一只很大的白翅黑鸟停在沙丘最高处,面朝西方,一动不动。便下了沙丘,盯着那大鸟,向那座深色沙丘走去。但走到附近,刚爬到一半,它就扬起翅膀陡然上升,盘旋了几下,迅速消失在白色天幕的虚无之中。我徒然来到沙丘顶端,来回转了几圈。这时,一眼就看到了东面不远处的坟地。

那边不是沙丘,是旷野边突起的台地。越往那边走,越是感觉到大地的变化——裸露在白雪外的地面越来越红。我意识到这里不是纯沙地了,这里有土!立刻明白了刚搬进沙窝子时,为了修补破损的地窝子,居麻和嫂子正是赶着骆驼来这里取的土……也明白了为什么久远年代中的人们会选择在这里修建坟墓——因为泥土挖掘起来不易塌方[①]。

越走越寂静。越是靠近墓地,地面越整洁清净,甚至连脚印都没有了。不止是羊群,连散养的牛羊骆驼都不再往这边靠近。偶有一两串羚羊类野生动物的足迹悠长地横亘而过。

一直走到最最近处,才看清并非是加玛所说的四座坟墓,总共六七座呢。其中有一些已经塌了,满地的柴枝碎片,使两三座坟连成了一片。看来年代相当久远。

[①] 穆斯林埋葬死者并不是挖个坑直接就埋,而是先挖一个直坑,然后在坑壁上掏出一道可供死者平躺的狭长侧穴。

最显眼的两座坟墓是以扭曲短小的胡杨枝干围拦起来的。如果和深山里那些以粗直堂皇的松木建造的高大坟墓比在一起，它们会颇感无奈。虽然简陋也极庄重——要知道，为在茫茫大地上寻找这几段珍贵的胡杨枝干，不知那些悲伤的亲人们赶着马车走了多远的路啊！至少，之前随着羊群南下迁徙那段路程，我从北到南一路走来，一两百公里的大地上，一棵树也没有看到过。

还有两三座更小些的坟墓则是用竖立的梭梭柴枝四面围靠搭建的，形成尖尖的圆锥形，像准备就绪的篝火晚会。它们简陋得已经顾不上美观了，仅仅只是在标志，尽量用力地标记：下面有人长眠。这些柴枝坟墓看上去松散而脆弱，其实还算结实吧。要知道它经历过多少个春冬季节的大风天气啊！仍然这么深深聚拢着，深深地指向大地深处：下面有人长眠。

这是沙漠之中，然而无论条件再艰辛再局促，也不能委屈死者。他披星戴月、风吹雨淋，一生穿梭在这大地上，南北奔波。后来他死了，从此再也不用搬家了，再也不用转场了。他永远停止在了此处，此处才是他真正的家，一辈子的家，永远的栖身地……为这个永别的人营造最后的住所，则是他悲痛的亲人们所能为他做的最后一件事，所以，要极尽全力来经营。

想想看：因为一个人的死，方圆百里甚至几百里范围内一切粗大植物的干茎都聚积一处，聚积在他的死亡之上——这死亡该有多巨大，多隆重！

我在墓地间站了一会儿。明明天高地敞，胸口却有些闷。想到下方大地深处的骨骸，想到他们也曾活生生地信马由缰，经过同一片荒野——那时，他们还不曾闭了眼睛，枯了骨肉，萎了手掌和面容……又想到，这世上尚能认得他们，心中怀念他们的人，现如今怕是也一一入土了，埋在另外的遥远之处……再想到所有的容颜和姓氏都将涣散，想到每一个人的消亡与植物飞鸟的消亡一样不着痕迹……而他确曾活生生地经过这片大地！

这世间为什么总是这么宁静呢？大约因为死亡累积得太多，因为死的事远远多于生的事吧。

他们宁静了下来，怀念他们的心也渐渐归于宁静。天空下最大的静不是空旷的静，不是岁月的静，而是人的静啊。人终究是孤独又无法泯灭希望的……

我开始往回走，笔直朝着西斜的朦胧太阳。大风呼啸，西北面天空不知何时晴了一大半，蓝白动人。那边的天空下远远走动着十来峰骆驼。

走着走着，一扭头，见到鬼似的，一辆白色吉普车过来了！居然没听到一点声音。正吃惊的时候，车已经靠到近处，静静停在我身边。我一眼看到前排副驾座上的居麻——想不到居然碰到了送他回来的车！这家伙已经离开了五天。头发剪成了板寸，外套挺括，精神极了。看到我似乎额外地高兴。我也非常高兴，虽然他在家的日子里总是吵得人夜里睡不好觉，白天干不好活……我看到他脸破了一大块，疑心喝酒摔的。

司机也是之前认识的一个老乡。他摇下车窗大声向我问候。我趴在车窗上一看，努儿也在——她是阿克哈拉村我家的邻居。

再仔细一看，好家伙，一辆五座车，连司机在内，居然挤了七个大人一个孩子。一个大个子蜷在后排座后面的行李仓空隙里，正笑眯眯地看我。

既然有顺风车，我不由分说也挤了进去。车门一砰死，大家挤得紧得，每人都只有一条腿能落地。

司机问我："一个人走这么远，干啥呢你？"

回答："玩。"

"有啥好玩的？"

我笑而不言。

他又问："来到这里，没给下面的人说点啥吗？"

"说了。"

"说啥了？"

"说：'你好！'"

满车的人都笑着说："不！"

我问居麻："这是什么时候的坟墓呢？"

他说："七八十年前的吧。"

司机说："哪里，最少一百年了！"

旁边的乘客说："我爷爷小的时候，别人也给他说有一百年了。"

我连连啧叹，说："就这几个小小的树枝坟，竟能留存这么长时间！"

居麻说："哪里，原来至少有二十多个坟，埋了二十多个人呢！一年一年地，慢慢地，就没有了，平了……"

司机又说："哪里！用了几百年的坟地，下面最少也得有一百个人吧？"

——无论如何，现在我看到的正是最后的几座。它们在风吹日晒之中正渐渐消融于大地。它们是这面偌大墓地的最后一点痕迹。

居麻还说，过去的年代不像现在。现在有汽车了，人死后能被迅速带回北面乌河一带的家族墓地。穆斯林有速葬的礼俗，死在冬窝子的话，只好就近安葬。

——但这一个"就近"，可能也是百十里地的距离。我想象久远的过去年代里，木车拉着骨骸缓缓走过大地，也拉长了在世亲人离别的忧伤。

这块地方恐怕是附近沙漠中唯一的有土之地了，可能也是这片荒野中唯一的墓地吧。在过去的漫漫时间中，它留下了多少无法继续跟着羊群前行的牧人啊。如今再也没人启用这块古老的墓地了，它被永远放弃了。居麻说：因为交通改善了嘛……在我看来，这种"改善"就跟木槌拼命击打铁块的效果差不多。但无论如何，还是大大动摇了原先的一切。

第四章

最后的事

二十九　雪灾之年

一次居麻问我喜欢冬天还是夏天。我想到冬天夜长昼短，可以多睡会儿懒觉。而且冬天奶牛产奶量低，不用生产奶制品，不用每天都腰酸背痛地摇脱脂机、捶打酸奶发酵……便轻率地回答："冬天好！"

他说："那你去年冬天咋不来？"

我无语……去年（2009年）是罕见的雪灾天气。全地区牧业生产损失惨重，很多地方的羊群全军覆没，唯有牧人孤身逃亡。不说别人，我去年都差点给雪埋掉。

居麻又说："要是冬天里，天气一直像今天这么好嘛，那还差不多！要是遇到去年的情况，一个冬天完不了，两个冬天也就完了！一家人全完了！冬天好啥呢？哪有夏天好！"

是啊，今年的冬天，下雪下得晚，化雪也化得快。虽然是旱年，虽然中间也经历了半个多月的高寒天气（低于零下三十五度），但总的来说，还算是一个平顺的冬天。

去年天气坏也就罢了，这片牧场上还只住着居麻一家人。大雪灾时，一家三口艰于应付。每天一起床，就全家上阵，扛着铁锨出去开路——至少得开一条能让羊出行的路，能让羊走出这个沙窝子，翻过沙丘，去到四面雪薄的旷野中找草吃。

大雪不停地下，好像天塌了一样。用居麻的话说："老天爷下两天，休息一天。"

不下雪的时候就刮风，把轻飘飘的新雪吹往这个凹陷的沙窝子，并吹得又紧又瓷。最厚的地方超过一米。那样的雪层，靠人力是挖不了几米远的，于是居麻就驱赶骆驼和马群去蹚路。

但无论挖出的路还是蹚出的路，都维持不了一天。风太大，总是早上开出了路，傍晚就给重新吹平，封严了。没办法，地窝子处于洼地，虽然背风保暖，但也容易兜雪。

每天早上路打开后，加玛出去放羊，嫂子忙家务、照料牛，居麻则赶着骆驼去很远很远的土路边等待政府送救济玉米的卡车。居麻说救济玉米的价格才一公斤一块钱，比市面上便宜五毛。一麻袋有八十公斤。但想买到这种救济玉米得碰运气——那些日子里，荒野中每一个角落的牧人都等在这条路的上上下下。往往没等卡车开到居麻家这片牧场，玉米就卖完了。并且这条路还常常不通。虽然牧业办的铲车和推土机夜以继日地开路，但永远追不上雪和风的速度。

然而终究还是等到了一两次。于是羊和大畜靠早晚两次的加餐玉米勉强维持着生命。然而，能哄得了肚皮，却对抗不了寒冷啊。等冬天终于过去，熬到底的羊还不到五十只。

总共死了五十只母羊、八十只大羔[①]、两头大牛和两头小牛。

---

① 体态和成年羊无异的当年生小羊。

一天，天黑前的空暇时分里，加玛就着沉沉暮光带我翻过东面沙丘。走过一段沙梁，在尽头的凹地处，依稀可见一大堆羊皮半埋在雪地中，还支棱出根根白骨。加玛说，这些就是没有熬过长冬的羊（穆斯林不吃未经祈祷的自死之畜）。这一堆有十六只。再往前，还有好几堆。并能看到庞大的牛、马骨架。

在寒冷中失去了刚刚出世的孩子的黑白花牛接受了同样在寒冷中失去了母亲的另一只小牛犊。它们相依为命生存了下来。而侥幸活下来的花脸黄牛也冻坏了三个乳头，那三个乳头至今不能产奶。

屋漏偏逢连夜雨，偏偏那时又跑丢了一匹坐骑（据说脚绊断了）。

居麻说："丢了整整三个月才找回来！"

我大惊，脱口而出："三个月啊，那这三个月里它吃什么？"

然而没等他回答，又立刻反应过来："喔，吃草。"——马又不是人。要是人的话，在这荒野中流浪两天就得饿死。

居麻大乐，立刻翻译给嫂子。嫂子也乐了。

按说马也许会走失，但是不会丢的。马臀也烙有标记，遇到的牧民都会帮忙照应一二。这是牧场上的俗规。于是才开始的时候居麻并不着急。但家里仅剩的另外一匹坐骑却因被频繁使用，累得骨瘦如柴。乘骑的时间稍长一点就东倒西歪站立不稳。尤其到了后来的极寒天气里，越发虚弱了，无论鞭子怎么抽打都不能前进。实在没法使用了。于是，再一次领到救济玉米后,他决定步行出去找马。

第一次,他往东面走了十天。第二次,往西又走了半个月。沿途一路打听,沿着线索一点点前进。一遇到地窝子就投宿……如此过了快一个月仍然无果。

这期间,家里的嫂子和加玛也过得非常艰难。早上只有两个女人开路。没有坐骑的加玛,只能徒步踩着深雪放羊。雪严实地盖住了荒野,渐渐地越来越厚,越来越硬。羊再也没法扒开这样的雪被觅食了,一个个把前蹄扒得血淋淋的。但实在太饿了,还得继续扒……那时羊死得差不多了,牛也只剩下最后两对母子。

后来居麻狠狠心,悬赏了三百块钱。消息扩散出去,两个月后果然有人从两百多公里外帮着把马牵回来了——居然跑到红旗公社①去了!捡到马的那一家毫无二话,立刻奉还。但那几个月里可怜的马被饲养得漫不经心,还一直被用作乘骑,又没加什么营养餐,早已羸弱不堪。

因为雪太厚,化得太慢,加之畜群体质虚弱,不能长途迁徙。去年春天,居麻家滞留冬牧场,迟迟不能启程。一直到四月底才动身,比往年晚了一个月。而往年的四月底,牧民已经在乌伦古河北面的春牧场接完了春羔,开始慢慢进入阿尔泰山夏牧场了。

去年深山里的雪也化得极慢。都五月底六月初了,仍大雪封山。整个牧业大军被堵在阿尔泰前山丘陵一带,不能前进一步。等那些地方的草吃完后,一部分牧民只好又退回南

---

① 我们这里很多地方还在沿用"文革"时的地名,如永红公社、幸福公社、高潮公社……

面的额尔齐斯河南岸及乌伦古河流域牧放牲畜。这在往年是罕有的事。

好在因那个冬天雪量充沛，第二年的春天，大地极其湿润。牧草前赴后继，长势汹涌。往年干涸的戈壁滩居然成为绿意盎然的草原！甚至还出现了一些以前从没有见过的草类，陌生得连牛羊都不去吃。真是诡异（好友二娇认为是外星人播的种）。

虽然那个痛苦的冬天早已远去，但一提起来，居麻还是忍不住沉重地叹气。反复地念叨："雪多得啊，多得啊……"

我呢，去年一整个冬天一个人生活在阿克哈拉的家中，常常呆呆地透过玻璃窗往外看：铺天盖地的雪啊。它们不是飘落的，简直像是射子弹一样射落的。尤其头两场雪，一团一团的雪花，鸽子蛋一样大，又湿又重，砸在脸上都会疼。

去年十二月底，一场连夜大雪后，我住处的窗户被堵住了一大半，门也给堵得结结实实。

其实出不了门倒不要紧。我住的房子原本是兔舍，有五十米长，宽宽绰绰。储备了好几吨葵花籽，一百多公斤葵花油渣，还有一麻袋碎麦子和三麻袋麸皮。家里鸡鸭猫狗兔们的伙食是断不了的。至于我呢，虽然没有蔬菜和肉类，但面粉和大米各有一袋，盐也足够了，也饿不着。煤也早就挪进了室内，约一吨多，够烧一个多月。水是水泵抽的井水，直接引到室内，只要不停电也断不了水（就算断了电，外面的雪无穷无尽，化开还是喝不完）。如果不用上厕所（厕所在室外，院子的角落）的话，我可以在这幢房子里一直待到开春。

但怎么可能不上厕所呢！而且雪一停，得趁着新下的雪还算虚软，赶紧想法子清理掉。否则接下来一刮风，更多的雪被吹到墙根下堆积起来，还会被吹得又紧又硬，到时候门就彻底给堵死了，出不去了。

于是那天一大早，雪刚停，我就投入了战斗。先抵着门挤啊挤啊（门朝外开的），挤开了手指粗的一道门缝。再用捅炉子的火钩从缝里伸出去扒拉，把门缝边的雪掏松了些后，再拼命推，这回把门挤开了巴掌宽的缝。然后再用掏灰的小煤铲伸出去挖，挖一会儿再挤，就推了半尺宽。最后又把铁锨伸出去挖……终于，门推开了一尺多宽，我整个人挤了出去。站在那道缝里四面挖掘，总算能加快速度了。其间，干一会儿活就得回到生有火炉的房间暖和一会儿。太冷了。

等出得门去，我又花了大半天，在齐腰深的雪地里挖出了通向厕所的路，接下来又挖了一条通向院门的路。但当我好容易清理干净堵着院门的雪堆，拉开了院门（幸好不是朝外开的），一看，傻眼了——外面的雪比我还高……眼前一堵雪墙。因为当门正是风口，被风吹来的雪大部分都堆积在那里……我放弃了，我已经一把劲儿也没了……于是，我的院门有两个月没打开过。整个阿克哈拉村的人都不晓得我还在家里，都以为大雪封住的只是个空房子呢。

由于我人瘦，挖开的那两条路也只有一尺来宽，刚够我侧身前行。我妈回家后大怒，她太胖了，卡在雪缝里没法

281

通过。

我妈神通广大，居然认识养路段的人。她虽然人在外地，还是想法子帮我联系了一辆专门挖雪开路的大马力铲车。这辆车本来是去别的地方清雪的，路过阿克哈拉村时，特意拐道过来把我从房子里挖了出来。那么大那么高的铲车啊，搬运了几十个来回。挖出的雪堆在西面雪地上，比我家房子还高。

大家听了我的故事后，也唏嘘不已。问我："这些事情你也要写吗？"我说："当然。"然后打开本子记录了起来。加玛想了想，也向我讨了一页纸，借了一支笔，打着手电筒趴在花毡上一边思索一边写。

晚茶时，她手持那页已经写满了字的纸，大声地朗诵。全家都端着茶碗出神地听。听完，都说："很好。"然后半晌安静。嫂子又把那页纸要去，打着手电照着，默读了一遍。光线很暗，太阳能灯只有三瓦。

我问居麻写的什么。这家伙懒得翻译，说："你写了什么，她也写了什么！"

后来认识的那个小学党支部书记来的时候，加玛再次掏出那页纸念给他听。这个老师听了也说好。然后用汉语告诉我，她写的是自己的经历。说姐姐上学后家里困难，才上初一的自己只好辍学放羊。虽然为不能上学而伤心，但有什么办法呢？又说到了去年雪大，大家都过得非常辛苦。还感慨了一番哈萨克放羊的传统……果然和我写的一样！

不管怎样，我们都感激着这个平安的冬天，都说："幸亏今年还算可以！"虽然日常生活也够折腾的——每天半夜嫂子都会起来一两次，为大家生炉子，梅花猫总是冻得拼命往大家的被窝里钻。

三十　我在体验什么

　　为了能够使用电话，新什别克特意把三根三米多长的细直松木带进了沙漠。他把这三根木头一根接着一根绑得老高，挂上电话天线后栽在地窝子旁的沙子堆里。倒是偶尔能收到信号，却招来了所有的牛拿它蹭痒痒……这么细的杆子哪能经得住牛的大肚皮！于是隔壁两个男人隔三岔五地抢救这根脆弱的天线杆子。

　　我问居麻："我家电视机都有，为什么却没有电话？"

　　他说：我们没有木头，装不成天线嘛。

　　哎，为什么电视机能用天线锅，无线电话却必须得架高高的天线呢？这个设计不合理。

　　我说："有木头又怎样，你看新什别克家整得多麻烦！还不如利用沙丘顶端那个铁架子，附近再也没有比它更高的地方了。而且又高又结实，把天线挂到那上面去，信号肯定好！不怕风也不怕牛。"

　　他说："那么远，得牵几百米的电话线吧？"

　　我说："就让电话线垂在铁架子下。想打电话了就抱着电话机过去插上水晶头，打完了再拔掉，把电话抱回来。"

　　他说："豁切！"——却认真地陷入了沉思。

果然，不久后居麻真的去了一趟阿克哈拉，带回了一台新的无线座机（当时这种电话充话费就免费赠送）。接下来，真的照我说的做了……果然，信号比隔壁的好多了，也不用日常维护。只有一个缺点：只能打电话，不能接电话……

这是我对这个家最具帮助性的一条建议。

想来想去，一整个冬天里，好像也就提过这一条吧。

除此之外，我还为这个家做了些什么？无非背雪、赶小牛、傍晚赶羊、绣花毡、缝补破衣服、解说电视内容……统统都不是非我不可的。也就是说，我这样的人，多了不多，少了不少，其存在对这个家几乎没什么影响。反之，受到影响的却是自己。尤其说话时，哪怕说的是汉语，也不知不觉会使用哈萨克语的语法和表达习惯：

学哈萨克语时说："困难多得很！"——难得很。

吃饭时说："饭的吃！"

请人帮忙："一个帮助给下！"

告诉大家没看到羊："羊的不看！"

说"不冷不热"："冷的不是，热的不是。"

听说才开始时，谁都不相信我能在这样的生活中坚持下去，都认定我待几天就受不了了。时间越久，大家越惊奇。再久，也就习惯了。甚至开始发愁春天北上时怎么安排我——没有多余的马——到那时，带入冬窝子的生活物资消耗得差不多了，家当空了一大半，就不用雇汽车搬家了。为此大家想了许多办法，还考虑到了夏天以后的安排。都忘记了我只体验一个冬天而已。

总之，我融入了居麻一家的生活，还算相处甚得。虽然他们一直无法理解我的行为，但也不排斥我的存在。我这个人嘛，又勤劳又有眼色，没啥可嫌弃的。如果说生活中还有什么问题，则全来自于自己。

怎么说呢……对这种游牧生活感兴趣是一回事，但要了解，要转述，又是另一回事了。时间越长，越是困惑。我在这里，无论做什么，无论怎么努力，都感觉远远不够。无论想说什么，似乎都难以合乎实情或心意。我终究是多余又尴尬的……

但是，虽说太敏感的人会受苦，我却情愿受这敏感的苦，也不愿成为另外情形的人。

居麻汉语不错，与之基本的交流不成问题。如果我不怕麻烦，坚持刨根问底的话，几乎能了解到一切。可我实在是怕麻烦……因为这的确是个麻烦事啊！况且，生活本来就够辛苦了，再来个外人整天在耳根子边不停聒噪，不但帮不上什么忙，还老让你分神——我做不来这种人。再说了，反正与大家的相处也不是一天两天，多的是时间和机会。还是尽量靠自个儿去慢慢体会，慢慢懂得吧。

也不知是我的方式不对，还是他的理解有问题，我和居麻的对话常常会出现以下困境——

我问："有的绵羊有角，有的没角。为什么不一样呢？"

他回答："因为不一样，所以有的有角，有的没角。"

……

我问："远远地方的马、牛、骆驼，小得只剩一个小黑点了，你们怎么能一眼就看出哪个是骆驼，哪个是马，哪个是牛？"

他说："因为尾巴长得不一样。"

……都说了只剩一黑点了，哪里还能看到尾巴？

我不能理解他，他也不能理解我。总是责怨我：当他发如乱蓬的时候，我一天给他照三次相。等他理了发了，变漂亮了，我却再也不照了。干活的时候他又脏又狼狈，我却逮着相机上下左右拍个不停。等他干完活洗完脸，端正地坐在干净的房子里时，我又不拍了……弄得我每次拍照前都得思前想后，不晓得怎样才妥当。

有时候我们聊着聊着，突然会触碰到我觉得非常重要的问题。比如他突然说："一星期后会下雪。"我问为什么，他说："月亮五天后会圆，还要爬到天空正中央。"

我一查阴历，五天后是冬月十五，而一星期之后正是冬至节！这难道是巧合？难道哈萨克用的也是阴历？他们对天气的预测也和节气有关？……惊奇之下我追问不休。他看我这么感兴趣，也认真地说了许多，还列了一个与"八十一天"有关的时间表。似乎想对我说明一个计算寒冷天气进程的方法，与汉族的"冬至数九"有些相似。还提到一句哈萨克族谚语"长的短了，短的长了"，似乎与"纳吾鲁孜"节（春分日）以及北上启程有关。——我立刻预感到自己可能正在涉及这个游牧民族的生存智慧，非常兴奋！立刻拿出纸笔，准备做一番严谨的调研……

可惜，我终究不是个严谨的人。居麻这家伙也绝无严谨的表达。我们的探讨很快陷入混乱之中，双方都累得没办法……到头来，我获得的仍只有最初那一堆毫无头绪的破碎概念。于是我放弃。反正我是写散文的，又不是写论文的，还是不求甚解些吧……

很多话题，总是聊着聊着就转入批判当今社会的阴暗现象，比如腐败（村计生委员乱收费），青少年堕落（酗酒），物价上涨（主要针对我妈）……每到那时，居麻激动愤慨，完全把我当成对立方的代表，非要我解决上述问题不可……

他还赋予了我许多重任。聊到可可托海"阿米尔萨娜"的传说时，他嘱咐我一定要把这个故事写出来，再拍成电影。聊到搬迁不易时，他让我一定要给上面的领导反映一下情况：天天放羊比他们天天开会辛苦多了！

而且他对我，远比我对他好奇。才开始相处的时候我还很高兴，以为和一个懂汉语的人生活在一起肯定方便极了，想知道啥就问啥。结果呢，他的事我还没打听出多少来，我自己的事倒被他统统打听去了……总之我们的话题每告一段落，他就满意地穿衣下床，转战新什别克家，转播关于我的最新报道。

而且在转播过程中，这家伙大胆想象，超常发挥。以至在附近牧民的传言中，我一会儿成为偷师放羊技术的失业游民，一会儿成为县电视台的下岗记者，一会儿又是下放基层的高干子弟——真不知道我妈高在哪里。

也不知道误会是从哪个环节开始的。每次谈到自己何以为生时，他问得很详细，我也说得很认真。可末了，他总是真诚地向我表示同情，安慰我说慢慢就会好起来的，再亲自往我的奶茶碗里添一勺黄油。

居麻很有主意的，对我的种种问题总是选择性地回答。太复杂的，不回答；太简单的，懒得回答；太幼稚的，戏弄性地回答。这样一来，等于什么也没回答。最糟的是，我提问时并不知道自己的问题是简单是复杂还是幼稚。对于我来说，它们统统只是我所不知的东西……我是无辜的。

慢慢地，我就学聪明了，并不直接从他给的答案中获取信息，而将他当时的种种反应、态度、语气、眼神……分析一遍，再作判断。

有一次我看到他把好端端的铁锹把子卸掉，换上一根短棍，又带上十字镐和一根长长的毡房红檩条，准备出门。颇具神秘感。不用说，直接问的话，肯定是什么也问不出来的——抓住他的马缰绳不让走也不行，抢走他的短把铁锹也不行，跺脚发脾气也不行……他只有一个问答：去挖熊洞！若再问挖熊洞干什么，回答：玩儿。——分明在逗三岁小孩！令人气急败坏。

冷静下来后，做出以下推理——

短柄铁锹嘛，其用途只有一个：刨坑，而且是小口径的深坑。十字镐的用处也无非如此。至于细长的檩条，一旦和"坑"联系到一起就很清楚了：栽杆子！

但是，在茫茫旷野里栽个杆子干吗？

系马？不可能，太细了。

做标记？倒有可能……对，一定是做标记。否则为啥不用其他木棍，非要栽檩条呢？因为它是鲜艳的红色嘛。

至于做什么标记——这至今是个谜……不过既然是骑马去的，一定是一处比较远的地方。在很远的地方做标记，莫非是界标？或者迷路时的指示标？……

托居麻的福，我快成福尔摩斯了。

更多的时候，想推理都没得线索——

问他为什么炼羊尾油脂时要在滚油里添几勺水，答：消毒。

问嫂子到哪里去了，答：哈萨克斯坦！

问为什么今天早上七点就早早地把羊放出去了，干脆回答：谁知道！

……

有时候我都怀疑他是不是对我有意见！可我又错在哪里呢？大约错在尽问些在他看来不值一提的问题吧……

记得一次和哈萨克作家叶尔克西姐姐聊天，说到一个故事。有人问一个牧业家庭的哈萨克主妇："你们生活在这么小的毡房里，全家人都睡一起，会不会'那种事'也很随便？"那妇人说："是啊，我们想和谁爱就和谁做爱，谁来了就和谁做。"令这人大为震惊，也深感满意，便回去四处宣扬。可是，傻子都听得出来，这种回答是在向对方表达蔑视啊！——如此无聊的、无常识的、无教养的问题，不配得到真诚的回答。

嫂子揉面时，我问："要做什么？"居麻说："炸包尔沙克。"过会儿一看，明明是烤馕。

也许居麻的用意在此：长着眼睛是干什么用的？

总之我小心翼翼地观察着眼下的生活，谦虚谨慎，尽量闭嘴。否则一开口就是废话、蠢话或梦话。

嫂子染毡片时，根本不看化学染剂包装袋后的说明（当然咯，也看不懂，全是汉字）。什么"先用热水浸泡三十分钟"，什么"用大碗化开色剂和助染剂均匀搅拌成糊"，什么"控制在三十分钟内达到沸点"……统统不管。直接把染料倒进大铝锅（说明书上明明写着禁用铝制容器），搅和几下就开始投毡块。我很想帮着纠正一番。但又一想，人家几十年来也染了几吨羊毛了，自有一套经验，我又何必鸡蛋教训母鸡。

果然，染出来效果相当不错呢。而我呢，平时也在家里染一些旧衣物，成功率反倒不高……亏我还严格按照说明，科学掌握进度。

冬牧场总是过于悄寂的。每当头顶上脚步声响起，接着门被一把拉开，陌生人一边问候一边踩下我们的地窝子，那时，我也会由衷地惊奇、欢喜。但我只能默默无言地悄悄打量他们，大部分时候，连取出相机拍张照的勇气都没有。我若真像居麻散布出去的传言中的那么神奇,则会俨然以学者的口吻,问他们各自叫什么名字,家住哪里,多远的路程,家里几口人,羊有多少,牛有多少,骆驼马各多少……可我不笨,我知道这些崇高的问题其实傻透了。我若真问了,他们出于礼貌倒是会认真回答,但肯定会因我的幼稚与无趣而心生轻视。

也许大家没有居麻那么恶劣,但态度却惊人的一致:问一般的问题,就一般地回答;问无聊的问题,则无聊地回答;问乱七八糟的问题,肯定乱七八糟地回答。

在这样的生活中,我完全处在被动的局面。不过这倒没什么,反而,我依赖这种被动。在这陌生环境里,我依赖随波逐流和自然而然。我只能以不突兀和不冲撞来获取信任和安全感,并凭此平稳地接近真相。

除了交流,现实中还有诸多挫折。

为更翔实地记录所见所闻,我特意借了一台微型的录像机。可不知为何,总是拍不到十秒钟就卡带(可能与低温有关)。非得取出录像带敲敲打打一番,再装回去后,倒是还能再接着拍十秒。可这期间,什么都错过了。

更不巧的是,我想拍搭建毡房时的过程,他们却安排我去带小孩。到了宰马的激动时刻,又打发我去扛雪。我想拍肢解羊肉的画面,却指使我帮着抓血淋淋的羊蹄子,而且两只手都得抓——就没法持机器了。

才开始,录像机这样高级的玩意儿很让居麻肃然起敬。自从被闲置后,就成了他眼里的一个笑话。他屡次提出用梅花猫和它作交换，还列举了猫的种种好处。见我不干，又改用他的望远镜换，还指出二者的相似之处：前面都有块玻璃。

我的卡片型数码相机倒是一直没出问题，而且是装五号电池的，省去了充电的麻烦。只是因气温太低而太费电池。而且电池仓的盖子又是坏的，每次装好电池后，都得用胶带一圈一圈地缠住相机。缠太松了电池老弹出来，太紧了又影响部分按钮的使用。弄得人很恼火……牧民们对我这个缠满胶带的玩意儿也表示怀疑。有时我掏出来给人拍照时，对方也掏出一个相机拍我——人家的都比我的高级。

这种千把块钱的傻瓜机对光线要求很高，稍暗一点点都容易拍花画面。出于礼貌，又不愿打闪光灯。而大家兴致最高时往往在夜里。每当结束一天的忙碌，一家人就着昏暗的太阳能灯泡跳舞、拥抱、吃肉、逗猫……我一筹莫展。

我身在此处，却离此处的世界那么遥远。当我和加玛背着雪向家走去，远远看到西南方向的荒野中安静地停着一支搬迁的驼队。负重的骆驼卧在雪地中休息，羊群散在不远处吃草。我们放下雪袋看了一会儿。她突然说："是两家人的驼队，是杜热乡那边的牧民。"我不知她怎么看出的……我问："为什么没人？人到哪里去了？"她指着远处我们沙窝子的方向说："全到我家喝茶去了。有两个骑马的，还有两个骑摩托车的……"我还是不知她怎么看出的，我既看不到马也看不到摩托。过了一会儿她又说："有一个骑马的是姑娘。"我依然什么也不能明白……

那些安静的正午时光，大家花很长时间安静地喝午茶。居麻突然起身，一声不吭拎起马口罩，装了几把玉米粒出去了。我跟出去，站到西面沙丘上看。只见一个陌生人赶着烙有我家标志的一匹马远远过来了。居麻迎上前，给那匹马戴上了口罩。接下来顺利地为其套上笼头和马鞍，系上肚带。我远远地站着看他做这些事情。风大，安静。不晓得这样的时候他要套马去哪里，要干什么去……只感到无比的孤独。

有一天嫂子突然从行李深处翻出一团用花头巾包裹的东西。打开一看，里面是一些淡绿的碎草，却不像茶叶。她对我说："药。"还示意我去闻一下。我闻了闻，什么味儿也没有。再凑近闻，啊，原来是薰衣草！几乎在一瞬间，那味道猛然炸裂，室内顿时充满浓重的香气。并且一连弥漫了好几天。

居麻有些咳嗽。嫂子像泡茶一样泡了一小撮薰衣草。泡开后，又兑了两匙牛奶，再端给他喝。看一旁的我入迷地观察她的举动，便也给我匀了小半碗。我尝了尝，嗯，味道不坏。

后来当我也生病发烧时，昏昏沉沉躺了一整天。半夜，嫂子把我从电视机周围黑乎乎的人堆里推醒，也递给我一碗这样的汤药。我充满感激和伤心地接过来一饮而尽。与薰衣草有关的种种美好与浪漫，镇静地渗入疾病的痛苦中，顿时感觉好多了。这也是我的孤独。

每当音箱里响起《黑走马》时，居麻就坐不住了，盘着腿坐在花毡上跳了起来。胳膊起落间稳稳地压着旋律的节奏。加玛也晃动双肩轻轻附和。嫂子拍着手，怂恿我也起来跳。我心里痒痒啊，但强忍着，坐在那里微笑。不能动弹一下，不敢泄露太大的激情。这是一个陌生的地方，与其说我是骄傲的，不如说我是害怕的。

我在一个黑色封皮的笔记本上认真地记录着眼前发生的一切，又似乎是在用"记录"这样的行为向大家强调着什么——保持距离一般强调着什么。我发觉自己其实并不为那些快乐和惊奇的事情而记录。当我欢乐或惊奇时，碰都不想去碰那个本子，碰一下都是干扰——那时的我只想全情投入眼下的生活。只在尴尬和冷清的失意时分，我才会取出那本子，记录不久前发生过的欢乐和惊奇。

后来我开始观察月亮的运行轨迹与其盈缺变化间的关联。我发现，当月亮还是上弦月牙时，在傍晚就升起了，天亮时分才落下地平线。但后来随着它的一天比一天饱满，升起的时间一天比一天提前。直到成为满月，则变成早上升起，天黑时落下，和太阳的作息时间差不多一致。等这满月又渐渐缺失，升起的时间继续每天提前一些。成为下弦月后，则半夜升起，上午沉没。随后是两天终日没有月亮的空白期。

我发现，在没有月亮的暗夜里，星空最激动。而只要有月亮——哪怕只是一弯纤窄的钩月，银河也会立刻暗淡下去。

我还发现，进入荒野后，对太阳倒没有什么特别的感触，对月亮，却变得无比亲近。

我还密切注意着温度计的变化。但一个多月后，挂在地窝子门外通道边的温度计被闲来无事的熊猫狗咬断了一截……好在剩下的一截还能用，只要温度不升到零上二十五度以上。可是又过了一个月，它又被大黑牛愤怒地咬断了一截（它刚刚出生的宝宝被我们抱进了地窝子）。这回咬到了零下十度，再也没法用了。

总是在受挫，总是在受挫。一干完活，就浑身没劲，肠胃饥渴。可吃饱了仍然饥渴，不知源于身体内部哪一处的缺失……倒是真正口渴的时候——深更半夜里渴醒了，喉咙快冒烟了，便起来在冷空气里坐一会儿，又躺回去。静静地忍受。忍个把钟头也就忍过去了，渐渐睡着。等早上起来，已经不渴了。水在身体里，从哪里流到了哪里？我的身体内部也混乱不堪，不明所以。

梅花猫吃坏了肚子，连着两天到处胡乱拉稀，还在电视前的花毡上拉了一大摊。我捏着报纸去清理，居麻大笑："咦？它怎么知道李娟就睡在那里？"大家都乐了，我却很沮丧。擦了一遍又一遍。但愿晚上它会好一些。而到了晚上，它倒是没有侵犯我的被子，却在离我一尺多远的地方"扑哧扑哧"了一整个晚上——那里是电视机旁边没铺毡子的粪土地。那时候心想：真是受够了……

却始终没有"退缩"的想法。能往哪里退呢？到哪儿不是这样的生活呢？

大约那几天不知不觉流露了太多的郁闷，大家都看出来了。早餐时，居麻告诉我：昨夜整块的黄油忘了挖出一碗就囫囵放进了毡房。现在冻得太硬了，化冻得一段时间，于是今天就没有黄油吃了。又说：其他人嘛，没有黄油还有白油，但李娟很可怜，又不吃白油……说着，他把前几天黄油碗里残剩的一点点黄油干干净净刮出来扔我碗里。

大年三十那天晚上，我告诉居麻，明天是汉族的"年"了。他听了默默无言，便一首接一首地换着音箱里的歌。很久后才换到一首汉语歌，是蔡依林的。他这才停下来对我说："天天都是我们的歌，现在放一个你们的歌。算是给李娟过个年吧。"——我还有什么可说的呢？

我还在看，还在马不停蹄地发现和见证。我看到每天早上，加玛都赖着不愿起床。而且总嫌自己的被窝冷，爱和妈妈挤一起。等妈妈起床了，便跑去和爸爸挤在一起。居麻起床时也催她快快起来，"孩子！孩子！"地唤个不停。加玛装没听到。居麻故作惊讶道："死了吗，难道加玛死了吗？"加玛闭着眼睛大声说："是的，我死了！"居麻便扑过去，压住她，也大声宣布："那么，爸爸也死了！"父女俩抱作一团，久久不动。嫂子蹲在炉子边，一边捅灰一边呵斥："豁切！都快起来！"

我看到努滚正在慢慢离开童年。她到了该学习针线的年龄了，然而学习过程中，总把一切都搞得一团糟——把羊角绣成了螃蟹，把花带子编成了一条死蛇。整天遭到大家无情的斥骂和嘲笑。然而不管怎么被打击，小姑娘都毫不气馁。她努力地，生吞硬嚼地去领会。每到领会失败的时候便自嘲地、讨好地笑着，笑容那么美丽。然而那样的时候，连笑一下也会令妈妈生气。萨依娜说："不许笑！"气得想用针戳她似的。甚至连喀拉哈西也会大受牵连——那样的紧张时刻小婴儿也不能哭，一哭也得挨妈妈的骂。

我看到九岁的努滚是加玛唯一的闺中密友。两人聊天的时候，根本听不出年纪上的差距。加玛没有哄孩子的口吻，努滚也从不说孩子气的话语。两人从绣花、摆弄头发，一直说到学校里的事、村里的事，说一个小时也说不完。说得高兴了，加玛还会取下自己的包（一只较厚的塑料袋），掏出自己的宝贝——无非几个破发夹和一串生了锈的金属手链——挨个给努滚介绍：这是干什么用的，谁给的，值多少钱；那个又是在哪里买的，在什么样的场合佩戴过，当时配的哪件衣服……分享女性的秘密和快乐。

——这些情形在我这样的一个外人眼里，温馨又伤感。只能心满意足吧！心想：够了，这就够了。而动弹不得……

那样的时候，拍照这样的行为真是蛮横的干扰。我的眼睛比镜头更清晰更丰满地留住了一切——这最后的游牧景观，这最深处最沉默的生存。这个已经不是很传统的游牧家庭——已经有了电视机，已经能够追逐最流行的歌曲。

我看到男孩扎达苦苦哀求父母为自己购买电脑，并提出在乌伦古河定居点的家中安装网线。我看到嫂子扫完地，直接把垃圾填入炉灶——已经不认为这是对火的冒犯。已经无视古老的禁忌。

但是我又看到哼着流行歌曲的加玛，年轻的加玛，走在暮色中时顺手捡起路边一副完整的马头骨。她一直走向沙丘最高处的铁架子。再踮着脚，把马头骨高高挂在铁架子上……这又是最深沉的传统。只为马头骨是高贵之物，不容践踏，应放置高处。

我还看到小喀拉哈西每次被绑入摇篮之前，萨依娜总会先掏出打火机，打出火苗在摇篮里晃一晃，驱除邪灵。这也是传统。

还有爱美的加玛，刚洗完头发，就用铁勺在烧红的炉板上化开一勺羊油，将其均匀地抹在头发上，使其变得油腻、服帖又锃亮。多么特别的审美和保养。

……

还是那些傍晚，完美的圆月下，广阔的东南风满世界呼呼作响。而大地之下，却安静得如大海深处。只有天窗上破漏的塑料布不时"哗啦"抖动。居麻一声不吭地喝茶，嫂子在侍候茶水的间隙里绣花，扎达对着手机发呆。这时门一开，加玛拦腰抱着小乳牛扔了进来……这样的情景沉甸甸地鼓涨着我所好奇、我渴望得知的全部信息，却找不到入口。我只是个外人。

每当好奇的客人谈到我时，总会问居麻："她是来做什么的？"而居麻每次的解释（我没法听懂）足足长达三十秒，令对方惊奇地长叹。接下来他们又问："那她还要住多久？"居麻信口道："还有五个月吧。"客人更加惊叹。这回我听懂了，急了："胡说，我下个月就走！"

是的，我下个月就要走了。我这算什么呢？我和别的"体验生活"者有什么不同呢？大家要么体验一个星期，要么体验一个月。看上去我好像比他们强了一点，完整地体验了一个冬天。可我也只不过多走了五十步而已……我只不过也是走马观花的一个。

而且，在这样的生活中，并不是"体验"的时间越长，就越理直气壮。恰恰相反，我越来越软弱，越来越犹豫和迟疑，越来越没有勇气……日日夜夜的相处，千丝万缕的触动，一点一滴的拾捡……知道得越来越多时，会发现不知道的也正在越来越多。这"知道"和"不知道"一起滋长。这世界从两边向我打开。当我以为世界是籽核时，其实世界是苹果；我以为世界是苹果时，其实世界是苹果树；我以为世界是苹果树，但举目四望——四面八方是无边无际的苹果树的森林……

就算已经隐约看到了牧人和荒野的命运，已经隐隐有所了解了，仍张口结舌，着急又混乱。越是向大处摸索，却越是总为细小之物跌倒。更糟的是，越是想指出最残忍的一个事实，却越想转过身去，想谅解人心所向，尤其是想原谅我自己……我真是一点用也没有……真恨自己的懦弱。但同样地，我又宁可忍受这懦弱之苦……那么，先且这样吧。慢慢来说。

三十一　迅速消失的一切

为了让羊多吃一点，走远一些，居麻每次放羊总是天黑透了才回来。隔壁家显然不是那么上心，太阳刚落下西面的沙梁，羊群就出现在视野中了。居麻为此极为生气，但又不好明说。只好做如下提醒：轮到他放羊时，继续延长回家时间。让大家在黑暗中心神不宁地等啊等啊，一直等到开始胡思乱想为止。时间一久，隔壁果然就领会了。

但还是回来得比居麻早。

居麻终于有了怨言。一天夜里，新什别克过来喝茶时，两人严肃地谈了很久。果然第二天就见效了：新什别克下了狠心，直到六点还不见踪影！那时天已经黑了很久很久了……我和热合买得罕顶着寒流，一遍又一遍地往沙丘上跑，怎么也看不到一点点动静。居麻感叹道："明天让他入党吧！"

往下的日子里，这两人较着劲地晚归。等回到家，都冻得跟一截木头似的。

冻成了一截木头的居麻，一碗接一碗木然地喝茶，半天不吭声。

这一天，尤其地冷，哪怕紧傍着炉火，呼吸间仍是浓重的白气。后来，这家伙大约缓过来了，突然俯身过来扯着我的外套袖子，开口道："是新衣服吗？"我说："不，穿了五年了。"他便非常吃惊的样子，啧啧不已。

然后他又扯着自己身上半旧的军便装说："这个嘛，两千，十年的！"——我乍听之下，以为是两千年买的，穿了十年了。连忙说："哎呀，穿了十年还这么新啊？质量可真好！"

他一愣，生气地说："哪里的'十年'，三个月不到！"

原来，"两千十年"的意思是"2010年"。

如果只是才穿了三个月的衣服，那看着未免也太旧了……

他又指着嫂子的紫红色长大衣——我前两天刚为她奋力洗出来——说："这个，才穿了一年，还是两百块钱的东西！"我不吭声，我这件棉服才一百多块钱。

当时给嫂子洗大衣时，心里还想：也不知穿了几十年了，脏成这样！

却不知道，这衣服那才是第一次下水。

洗出来的那水，跟巧克力浆似的！清第一遍的水像老抽一样，清第二遍的水跟酱油一样。估计第三遍才能清出生抽来。但当时已经洗了两个多钟头。（总共也就洗了四件衣服，一件比一件沉，一件比一件厚，拧都拧不动……）实在没劲了。手泡得皱皱巴巴，水也不多了。便只清了那两遍。

这边，居麻还在愤愤地发牢骚："一年一件，衣服没有了，两百块！两双鞋子没有了，一百块！里面的，外面的，上面的，下面的，你的，我的！全都没有了，算下来多少钱？！天天放羊，早早地出去，晚晚地回来，结果这个样子！"——意为如此辛苦地赚到的钱，却如此不经用。

我不知如何安慰。想分享几招保护衣服的方法，刚开口又想起这几招只适用于定居的生活——较轻松的、稳定的生活。

但又怎能说大家不爱惜物品呢？衣物总是补了又补，鞋子没有一双不曾打过补丁。穿坏的衣服就剪开，拼补成大块布料，缝成结实的大包搬家时使用，或给骆驼做外套。或裁成条儿，编成结实的绳子。鲜艳颜色的衣服则剪出花样子缝进花毡。衣服的碎片也剪成均匀的小布块，再细细拼成斑斓又结实的一整幅百衲布，用来缝制坐垫或布袋……总之，一件衣服被淘汰后还要在这个家中存在很长时间，才一点点消散。

一只补得实在没法再补的鞋子也不会扔掉。居麻剪下鞋面压在花毡下，压平后，将来用它在另一双鞋子上打补丁。

一只豁了口的铁勺，就将完整的勺柄拆下来，用铁皮固定在一只搪瓷碗上，使之成为一个完好的勺。

破了的塑料方壶，把破的一面剪开，成为方盆，喂狗喂牛。

连一只喝过饮料后的塑料瓶也舍不得扔掉，不辞辛苦带进了冬窝子，装了这个又装那个。一次盛了牛奶后，夜里上冻了，倒不出来。加玛就把瓶子放在铁炉边烘烤。一不留神火烧得太大，瓶子烤瘪了，整个儿深深凹成了"C"形。但仍然不扔，换成装葵花籽油。

在南下的搬迁途中，新什别克的打火机坏了。结束了一天的劳动后，两个男人在荒野漆黑的深夜里打着手电筒，商量着修了半个多小时。拆了又装，装了又试，始终无果。我以为新什别克会扔了它。结果两天后到达目的地后，他又取出来和聪明人居麻商量着继续修。而那只是一只一块钱的一次性打火机而已。

就算这种一次性打火机的气全用完了仍然舍不得扔掉。等下次另一个打火机坏了，就拆了这个的好零件换下那个的坏零件……之前，我一直以为这种打火机坏了就直接扔了，没想到还能修好。

尽管如此节省，一切还是在迅速流经这个家庭，像水一样。无论被这水如何地冲刷，这个家似乎始终一成不变，稳固结实。

可我还是看到这水正在日夜不息地悄悄带走一切。

结束搬迁，一切安置妥当后的第二个礼拜，居麻突然说："音箱坏了吗？怎么声音不对？"加玛把音箱掉个头晃两下，居然从缝隙处倒出了一大堆碎草。她又把音箱拆开，里面还有一堆！

搬家时，这个音箱正好扔在汽车上的草堆里。

我问："为啥把音箱和草放在一起？"

居麻说："谁知道它也是羊呢，谁知道它也要吃草！"

搬家的车是一辆农用轻卡。除了日常家私，还堆了两家人的十几袋冰块和几十袋饲料、粮食。到了地方，不仅音箱倒了霉，大屉锅也给挤瘪了，嫂子的一瓶桂花头油也给颠破了。然而这样的损失和以往相比，简直微乎其微。以往大多用骆驼搬家，行走缓慢不说，骆驼这家伙走路一步一耸的，各种物什堆挤在驼背上，沉重地互相磨挤。如果走山路的话,还得不时在路过的岩壁上碰来撞去。于是每搬一次家,都会损失许多东西。

对于动荡的生活来说,这些都是很正常的。加之艰辛繁重的劳动,便更正常了。于是再好的衣服也穿不了几个月,再结实的绳子也用不了两年。

最结实的绳子是牛皮绳。它能使用两年,制作时间却将近一年。

夏天宰牛后,剥下牛皮晒干。用小刀将硬邦邦的一大块整牛皮一圈一圈地割成寸把宽的长条,连起来约几十米长。然后垫在石头上,用榔头将其又敲又砸,再用双手反复挤、揉,使之勉强初步软化。到了秋天,羊群从山区转移到开阔无碍的南面牧场上后,牧人便把这长长硬硬的皮条拴在马鞍后,整天拖着它到处走。这也是为了揉皮子,让大地去锻打它,使之渐渐薄软。这样的劲,双手及其他器具是使不上的。在秋牧场和冬牧场上,几乎每一个穿过大地的骑马人身后都会拖着这样一条长长的绳子。

漫长的冬天里,牧人不时将其取下来,垫在石块上用榔头一寸一寸地砸打,使之进一步软化。再抹上羊油,绕在柱子上用力来回抽拉。如此反复,等耗到春天,它就足够柔软了(其实还是很硬,只不过较之最开始的状态好多了,可以稍微地扭动弯曲)。等到了春牧场,牧人将其剪成较细的四股或五股,编成手指粗辫子状的圆绳。这样它就更柔软,更富于弹性,并且更结实了。这才终于能投入使用。

我说:"太不结实了,只能用两年!"

居麻说:"你家卖的塑料绳,八毛钱一米,两个手指粗，能用三个月！"

同样，被这样的生活磨损的还有健康。长年的艰辛劳动，令居麻和嫂子一身病痛，有时痛得路都走不成。于是两人整天把阿司匹林和去痛片当饭吃，一天四五遍，一次两片。据说已经连着吃了五六年了！

我严肃地告诉大家：不能再这么吃下去了，得正规地治疗。

居麻无奈地说："治？咋治？去治病了，羊咋办？不放羊的话，哪有钱治病？"——听来毫无希望似的……

服下阿司匹林或去痛片不到半小时，疼痛立刻消减，令大家很满意。几乎每一家牧民都大量备有这些便宜药，很让人揪心……

有一天居麻突然鼻血流个不停。我想以个人的经验帮他止血，可他不干，说头疼得很，血流出来就不痛了。于是，每到血稍稍止住，他就用力擤鼻子，强迫其继续再流……看得人心惊肉跳。

我觉得肯定与服药过量有关。他也承认，昨晚膝盖疼得厉害，便起来一气吞了四粒去痛片。

我痛心疾首地说："再别吃了！那东西不好！"

他说："对，去痛片不好。还是阿司匹林好。"

我连忙说："阿司匹林也不好！"

他说："豁切。"再懒得理我。坐在床沿上，垂着头，继续有气无力地流鼻血。

除了沉重的生活压力，威胁健康的还有不当的生活习惯。我看到女人们总是一洗完头，就把湿头发紧紧地编成辫子盘起来，再出去到冰天雪地里干活。而且还总是湿着头发睡觉。

嫂子洗澡时让我帮着擦背，居然要我用洗衣粉往她背上抹！抹完后也不清洗（水太少），直接用湿毛巾把泡沫擦去，就穿衣服了。这不烧皮肤吗？身上不痒吗？其实我觉得她背上一点也不脏，皮肤细致又光洁，倒是洗衣粉把她给弄脏了……

每天晚上，嫂子结束一天的劳动后，就哼哼唧唧爬到花毡上让我给她按摩。尤其是小腿处，我用脚尖轻轻一踩她就痛得叫出声来。居麻爱捣乱，见状一把搂住她，装作给她擦眼泪，还用汉语哄道："别哭，马上就好了，马上好了，坚持一下……"从电视里学来的。

等他也因腿疼而一瘸一瘸地爬上床躺倒时，大家却都悄悄地不吭声，稍微说点啥都会惹他心烦。

连十五岁的扎达也天天嚷嚷着这痛那痛。还咳嗽个不停，咳声很浑浊。

只有加玛高高兴兴的，说："我没病，我是好的！我这样——可以！"她把胳膊高高地举起。

"这样——可以！"弯腰用手去握脚踝。

"这样——也可以！"整个人蹲下去窝成最小的一团，再轻盈地展开，跳起来。

这些简单的动作，是夫妻俩做不到的。

但加玛其实也不健康。她和嫂子一样，指甲凹凸不平，扭曲得厉害。没办法，一年到头也吃不了多少蔬菜，还都不是什么新鲜的蔬菜，更别提水果了。

前来收购牲畜的老板对我发牢骚：你看你们城里人，四十多岁还和我们二十多的人一样！你们这些天天坐在房子里干活的人，哪会有什么病呢？……我无话可说。

当然了，被磨损的还有青春。

加玛把自己和爸爸共用的一个红脖套剪出三个洞，做成打劫帽的样子，只露出眼睛嘴巴，天天戴着去放羊。即便这样，一天下来，颧骨上还是给吹得通红。她的肤色本来很白，有了这两团红，倒是分外活泼动人。可到了二月下旬，这两团红渐渐褪成了两团深红，以至成为酱色。渐渐地，整张脸都黑了。她照着镜子伤心地说："不好！冬天不好！"

加玛变黑是因为天天在外放羊、吹风。那么我呢？每天就干些房子里的针线活，顶多出去背几袋雪，赶赶牛羊，散散步。一个冬天下来，也黑得一照镜子就伤透了心。最惨的是，还长了一把胡子。

我发现，牧业上的孩子，小的时候总是显得比实际年龄小；一旦长大了，又总显得比实际年龄大。如此缓慢的成长，如此迅速的衰老。

远不止这些，渐渐变样的还有孩子们的心。

牧民寄宿学校除了校服费，其他全免，从书本到住宿再到伙食，免得非常彻底。也就是说，送一个孩子去上学，相当于减轻了家庭的一份负担。除了像加玛这样的情况外，几乎没有孩子辍学。

但这也造成了一个后果，使孩子们和家庭，和传统生活、民族氛围隔绝开来。上学后的孩子，变化非常明显。他们一年只能回家一两次。每次回家，家长都能感觉和上一次不一样了。

大家围聚一起看电视时，大人们喜欢看打打杀杀、热热闹闹的片子，孩子们却喜欢表现现代生活的时装片。

在表达惊讶、沮丧等情绪时，大家都说："安拉！"小姑娘努滚却和汉族人一样，说："哎呀！"

努滚还会突然来一句汉语："笑什么笑！"发音相当标准，让人大吃一惊。一想，肯定是脾气不好的汉语老师的口头禅。

我问孩子们长大了都想做什么，扎达说要当个修理工。几年前他只想开个修摩托车的铺子。年龄越大，野心也越大，如今想修电脑。

加玛透露，想出去打工，想穿得漂漂亮亮地走在城市大街上，过独立、新鲜又时髦的生活。为此她努力地学习汉语。

隔壁两个孩子嘻嘻哈哈，回答不上来。不过他们聪明又快乐，乐于表现，喜欢热闹，大约也不会安心于这寂寞的生活吧。

还有牧人的心。

我家在阿克哈拉生活多年，那里的井水碱化程度一年比一年严重。加上商店多，竞争大，生意越来越难做。我和我妈一直商量着换个地方生活。不久前阿克哈拉西面三十公里处新建了一个牧民定居新村,也就是邀请我去当"村长助理"的胡木吉拉①村。那里位于乌伦古河北岸,靠近几座大沙丘。据说刚刚开垦出七千多亩土地,预计迁入一百二十户人家,统一的安居房都已经盖好了。我和我妈骑摩托车过去打探了好几遍。虽然那里还没入住几家人,情形荒凉又干涸,但其他还算满意。居麻得知消息后,便跑去劝我妈打消这个念头。他说,那里毕竟是一个凭空冒出的新地方,以前从没有人在那里住过,好不好现在还说不上,还是再等两三年吧。还说:"没有草,没有水,没有电,啥也没有。去干啥呢?"

尽管如此,他自己也不是没想过定居。这家伙口口声声嘲笑农民太穷,日子狼狈又局促,有时却也会感慨地说,如果能靠种地种草料喂牛喂羊的话,不用这么搬来搬去地迁徙也挺好。

有时聊到东面沙丘上的那个铁架子。我问他,如果地下真有石油,真要开采的话,他肯定会得到牧场赔偿金的。从此不必放羊了——这是好事吗?他说,当然是好事啊。又说,就怕开采遥遥无期,自己等不到那一天了。还说,如果有了赔偿金,就赶紧先买一辆车,在乡间跑运输。他说:"要不然咋办?打工的力气活又干不了,老了。开商店吧,又没经验。"

买汽车的确是居麻长久的愿望。而且,说不定车也会吸引住独子扎达,把他留在身边。

后来才知道,就算不靠开采石油的赔偿,政府退牧还草

---

① "沙子很多"的意思。

的赔偿也足够他买车过日子了。长久以来他也一直在期待这个政策的落实。

对于懂些汉语的访客,我总会问同一个问题:你觉得定居是好事吗?回答全都是肯定的。但他们又全都表现得那么茫然。

来收牲畜的生意人则直接说:"定居当然好!但哈萨克都完了!"我不能理解,请他解释。但他只是从医疗和教育两个方面说明了游牧的弊端,却并没有解释"哈萨克完了"是什么意思。

无论如何,生命需要保障,世人都需要平等地受用现代生活。一定要定居,羊群一定要停下来。不只是牧人,连大地也受不了了——羊多草少、超载过牧的状况令脆弱的环境正在迅速恶化。

但是,草畜平衡,这是牧业生产的一个基本道理,也是牧人们自觉恪守的古老准则。是哪里出了问题?是什么导致失控?……想来想去,大约是我们每一个人的心最先失控了。每一个人,每一个在餐桌上吃半份羊肉剩半份羊肉的贪婪又狂妄的人。

总之接下来,一定得把羊群拦截在南下的途中,使之停留在乌伦古河一带。一定得承受河流截断耕地透支的代价,以及彻底离开羊群后,荒野失去活力,渐渐退化乃至沙化的代价[①]……无可避免。羊的数量继续理直气壮地增长,世人

[①] 这种情形与内地大部分自然环境恰恰相反。在内地那些温暖湿润的野地里,如果没有大量牲畜的影响,野生植被可能会更旺盛。

更加理所当然地浪费。不知再怎样说下去……

总是有人说，今年是羊群进入冬窝子的最后一年。那么，这些最后的情景正好让我遇见……我不认为这是我的幸运。

这天晚餐时，胡尔马西又来请教手机问题。突然间他打开了一段视频，引起了所有人的惊奇。居麻说："手机也能看电视吗？"其实是一部外语片的片段，没人听得懂，内容也没头没脑的。但所有人紧紧围在一起盯着手机瞧了半天，津津有味。连正在拉面的嫂子也忍不住三下两下迅速把面扔到锅里，赶紧凑过来看。

有时看哈萨克语频道的电视购物广告时，大家也为那些小巧又神奇的电子产品及天花乱坠的广告词惊叹不已。并反复问我是不是真的，是不是城里的人，人人都使用这些东西。

我不知怎么回答。我也不太明白这样的世界，却知道这不是正常的。

冒着大雪清理羊圈的嫂子和新什别克，弥漫呛鼻的驱虫剂气味的地窝子（居麻给羊群打杀虫药之前会在家里反复调试喷壶的喷头），层层加固、重重包边、千针万线缝成的新花毡……这些又是正常的吗？

居麻躺在床榻正中央抽烟，加玛枕着他的膝盖，大声念一份哈萨克文报纸。嫂子则从另一侧躺在他怀里，蜷着身子认真地听，眼睛明亮无比。居麻被两个女人环绕着，也十分享受。如果有烟灰落在嫂子头上，就轻轻为她弹去。地窝子外，大风呼啸，天窗哗哗作响。似乎有人在风里努力大喊：息怒吧，请息怒！

那张报纸上的消息是关于青格里县一个叫阿比包的老人抚养了十来个孤儿的故事。居麻听完久久不语，情绪有些消沉。半晌对我说："哪里还有不要的娃娃？我和你嫂子也去捡一个……"

我说："扎达长大了，结婚了，生下的第一个孩子你们会要吗？"——长孙过继为幼子，这是哈萨克古老的礼性。

居麻说："当然要啊，为什么不要？"

我说："那再等六七年就有自己的娃娃了，不用去捡！"

他黯然道："六七年后，我和你嫂子还在不在啊？"

三十二　一起去放羊

到了二月，"长的短了，短的长了"。地球自转的角度悄然偏斜，冬天缓慢地退潮。加玛也将全面接替爸爸出去放羊了。而之前，只在爸爸不在的时候或生病的时候帮着放几天。

她苦着脸用汉语对我说："放羊不好！脸黑黑的，肚子饿饿的……"

虽则哀叹，却并无逃避。整天盘算着轮值的日子，并为之准备了好几份内容有趣的哈萨克文报纸（反复看过好几遍后，精心挑选出来的），以便到时在马背上阅读。还把手机充饱了电，准备一路上听歌。又让我给她写一首汉语歌词，到时候背诵、学习。我想了想，写了首旋律轻快简单的台湾校园歌曲《兰花草》。并一个字一个字地教她拼读，讲解意思，还标注了拼音。

她发愁地问："还要带什么呢？"

我说："带几块奶疙瘩去吧，饿了就吃。"

扎达说："再带上饼干、糖……"

我："再带上暖瓶、碗……"

扎达："再带上餐布……"

我："再带上锅、面粉和菜……"

扎达："再带上被子……"

我："还有毡子和房架子……"

扎达："牵一峰骆驼去……"

……

我俩打趣个没完，加玛则不停地说："豁切豁切豁切豁切……"

其实人家加玛从十四岁开始放羊，才不怕吃苦和寂寞呢。往年没有邻居新什别克一家，居麻又要忙各种重活，放羊的事几乎全落到这个姑娘肩上。只不过今年天气好，人力足，这姑娘休息的时间太长了，一时有些不太适应。

到了那一天，姑娘把爸爸的全套装备披挂在身，厚墩墩地上路了。

这天，在家的人们开始清理羊圈。为此居麻一大早就起来磨铁锹，用一块薄薄的磨刀石把所有的铁锹锹刃都磨得锋利极了。

天气暖和了，风很大。往日冻得结结实实的粪层悄然化开了，踩在羊圈里软塌塌的，非常潮湿。得把湿的一层（近一尺厚）挖去，否则羊会生病的。

同样是粪层，和初冬刚到时挖的那一层不一样。那次的羊粪层被夏天和秋天的太阳烘烤了大半年，又干又硬。得用铁锹一层一层地撬起。而眼下的软得没法撬。得像切豆腐（当然，比豆腐还是硬多了）那样，用尖头锹竖着切成一块一块的，三十公分见方。然后再齐根铲起。由于这样的粪块非常湿润沉重，无法用铁锨运输，大家便一块一块地抱着挪开。再用它们把羊圈加高了半米多，以应付即将到来的大风季节。

湿粪块实在太重了，李娟抱不动，便被安排去牛棚里清理前夜的湿牛粪。而牛棚的天窗又太高、太窄，怎么也扔不出去。铲一锨牛粪，瞄准半天，憋足劲一扔，总会原样掉回来，落一脑袋……只好一锨一锨老老实实地通过牛棚门往外运……累得啊！不由想到在外面放羊的加玛，此时一定正好端端地坐在马背上，一边听着手机里的歌，一边看看报纸，还哼着《兰花草》……天气这么暖和，大太阳照着，肯定舒服死了。

就在这时，一回头，加玛回来了！正在门前空地上系马。岂有此理，还不到两点呢……

居麻撑着铁锨休息，隔着羊圈墙平静地冲我说："她肚子饿了。"

嫂子连忙离开劳动现场。一边脱脏外套，一边紧跟着她回家，要为肚子饿的女儿布茶切馕。扎达和胡尔马西也赶紧扔了铁锨去接替她赶羊。我爬到沙丘上往东面看，羊群在旷野上从北到东，散得很开。

我和加玛都不喜欢吃炒杂碎。每次炒出来，一大盘几乎全都装进了居麻一个人的肚皮。这家伙还边吃边说："加玛嘛，现在是不吃。要是让她去放一天羊，晚上回来，这样一盘子，她一个人还不够！"

果然！这姑娘放了羊就胃口大开，一碗接一碗地喝茶，一连泡了四五块馕。边吃边哀怨地说："羊饱了，我饿了!"

我说:"没带糖去吗?"

她沮丧道:"糖嘛,妈妈给了三个。走了一百步,就没有了……"

剩下的小半天,羊就被扔在那儿了。这姑娘洗洗弄弄,绣绣花,扫扫地。临近黄昏,居麻自个儿套上马,前去把羊赶了回来。

尽管只完成了全部劳动量的一半,当天晚餐时,嫂子还是特地在汤饭里为女儿单独煮了一块肋骨肉。盛的时候,端正地摆在她的碗里,引起了扎达的冷笑。而往常的晚餐,嫂子总是偏心儿子的。

但再往后,加玛每天统统都那个时间点回家。但每次只休息一个小时,再返回去接着放羊。

居麻说,天气暖和了嘛,羊群开始在沙窝子附近活动,牧人不用再紧跟着羊群了。

刚来的那两个月,两个男人每天都会把羊群赶得很远很远,一直赶到牧场的边缘。等四边的草全吃得差不多了,再一天一天逐渐缩短牧放距离,把羊群往腹心区域赶。我猜这样做是为了保护草场——和邻牧场又没拦铁丝网,边界不甚明晰。如果一开始就在驻地附近吃草,再慢慢往外扩散的话,边邻地界的草场也许会被邻牧场的羊入侵。

所以,越往后,放羊的工作也越轻松——不用长距离跋涉,还可以随时回地窝子休息进食。最重要的是,白天越来越长,天气也一天比一天温暖。于是,居麻才放心地把放羊的工作交给了女儿。

二月底风和日丽的一个上午,我赶完小牛,独自走在雪地中,迎面遇到骑马而来的加玛。她大声对我说:"李娟,放羊去吧?"

我心里一喜,却又沮丧地说:"没穿衣服!"因为赶牛的路途不远,我只穿着一件长羽绒衣和一件长马夹。虽然戴了帽子却没系围巾。并没有做好长时间待在户外的准备。

她说:"没事!不冷的嘛。"

我一想,也是啊,这两天突然非常暖和。加玛也脱掉了往日放羊离不开的皮大衣,今天只套了件嫂子的褐色长棉服。况且等到了中午会更暖和的。便赶紧跑上前,抱着马鞍爬上马,坐在她身后。马儿扭着屁股,踩着愉快的鼓点前行,我们大声唱起歌来。这时有一大群马踏踏奔腾过西面的旷野,我们又一起欢呼。羊群正静静地移动在北面远处的沙梁下。

走了好一会儿我们才赶上羊群。羊群虽然行走时挤成一团前行,可停下来吃草时,就只顾埋头大嚼,四下散开了。牧羊人负责不时地聚拢它们,并引导它们去往新的草地,免得总是原地打转,在啃过的地方反复啃了又啃。

我们不时下马,坐在雪地上听手机里的歌,观望羊群的动静。我想,原来这就是放羊啊,的确没啥意思……

这时,远远地有骑马人赶着几峰骆驼从东往西奔去。我们看了好一会儿。后来那人停止了追赶,勒停马,也长久地往我们这边看。并渐渐调转马头,丢下骆驼向我们走来。

等走到近旁一看，原来是昨天见过面的一个老头。当时他来我家地窝子喝茶，还问我有没有看到他的骆驼——真是太看得起我了，我连我家的骆驼都不认识。

看来，他的骆驼总算是找到了。

这个老头是附近牧场的邻居，这个冬天到我们的沙窝子拜访过两三回。因此还算熟悉。记得有一次他问我："你们汉族是不是要过年了？"那个哈萨克语的"过年"一词，我怎么也听不懂。他便解释如下："就是，这样的，那样的，全部的好吃的，都摆在一起，随便吃！"我便一下子明白了，大乐。

当时我正在捻纺锤，给一团蓝色毛线上劲。然后再合作三股捻成粗线。这一行为令他激动不已，拼命夸我能干，是个好姑娘，还邀请我去他家做客。说他家在西北方向，非常近，骑马就半小时的路程，走路的话一个小时。还向我介绍那里共有三家人。他自己家有三口人，一个老伴，一个儿子。

他离开后，居麻不怀好意地说："小心点！他的儿子还没结婚。"

我却对这个老头很有好感。他外套破旧，态度殷勤，小心翼翼。他的马儿也老实巴交的，右眼是瞎的。

不知为何，加玛对待此人却始终态度冷淡。此刻，面对这人的问候，只是淡淡答应了一下。也不起身，也不抬头，仍旧坐在雪地里摆弄手机，一首接一首地换着歌听。老头下了马，在加玛对面坐下来。两人长时间一言不发。羊群静止不动，两匹马儿互相闻闻鼻子，再各自啃草。加玛自顾自地玩着手机,他一直默默地看着她。

如此沉默相对了好一会儿,骆驼渐渐走远了,他才起身告辞上马,欲要离去。这时加玛才像是突然想起来什么似的,抬起头问了他一句什么。于是他骑在马上,认真地回答了许多。又等了一会儿,看加玛真的再也不说话了,才重新告辞。转身策马朝骆驼追去。

放羊真的是寂寞的。

当我们把羊群继续赶往北方的时候,看到另一群羊从东面过来了。这可是我们的地盘啊!我问加玛怎么回事,她停下来凝神看了许久,说:"不知道。"

过了好一会儿,赶羊的小伙子才出现在视野里。他一看到我们,就立刻调转马头向我们跑来。我们勒马等待。直到离得很近了,加玛才认出他来,主动打了个招呼。我一看,这小子的脸被围巾、帽子捂得严严实实,只露出了眼睛那儿的一条缝。真奇怪,今天又不冷,何必如此呢?

再一想:对了,这个季节的风最毒,年轻人当然要臭美了,怕吹黑嘛。

可等他走到跟前,解开围巾和我们说话时,我一看——已经黑得不见天日了……

他年纪还小,看起来不到二十岁。他的羊群要抄近道经过我们牧场,特地过来说明一下。说明完毕,又东拉西扯说了许多,迟迟不愿离开。还问道:"你们要去哪里?"

此时我和加玛已经离自己的羊群很远了,她打算和我顺路去那块红色的老墓地看看。我们慢慢往那边走,男孩也一直跟着，一路上一声不吭。就算不明白我们俩去那里干什么，也不过问。我们三人走到墓地近前，勒马静静地停立了一会儿。风越来越大，风声像大江大河的轰鸣一般，我们静止在河流深处……我回头看到那男孩的羊群越走越远了。他却一点也不急着赶回正道。

等我们开始往回走时，才看到我们的羊群也正在慢慢往西北方向蔓延。再不赶的话，两支羊群就混到一起了！男孩这才策马奔过去。我们也赶紧跑过去帮着大呼小叫地吆喝，忙活了好一阵。

要分别时，他又问我们了一遍："你们要去哪里？"恋恋不舍的样子。

告辞后，我问加玛："是对象吧？"

她大笑："豁切！"却解释说是"弟弟"。可能是远房的亲戚。

此时已日过中天，我们出来两个多小时了。我只穿着一件羽绒外套，没戴围巾，渐渐地越来越冷，肚子也开始咕咕叫唤。我们下了马，徒步走在雪地里。羊群没有变化，仍埋首仔细地啃草。枯草稀稀拉拉的，得啃多久才能填饱肚子啊！风声呼啸，手机里的音乐纤细又执着，加玛就着这音乐跳起舞来。我抬头环顾。在跳着舞的加玛之外，我和马儿之外，羊群之外，满目的天空，流云，白雪，黄沙。再无一物。心想：原来这就是放羊了。

三十三　串门去

进入二月后，白天越来越长，天气一天比一天暖和。当我们迎来冬牧场上第一拨正式拜访的客人阿孜拉和她的妈妈后，也憋不住了。在当天的晚餐桌上大家商量着列出了一份计划表，开始挑选合适的日子陆续出门拜访邻居。先由年轻人开始，然后是嫂子，接着是居麻。

其实早在一月，我和加玛就说好了二月一起出去串门的事。为什么非要二月不可呢？因为，若是十二月和一月的话，白昼一晃而过，哪怕去最近的人家拜访，也未必能当天去当天回。又不能走夜路，夜里有狼。

我很早就开始期待这趟行程了。期待的同时却发愁没有像样的外套，都脏得不像样子！脏得洗都没法洗……随着二月的一天天来临，大家也替我着急起来。我决定穿我的皮大衣，虽然臃肿不合身，毕竟是干净的。大家都说："豁切，又不是去放羊。"太邋遢了。

我又想穿我的短羽绒衣，因为它是深色的，不太显脏，而且合身又利落。大家说："不行，太冷！"

我说："天不是已经热了嘛。"

加玛用汉语说："去，热。回来，冷。"——回来的话，太阳就西斜了，温度迅速降了下来。

居麻大方地说："行啦行啦，我的衣服借给你吧！"

我伤心地说："豁切！"

终于到了出门那一天。一大早加玛就提醒我，一定要穿刚洗过的那条裤子！

这天她洗脸的时间格外漫长，然后又足足打扮了半个小时。

我坚持穿我相对体面的那件短羽绒衣上路。大家七嘴八舌地表示反对。我只好妥协，把肮脏的长羽绒衣套在短羽绒衣外面。依大家说的，一到地方就赶紧脱下来塞在马鞍后。

本来这天打算去北面牧场拜访加玛的一个同学，但因一时找不到散养在外的坐骑，耽搁了些时候。等备好了马要出发时，突然东北面沙丘上出现了两个骑马的人——走近一看，正是那个同学和她的妈妈！今天真不愧是最适合串门的一个日子啊。两人真不愧是好朋友，想到一起了……

于是我们又卸了马鞍，脱去衣服。大家把客人迎到地窝子里亲亲热热地叙话。嫂子去毡房割了一块风干肉，为客人蒸了手抓饭。

送走客人后，已是半下午了。大家在赶牛之前摆开餐布重新喝茶，还开了个会。这回决定第二天改去西面牧场上加玛的一个远房兄弟家。那里也很近，骑马只需一个小时。

第二天，赶完小牛后，加玛继续花大半个小时洗脸、打扮。这回我们顺利出发了。我还是长羽绒衣套着短羽绒衣。

323

郁闷的是，短羽绒衣虽短却宽松，长羽绒衣虽长却瘦窄，为了能把胳膊挤进长羽绒衣外套袖子并且合上胸前的拉链，我折腾了老半天。

两人一路向西，走到旷野尽头的沙梁时，又沿着沙梁折向西北方向。渐渐走到两座沙丘间的豁口处，那里有明显的两条汽车辙印。我们拐上汽车路，在起伏的沙梁间走了很久。又渐渐离开车辙，继续向西。

每当小路带我们走向高处时，加玛就为我指向大地的各个方向。详细地告诉我哪个地方住着谁，谁又是谁，谁和谁有什么关系，谁的谁离此地多远……说了许多，似乎这片大地其实也是热闹的。可举目四望，苍苍茫茫，空无一物。

走着走着，脚下的小路越来越清晰，牲畜蹄印越来越密集、匆忙。渐渐又行至高处，这时我一眼看到前方沙丘起伏处有一小团漆黑的角落——到了！沙漠是黄的，雪地是白的，天空是蓝的。整个世界都是浅色的，唯有历经无数个冬天的这一小块人畜栖身地是深色的。像一小块镇纸，稳稳压在起伏动荡的大地上。于是在那团黑色之上，天空和大地的距离最远。

我们放慢速度靠近那里。我一心想的是如何在被人看到之前从紧紧裹在身上的脏外套里挣脱出来……那拉链可真难拉啊！……很不巧，还没到地方，就被人发现了。先是两个孩子站在门口呆呆地张望。他们渐渐认出加玛后，大喊一声，欢乐地奔跑过来……

那时我们已经走到沙窝子一侧的平地上，那儿栽着粗粗的马桩。我下马后，尽量若无其事地狠拽拉链，挣扎了好一番才脱离那件又脏又窄的外套。但孩子们毫不在意，一声不吭充满期待地看着我们系马、整理衣物和头发。当我们收拾妥当向地窝子走去时，孩子们又赶紧冲在前面，提前为我们开门。看我们走得慢慢吞吞，又从门边冲回来，陪我们一起慢慢走。等走到地窝子近前，再次冲上前开门。从头到尾，大家不说一句话，只是不停地笑。

这家的地窝子很深，进了门还要下三级台阶。但是非常大。一进门的两侧和对面床榻后砌有宽宽的土台，用以放置厨具和被褥。灶台也是泥巴糊的，方方正正，宽宽大大，一侧还镶了烤箱（这样就不用在羊粪堆里烤馕了）。整个房间整齐、干净又讲究。

屋顶的檩条上在铺干草之前还先铺了一层塑料布，使得这方空间更加封闭、少尘。不像我家，每当狗从屋顶经过，就有黑灰簌簌落入下面的茶碗中、餐布上。

加玛说，这个房子是新房子，只用了十年。难怪呢，而我们家的地窝子都用了二十多年了。在二十年前，这样宽大厚实的塑料布还比较少见的。

因我家的地窝子用的时间太长了，晚上睡觉时谁也不愿睡在上方的檩木正对着的那块地方，怕它突然断了砸下来……

话说这一家的地面上还铺了些红砖！灶台边还砌着一堵低矮的红砖火墙——而且的确是热乎的，不像我家的火墙，跟装饰品一样。看来这家人为了盖这个地窝子，煞费苦心。

光把这些砖搬运进沙漠就够折腾的了。他们盖房子的时候，一定是想着要在这里生活很多年。若往后羊群真的再不南下了……如此苦心经营的家被荒撂在大地深处，连我都觉得可惜。

虽然加玛千方百计地阻止了我只穿短外套的行为，她自己却坚持只穿单鞋上路。真臭美！于是一路上可冻坏了。一到地方赶紧脱鞋上床，躲到火墙后把两只脚紧紧抵在温热的红砖上烤。身上哆哆嗦嗦，嘴里唏唏嘘嘘。唉，谁叫她只有一双好鞋子呢……

房间里没有大人，大一点的孩子赶紧跑出去找人。没一会儿，就领了一个满脸笑意的矮个子妇人回来了。加玛立刻离开火墙，迎上去问候。两人先握手，再拥抱，左右吻面。加玛向我介绍："这是我的嫂子！"却又指着两个孩子说："这是我的妹妹！"……

这两个孩子，大的八岁了，看上去却只有六岁。小的六岁了，看上去却只有四岁。没过一会儿，在外放羊的大女儿回来了。加玛说她有十四岁，可看上去足有二十多岁……

老大莎拉古丽穿着军用棉大衣，脚踏胖毡筒，系着鲜艳的红围巾，满脸风霜。她不知家里来了客人，一推开门就懵了，面对满屋的人有些不知所措。加玛用汉语，以命令的口吻对我说："你，她们，照相的！"老二兴奋地冲姐姐嚷嚷："照相的！照相的！"我只好取出相机，不分青红皂白拍了起来。拍到第五下，老大姑娘才开始躲避："等一等，等一等！"然后冲进房间跳到床上，在土台上翻箱倒柜找了起来……要换好看的衣服。

在加玛和妹妹们的建议下,她穿上了一件红毛衣,红外套和咖色长裤。还换上了干净的白皮鞋。又把两个麻花辫拆了,梳成一只马尾巴——她的头发浓密茂盛极了!然后洗了一把脸,这才安心地坐在镜头对面,微微地笑着。手脚却不知该往哪里放。

很快,这个沙窝子里的其他邻居陆续过来问候客人。这里共生活着三家人,每家都有两三个孩子。其中一个家庭里有一个十五岁的姑娘,虽然和莎拉古丽差不多的年岁,却显得洋气、大方多了。还很有几分骄傲。走哪儿手里都拿着个魔方大小的插SD卡的粉红色小音箱,音量开到了最大。(这个精美的小东西显然引起了加玛的艳羡。但她也是骄傲的,便忍着什么也没说。直到回家后才向家人津津有味地描述了一番那个好东西,发誓到了秋天路过县城时自己也要买一个。顺便说一句,秋天南下卖完羊的时候也是给孩子们"发工资"的时候。加玛去年得到了五百块钱,在城里买了许多东西。她曾详细地向我汇报过当时的购物清单,并久久沉浸在当时的幸福之中。)照相时,她也最会摆POSE。加玛告诉我她是扎达的同学。不愧是同学,两人身上有许多相似的态度。

这个地方孩子真多啊!我数了半天也没数清……大家不停进进出出。每次进来都会领一个新孩子,而每张面孔都红红黑黑,极为相似……

人一多,加上有音乐,孩子们便纷纷起身跳舞。加玛嫂子家的老二姑娘跳得最好,活泼又轻盈。大家都只冲她一人鼓掌。六岁的老三姑娘很羞涩，没跳几下就缩回床上，无论大家怎么请求也不愿下地。那种羞涩，绝不是孩子气的羞涩，竟是女性的羞涩。

这时候才数清，共七个孩子。加上我们几个大人，眼下共十个人。

老大姑娘放羊刚回来时，孩子们的父亲还在房间里晃了一下脸。接下来就再没看到他了。加玛说，他代替女儿放羊去了。除了他和后来过来跳了会儿舞的一个上了年纪的男人（也是一晃而逝），这个沙窝子里就再也没有看到成年男性了，全是女人。

小男孩倒是有三个。看起来比女孩子们自在一些，话又多，又有主见，低声吵闹不休。而最小最黑的那个则坚决不合群。无论是跳舞，喝茶，闹哄哄地换衣服照相……眼下发生的一切似乎都让他生气。实际上呢，看得出，其实他很想加入……

大家正热热闹闹跳着呢，门一开，又涌进来一群人。一个非常美丽的年轻妇人抱着一个平凡的婴儿，后面跟着一对年长的夫妻。那对夫妻一进来就立刻加入了跳舞的人群，骄傲又优雅地跳起了"黑走马"。那个漂亮妇人也赶紧把婴儿塞给加玛的嫂子，跟着跳了起来。

然而三人的展示维持了不到一分钟就结束了。毕竟是大人啊，长时间出风头会显得失态。这段音乐一结束，他们心满意足地停下舞步，抚胸道谢。那对夫妻很快告辞，年轻的母亲则坐下来陪我们一起喝茶。

加玛的嫂子开始为我们煮肉——为远客准备美食，是不可缺的礼俗。在等肉出锅的时间里，邻居前来邀请。于是大部队转移到另一个地窝子。就是那个漂亮的年轻妇人的家，也正是那个任性的黑孩子的家。

这孩子是我在所经历的所有牧场上见过的唯一一个被家长惯肆的小孩，然而又是最有趣的一个。大家团团围坐餐布四周，只见他往餐布前站定（他五岁，年纪小，不上席），手指一戳，分别指向饼干、糖和奶疙瘩。于是他母亲每样食物取了一些打发了他。他捧着食物独自坐到角落里，呼呼啦啦，吃得虎虎生风！吃完后，再往餐布前一站，再指点一番江山……如是三四轮下来，他的母亲皱眉轻声道：够了！够了！……大约怕他积食，可能也觉得在客人面前很丢脸。这孩子一跺脚，当着客人的面发出愤怒的吼声。于是母亲只好再抓一把葡萄干塞给他，轻喝："就这些，再没有了！"

吃完葡萄干，他跑到厨房角落化雪的锡锅边，拎起水勺连雪带水舀了一大勺，咕咚咕咚大灌一通。抹一把嘴，略一思索，果断拽出橱柜里的一包餐布包裹的食物。解开，取出一块包尔沙克。再拖出一大块用羊膀胱盛装的黄油，用手指狠狠地挖一大块黄油，浓墨重彩地抹在包尔沙克上，如对待三世仇人一样，塞进嘴里狠狠地咬……吃完后踌躇三秒钟，又挖了一块黄油直接填入口中……接着再猛灌凉水……而我们这边，这么多人面对这么多的美食，吃得文雅又多礼。谁能有他那么恣意，那么享受呢？

这一家的地窝子偏小，却布置得非常干净温馨。床榻呈

L形，占据了房间一进门的对面和左手边。天窗也在左边。也砌有红砖火墙，横在房间正中央。有一块绣了一半的花毡搁在床上。我取过一看，针脚相当漂亮，颜色搭配得非常雅致。看来这家女主人很手巧。

席间，女主人又取出家里的影集给我们看。头几页有许多年轻姑娘的合影。令人吃惊的是，其中一个长发披肩的姑娘就是她！在我经历过的牧场上，几乎从没见过披着头发的哈萨克族姑娘。大家全都梳成一条或两条辫子，或在脑后拧一个简单的丸子。别说牧场上，就算是在乡间，披散着长发也会被看作是大胆而轻浮的行为。

可眼下，她被生活的河流带到这沙漠深处。结婚、生子、放羊、挤奶。她仍然年轻、漂亮，却已成为最庸常的妇人，最沉默的母亲。唯一的叛逆只在影集的头几页里插着。

她家角落里拴着一只小小的冬羔。吃饱喝足的儿子扯着羊脖子上拴着的绳子，强迫人家面朝自己站立。加玛又说："李娟，快，快！照相的！"他的母亲连忙冲过去给他擦嘴，理理他脑门上的三绺头发——他一共只有这三绺头发。我说："还有羊羔！"她又解下羊羔塞在儿子怀里。孩子这次再也没有躲避镜头。他抱着羊，竟有些害羞，完全失去了不久前的蛮横劲儿。

接下来又去了另一家地窝子。就是扎达的女同学家。她是刚才那对年长夫妻的大女儿，下面还有两个弟弟。做客的内容当然也是喝茶和翻影集。翻着翻着，居然看到一张多年前我拍的照片！主角是夏牧场上的可爱姑娘加孜玉曼。当年我拍完照后洗出了一张送给她。而她后来又转赠给这家亲戚。于是,这张照片便重新流转到了我的眼前。

刚铺开餐布喝了两碗茶,加玛嫂子就过来招呼,肉煮好了!于是大家起身,浩浩荡荡涌向加玛嫂子家。嫂子家的老二姑娘提着水壶侍候大家洗手,老三端接水盆。洗完手依次入席,大人一席,小孩子一席。煮的是风干肉。哎哟,香得啊……可恨的是,加玛这家伙吃得过分文雅,害旁边的李娟也不好意思多吃。

刚吃完,正轮流洗手呢,那个漂亮母亲就来招呼。原来她家也煮了一锅手抓饭,略表心意。大部队又马上转移到她家。刚吃到一半,扎达的同学又来打招呼:她家的土豆烧肉也出锅了!……哎哟这口福!难怪大家都喜欢串门……

相比我们的沙窝子,这三家人都很富裕、讲究。但公用羊圈却实在不咋样,围墙歪歪斜斜,高低不平。有两家冲的奶茶都很淡,大约牛少奶水少吧?还有一家只有黑茶,可能他家就没有产奶期的牛。但这三个家庭餐布上摆的食物非常丰富,除了馕块,还有各种干果、奶疙瘩及油炸的各种面食。

不知为何,加玛嫂子家的二女儿格外亲近我,到哪里都搂着我的胳膊不放。像块黏糊糊的小蜜糖,让人心生柔情,却不知如何去爱她。于是不消加玛提醒,我拼命给她拍了许多照片,比任何人都多。

遗憾的是,今天出门时一着急,忘带新电池了。旧电池很快用完了。大家比我还要急,于是加玛嫂子把墙上的挂钟后的电池取出来给我，约照了十张（大家使用的都是廉价的电池，电量不高）。漂亮母亲把孩子玩具冲锋枪里的电池掏出来给我，又照了十张。扎达的女同学把他爸爸的刮胡刀里的电池也赞助给我，又照了十来张……好吧，我这一走，大家的日子可怎么过啊——表也停了，枪也不响了，胡子也刮不成了。真愧疚。

离开时，所有人簇拥到马前送我们远去。在众目睽睽之下，我装作若无其事地拼命往脏得发亮的窄外套里钻，心里懊恼得要死。

对了，加玛嫂子家还有一只猫。进不了门时，它就爬到屋顶的烟囱洞边[①]探头喵叫。孩子们便赶紧去给它开门。真聪明啊，不像我家的梅花猫，进不了门时只会蹲在门边，无论再冷也不吭声，默默等着经过的人帮忙。

回到家后，我把猫的照片回放给大家看，大家说："萨依娜的猫！"我仔细一看，果然很像呢！都是双眼皮、花鼻子。

接着又翻到所有人跳舞的画面。大家惊呼："孩子真多！"

居麻生气地说："管计划生育的是他们的亲戚。随便生！不罚款！"

[①] 为防止因烟囱过烫而导致屋顶的干草和檩木起火，烟囱周围一般都套有铝制的锅篦子隔热，上面有许多窟窿眼。

三十四　新邻居

二月中旬，在一个下雪又降温的上午，十一点左右，我刚刚赶完小牛回来，就看到西南面荒原上遥遥过来一支驼队。心里一阵激动，转场开始了！羊群开始北上了！

从此，天山以北广阔大地上的羊群像退潮的洪水一样，随着雪线的向北收缩①而不断向北推进。再过不久，我们也快要离开沙漠了！

我们一起站在西面沙丘上注视着驼队的靠近。居麻说：可能南面的雪已经化完了。

他又说："没有雪，就没有水，不走不行啊。"

然而，连居麻也没料到的是，这支驼队并非仅仅路过此处。他们从远方走来，对直进入了我们的沙窝子。并且驻扎下来，一直停留到我们也离开的那一天。

从此，我们沙窝子又多了一家人。多了一顶毡房，一对年轻夫妻，一个年轻小伙子，两个小孩子，两只狗和一只猫。还有一大群羊，一大群骆驼和两头牛。

当我看到了一整个冬天再没见面的胡仑别克时，才知道

---

① 南北有温差，化雪的时节不一致，是从南到北渐次融化的。

原来是他家。他家牧场在西南面,距此骑马两天的路程。和我们一样,也是南下时汽车搬家,北上时驼队搬家。作为他家亲戚的新什别克一家似乎早就知道这个消息了。当驼队远远出现在荒野尽头时,他们就做好了迎接的准备。驼队一到,赶紧上前问候,迎入地窝子喝茶。

两家人亲亲热热地叙旧,两家的狗却展开了激战。

一到地方,一个三四岁的小黑孩子刚刚被抱下马,就跑到其中一峰骆驼旁边,指着骆驼上绑着的一只牛津包,催促卸骆驼的大人们第一个把它取下来。于是胡仑别克把它解下来扔到地上。这孩子赶紧拉开包的拉链翻找起来。很快翻出了一件小外套和一双黑棉鞋,再自个儿找个避风雪的地方换衣服、换鞋子。(原先身上裹着厚重的一身"盔甲",行动颇为不便。)等一身轻松了,这才舒舒服服地跑进萨依娜家的地窝子找吃的。真好啊,一点也不麻烦大人!

而这会儿大人们忙得也顾不上小家伙了。马群跟上来了,羊群也徘徊在附近了。面对不速之客,居麻虽然纳罕又郁闷,但还是赶紧上前帮忙卸骆驼。扎达也像个大人似的前后出力。嫂子和我也一起帮着挪行李,腾空地。

在一片纷乱之中,突然听到有孩子大哭起来。定睛一看,在一峰还没开始拆卸的骆驼身上,在小山一样堆起的杂物间露出了一颗小脑袋——这孩子居然被紧紧绑在行李中间!他四周堆满被褥,围盖着厚厚的毡子,给绑了一层又一层……安全措施倒是做到了家,只是孩子浑身上下除了脖子能扭一扭外,浑身哪儿都动不了。想想看,队伍凌晨五点多就出发,这一路走来,估计小家伙都给绑麻了。这家的女主人赶紧过去给他松绑。解开一重又一重保障，好半天才把他抱下驼背。这孩子大约两岁左右，还算是个奶孩儿呢。

晚饭时，居麻告诉我，胡仑别克家的牧场地势平坦，因最近天气持续暖和，雪已经化完了。旱情非常严重，只好提前转移。但离整个牧业大军全面北上还有些日子，北面乌伦古河一带的牧场雪又太厚，这段时间羊群无处可去。新什别克便以主人的身份收容了他们。大约新什别克认为自己已经交纳了牧场费用，牧场的一半属于自己，便事先没和居麻商量。因此居麻很不乐意，但不好意思说什么。见面时，照常逗人家孩子，请人家吃饭，帮人家干活。没外人时才大发牢骚。他说：今年草旺，多住一家人，又能损失多少呢？只是这么大的事，招呼也不打一个，太瞧不起人了。

不过这家人也够倒霉的——因为没有雪而离开，可刚离开，就下大雪了……而且顶着风雪搬家，多辛苦啊，孩子也受罪……

这一家五口人，大大小小，一个比一个长得黑。黑得没鼻子没眼，真让人诧异。同样是放羊的，居麻一家为啥就没那么黑？新什别克家的人也都挺白的啊。再一想，对了，他们那边缺水嘛！可再一想：长得黑怎么能和缺水联系到一起呢？好像人家从不洗脸似的……我真无聊。

第一天，这家人全挤在萨依娜家将就着睡了一夜。第二天一大早，赶完羊，大家就开始热热闹闹地帮着起毡房了。男人们讨论了许久，最后驻地选在了羊圈西侧、新什别克家地窝子东面的空地上。虽然地势有些倾斜，但再没有其他更合适的地方了。

我则暗暗担心，这么冷的天，居然住毡房！岂不冷死了？而且家里还有小孩子……

可房子搭起来后，进去一待，竟无比闷热。原来，在房架子、檩杆和盖毡之间还裹了一层不透气的塑料布。

房子又搭得非常小，比一般的毡房少支了一排房架子。而且房架子拉得很开，使房子空间低矮。这样，只需一只小小的铁皮炉就能把房间烧热了。

他家直接把花毡铺在粪地上，一家人就在上面吃饭、睡觉。家什也摆得极简单，很多包裹都没拆。看来不打算长住。

为表示感谢，也出于礼俗，新来的一家人在毡房搭起的第一天就煮了肉，请所有人过去做客。当时已经很晚了，加上他家地方小，人又多，恐怕坐不开，我便没去。一个人早早地铺床睡下。第二天早上居麻吓唬我："你为啥不去？他们生气了！说你看不起他们。于是专门给你留了一大块肉，白白的，肥肥的，马上就给你送来了！要亲眼看着你吃下去！"

只多了一家邻居，我们的沙窝子却足足热闹了五六倍。新来的两个男人加上新什别克、胡尔马西和热合买得罕，以及刚刚来到新什别克家做客的两个"外国哈萨"，再加上这边的扎达和居麻，共九个男人。整天聚在我家地窝子里打牌、赌钱。赌注为一元。还不停地抽烟，乌烟瘴气，满床烟灰。又挤得满满当当，害我和嫂子想喝茶都没地方铺餐布。

为什么不聚在新什别克家？因为他家有小婴儿，不能吵着，不能呛着。这群人还蛮懂事。

除了人以外，热闹的还有狗。新邻居家有两只狗，一只半大的小狗，一只两个月大的小小狗。都毛茸茸胖乎乎的。平时很是好脾气，很会卖乖。当女主人出现时就冲上前跳上爬下，前后绕着谄媚，但一看到熊猫狗就进入战备状态，毫不客气。

当初驼队刚刚停下来，这两只狗对地形迅速作出判断，双双占据了新什别克家的地窝子屋顶。说来也奇怪，刚到一个陌生地方，就晓得地窝子屋顶是"地暖"，并以此为据点和我家的熊猫狗展开了持久战。

领地有外狗入侵，熊猫狗当然理直气壮了，卫国战争嘛。而对方呢，主人到哪儿就跟到哪儿，也不觉得自己有什么理亏。因此在战斗中，双方的愤恨程度不相上下。

虽说隔壁都是小狗，但数量上占优势，叫起来是双重奏。因此在气势上，双方仍然势均力敌。

于是没日没夜地叫啊，吵啊，咬啊……嫂子听得心烦意乱，不住地说："安拉啊，安拉！……"

有什么好吵的呢，统统都饿着肚皮。

我家的熊猫狗不消说了，每天分给它的狗食还不够填它牙缝的。新来的一家则根本没见他们喂过狗。小小狗整天可怜兮兮地反复舔羊碗——他家有一只冬羔，整天拴在毡房门口晒太阳，面前摆只碗。那碗随时都是空的，可小小狗还是隔三岔五满怀希望地过去瞅一瞅，舔一舔，舔得锃亮。小羊卧在墙根儿,无奈地看着它,似乎想说:"要真有吃的,还轮得到你吗?"

那只小小狗真是初生小狗不怕大狗。别看才一丁点儿大,在饿着肚皮的情况下,也能把熊猫狗咬得团团转!

新邻居家的猫和我们两家的猫倒是非常客气,见了面还握握手。

马呢,刚到地方,转个身就跑得没影了。

可能正是停留时间短暂的原因,新邻居家的羊没与我们合群。晚上独自停在羊圈东面的空地上过夜。早上错开时间出发,并尽量往两个方向放牧。

新邻居家的羊无论怎么看都不对劲,一个个长得怪模怪样,特不协调。哪里不协调呢?据我进一步观察,原来是腿太细了——看吧,一个个硕大的身子,却由四根纤细小棍支撑着,难怪看着不对劲呢。可回头再看我们的羊,竟发现我家的羊腿也一样细!不知为什么,我家的羊就很顺眼。

这家人一到地方,拾掇完毕,安顿好牛羊,第一件事就是在羊群过夜的斜地边也立了个高高的假人。可我们在沙丘最高处不是已经立了一个假人了吗?难道是因为没有羊圈保护,所以额外谨慎?

我们沙窝子里明明只多了两个小孩,可一出门,顿感到处都是小孩。从扎达往下,一字排开五个。整天扯着旗子跑来跑去,分作两派打伏击战。然后再分为两派在沙地上挖陷阱。挖好后盖上碎草，铺上破塑料袋，撒上沙子，掩饰一番，再引诱另一派去踩。往往，踩中陷阱的人会比挖陷阱的人还要快乐。

那个大一点的黑孩子叫阿特罕。开始还以为他才三四岁，一问之下，已经五岁了。

虽说牧场上的小孩在七八岁之前都是中性的，性别感非常模糊，但阿特罕不。这小子一看就是男的，男气十足，勇猛而果敢。比父母，他抢先一步和大家混熟，不到半天，出入两家地窝子如入无人之境。大家和他说话时，也像对待真正的大人一样，措辞庄重，逻辑井然。绝不说戏弄的话。他也能和大人聊很长时间呢。还敢于反驳，敢于"豁切"。

相比之下，他的弟弟就胆怯多了，直到三天之后才不躲人。平时总见他一个人在沙地上骑着扫把，挥着马鞭跌跌撞撞地跑来跑去。满脸驰骋万里的豪情。

那家女主人来串门时总是带着小儿子。小家伙坐在床边，挂着鼻涕咧着嘴，呆呆地半天一动不动。直到梅花猫出现了，这小子的眼睛才活过来。他蛮横地一把抓过猫，紧紧搂着，掐着人家的脖子，非要和它亲嘴，非要给它掏小耳朵。还拿出大人给的一块奶疙瘩慷慨地与猫分享。梅花猫看在奶疙瘩的份上，放弃了挣扎。于是乎，猫啃几口，小家伙再接着啃几口。愉快地分着吃了。大家都爱奶疙瘩，并且都不嫌弃对方的口水。

孩子他妈就无趣多了。目不斜视坐在席间，一边急切地和嫂子说这说那，一面拼命剥糖吃。面前一堆糖纸。

孩子们多快乐啊！多让人羡慕。去背雪的热合买得罕专门带上了阿特罕，并在他肋下一左一右横绑了两根长棍。见我诧异，解释道："骆驼！"……我顿时大乐！搬家的时候，往骆驼身上挂各种箱笼、绑大件物什之前，牧人们就会这样在骆驼肚子两边各绑一根棍子。然后以这两根棍子为基本的着力点，往骆驼身上堆起全部的重荷。

阿特罕非常乐意扮演骆驼的角色，并且像真正的骆驼一样听话。脖子上还拴了根绳子，乖乖地由热合买得罕牵着走。两人爬上沙丘，去到另一面的积雪处停下。热合买得罕说："却普！"——牧人喝令骆驼卧倒的声音——小家伙立刻像骆驼一样屈膝跪下。热合买得罕解下"缰绳"，踢踢"骆驼"的屁股，意为可以自由活动了。于是"骆驼"跑到一边，找一处露出沙地的没有雪的地方，躺上去左右扭动打起滚来——这也是骆驼的习性，因身上有寄生虫，负重时没法蹭痒痒。结束长途跋涉后，骆驼们松绑后的第一时间会满地打滚止痒——多么入戏啊！

另一边，热合买得罕开始装雪。装满一大一小两袋雪后，再"冒冒"地呼唤——标准的唤骆驼的声音！——小"骆驼"闻声飞快跑来，任热合买得罕把小一点的那袋雪往自己肋下的两根长棍上绑。绑好后，热合买得罕又系好"骆驼"缰绳，另一端拴在自己腰上。再扛起自己那一袋雪，牵着"骆驼"踏上返程。谁知才走了十来步，"骆驼"就受不了了——那袋雪虽然不多，但对于五岁的小家伙来说还是太沉了……作为不合格的骆驼，他有些不好意思，只是轻轻地说："不行了……"热合买得罕只好为他解下袋子，把里面的雪舀出一小半倒进自己背的雪袋里。把剩下的再度绑在小家伙肩膀上，两人重新上路。这回小家伙再也没说什么。两人一前一后，由缰绳相连，慢慢下了沙丘，向家走去。

当时我也在采雪，从头欣赏到尾，没有打扰两人的表演。等回到家时，才抢上前替小家伙松绑。顺便拎了一下雪袋——还蛮重呢，至少四五斤！

接下来，小弟弟为小哥哥的扮相喜出望外，牵着骆驼哥哥洋洋得意地到处走。喝午茶时，当大人要摘取"骆驼"肋下的长棍时，他气愤地哭了。

嗯，这是游戏中的劳动，将来会成为生活中的劳动。

三十五　回家的路

二月下旬，扎达和热合买得罕兄妹俩就要离开冬窝子了。学校快要开学了。我和居麻商量了一下，决定和孩子们一起走。

今年天气热得比往年早，估计到了三月初就没什么雪了。没有雪，等于断了生命之源。所以今年整个牧业大军都会提前转移，至少得比往年提前半个月。而家里能骑的马只有三匹，居麻一家三口刚好够用。到时候我总不能跟在驼队后一路小跑吧？

南下时，只有我和加玛驱赶羊群和大畜，马是够用了。而居麻夫妇是雇汽车坐过来的。可眼下，当初汽车拉来的重物几乎不剩下什么了：冰没有了，玉米等饲料也见底了，面粉也快吃空了。于是，不用再雇车了。装几峰骆驼就可松松绰绰地带走这个家。

我呢，得赶在大家转移之前找到车离开。我可不想等啊等啊，一直等到驼队全出发了，家全搬空了，就我一个人待在荒野里，待在四面露出羊粪墙的地窝子里继续等车。——虽然居麻开玩笑说，到时候一定会给我留一床被子一口锅、半袋面粉一把盐……

总之为防万一，我还是跟着孩子们一起走吧。

孩子们的车早在半个月前就联系好了。开学之前那段时间是沙漠里所有黑车司机的旺季。他们会沿途一家一家地打问有没有返校的学生。一旦错过那段时间，再想找车，就得靠摸彩票的运气了。

确定出发的头两天，我大力地整顿了一下自己那点可怜的行李。把一件毛衣和一条围巾送给了加玛。再把经历一个冬天后变得破烂不堪的裤子烧了，早早地穿上了唯一的一条好裤子。

加玛也要同去。因为在家照顾奶奶的姐姐和妹妹也要返校了，而奶奶的病却还没好，还需要照顾。

加上隔壁的新什别克也要亲自送两个孩子返校。于是，我们这个牧场一下子要走六个人。能坐满一辆车呢。可不知为何，居麻却联系了两辆车，硬将大家分作两拨……对此，居麻解释得异常艰难。半天才搞清楚，他联系车的时候，其中一辆车表示可能会有变故。他便联系了两辆，做两手准备。没想到临近出发那几天，两辆车都表示一定能来。他想来想去，便决定让两个司机都赚点钱……

这也罢了，他还郑重地叮咛我们，不管哪辆车先来，后走的那一批人都得守口如瓶。一定要装出一时半会儿绝不走的模样。真累啊，何必呢……但居麻正色道："我们嘛，都是上山、下冬窝子的人，乱说话嘛，不行！都已经给人家说了嘛，要是人家真开车过来了，一看，又没人要走，传出去，谁敢再信你的话？以后你死在这里也没人来拉！"

343

是啊，在荒野里，信守承诺不仅是对别人负责，更是为了最终保护自己。尤其对"上山、下冬窝子的人"——生活动荡的人，孤弱无助的人——来说。

然而我们守信了，两个司机却一点也不守信。说好这两天就来接人的。结果我们等了一天又一天，一直等了一个礼拜。

每一个白天的每一个小时里，都会有人爬到东面沙丘上远眺。总是没一点动静。

居麻和扎达也急了，父子俩轮流抱着电话不时去到远远的铁架子下，插上水晶头不停地拨打。

那几天明明风和日丽，不知为何却没一点信号。扎达在放羊以外（抓紧最后的时间赚钱）的大部分时间里都爬在铁架子上没完没了地晃动天线——这有什么用呢？又不是天线锅，微微偏一个角度就能捕捉到卫星信号。

最着急的是我，我真得非走不可了！实在没裤子穿了……身上最后的这条好裤子也开始四下挂破……说来也奇怪，在沙漠里又不是在森林里，四下都是沙子，在哪儿挂破的呢？

总算有一天傍晚，电话打通了。这才得知，东面牧场刚刚有人过世。安葬死者自然比学生返校的事更重要。于是两位司机都不约而同地甩下我们，拉满吊唁的人走了。再等他们回来，得两天以后。

两天！我的裤子可坚持不了两天了……

居麻说："车嘛，还是有的。他们说，明天就有一辆要从这边过路。不过已经坐了八个人了。你着急的话，我就给司机打电话！"——我若是同意了，那八个人一定恨死我。

想想看，原本只能载四个人（除司机外）的北京212小吉普硬塞进了八个人。那这八个人下了车还能分得开吗？恐怕都长到一起了。

我坐过的最挤的车是一辆乡间的中巴车，挤得人摞人。实在摞不下我了，司机就让我坐在方向盘边的控制台上。除我之外，控制台上还坐着两个人。我们三个人佝偻着肩背，背朝挡风玻璃，紧紧地面对满车挤得龇牙咧嘴的乘客。每当司机换挡时，就大喊："腿！"我赶紧抬起腿。等他换完挡，我再把腿垂下去。

总之，就这么糟糕。

不只是我在为裤子发愁，小努滚也伤心不已。这几天她一直穿着一个冬天都舍不得穿的红色新靴子，随时准备出发。她很怕新鞋穿旧了。

最生气的是扎达。每天又想出去放羊赚钱，又担心放羊的时候车来了，错过了。纠结不已。一到傍晚时分，看看实在没戏唱了，就恨恨道：早知道没车，不如出去放羊！

那几天早上嫂子骗扎达起床时，再不说"有人来了"这样的话，而说："车来了！"每次都很奏效。

而那几天沙窝子热闹极了。三家的女主人轮流摆宴。天气暖和又晴朗，邻牧场的女人们也频频上门做客。这一天轮到嫂子做东，她用熬茶叶的白色搪瓷高茶壶煮了一块肉，而且是用茶水煮的。煮出的肉像卤出来的似的，黑红黑红的。

345

肉汤茶水喝起来也颇为古怪。我好奇地观察这一切——哪怕已经住了三个月，还是不停地会有新的发现，新的体验……居麻看我那么感兴趣，叹道："等李娟回到妈妈家，一看，茶也没有了，馕也没有了，黄油也没有了……过几天再想一想，算了，还是回来吧！于是，就又回到冬窝子来了……"我笑而不语，心里却终于滋生离别的惆怅。

终于，在二月底，我们等来了一辆带小车斗的2020北京吉普。可是……司机却只有十二岁……这小子利用寒假进冬窝子赚点零花钱。

在两拨离开的队伍里，我和扎达被分配到第一拨，却不觉得有什么幸运的……

再一想，别人都敢坐我为啥不敢？这四处无非戈壁沙漠，一没悬崖峭壁，二没大江大河，还怕这小子开到天上去不成？

因司机个子太矮，他屁股下垫了两只厚垫子。

这小子很厉害，不但有一辆车，还有许多小商品。走一截路，就回头问我买不买泡泡糖，再走一截，又向我兜售饼干。这一路上生意算是做大了。

除了我和扎达以及另一个男人（后来才知他和那司机男孩是一起的），就再没其他乘客了。我知道这不可能。果然，接下来一路上，一遇到地窝子，我们的车就拐道过去打问。很快，又捡了三个乘客：一个男人，一个小姑娘，一个大姑娘。另外还有两大包要捎带回乌伦古河的东西，以及几句口信。

每去到一户人家,不管这家有没有人要搭车,大家都会坐下来喝两碗茶再说。如果这一家有冬不拉琴,还会轮流表演一把。总之像旅行一样,快乐极了。

开始我很是拘束。我只是个乘客,和这些人家素不相识,跟着司机到处蹭饭怪难为情的。于是在每一家都吃得很少,再饿再馋也强忍着。后来才意识到这种想法不对:如果因为"不认识"而拒绝一份人情,就意味着已打定了主意日后不愿回报……这就是自私。而在荒野里,接受别人的帮助与款待,同帮助和款待别人一样重要。

印象最深刻的一家人,住的地方地势非常平坦。我下车后环顾一圈,立刻作出判断:若我生活在这一家,光背雪就能累死我……一马平川,几乎没有任何能挡住风,能积起雪的斜地。

但是这一家人的地窝子却极其气派!令人震惊的是,墙上还刷了石灰!而且他家的木门上一条裂缝也没有!关上门后,一点风也不漏!

还有一家,住着一个非常时髦的漂亮姑娘。对于我这个在沙漠里待了一整个冬天的人来说,她时髦得简直就像个城里人。居然还穿着高跟鞋!她坐在那里,漂亮得极其突兀,像玫瑰花开在韭菜地里。脸上扑着厚厚的粉,长卷发,浑身香喷喷。我感觉到不止是我,所有人都被她吸引着,坐在她旁边默默无语地喝茶。

后来当我得知她也跟着我们一起上路时,心里竟小小地快乐了一把。

——难怪打扮成这样,原来和我一样,和努滚一样,随时准备出发呢。

我一开始就做好了和六七个人挤在一起的心理准备。可这车一直开到最后,竟然只拉了五个人。而且五个人都好瘦,坐得松松的。

我怀疑地说:"真的只有五个人?真的再不拉人了?"

小司机旁边的男人说:"真的再没人了。"

又说:"不过还有两匹马……早就联系好了,就在下一个地方。"

我很是愕然。回头透过玻璃看了看这个小吉普的后车斗——就巴掌大的一块地方。况且早就被乘客们的行李和帮忙捎带的包裹塞得满满当当,摞得老高。别说两匹马,就是两只羊也塞不进去啊!

然而接下来……我大开眼界。

……同时深深感觉到男人的力量真的是无穷的。

只是苦了那两匹马,都快挤成一匹了……

因此次装车非常成功,所有参与装车的男人全都聚到车下,和两颗马脑袋凑在一起,让我给合了个影。

当男人们动用智慧和力量装车时,另一边,我被一个开朗的老妇人邀请到她家地窝子喝茶。她家有一只黑脑袋的短毛白狗,一个胖得不可思议的好脾气婴儿,一个又脏又快乐的馋嘴小孩,一个害羞的年轻母亲。

在热乎乎的地窝子里喝着茶,吃着包尔沙克,剥着糖……我又能为主人做些什么呢？只能拼命地拍照。然后再把照片回放给他们看……看大家看得这么高兴，真恨不能把相机也送给他们算了！

这场小小的轰动很快吸引来了一个大男孩、一个小媳妇和两个姑娘。大家陆续涌入地窝子来看我和我的相机。这个地方真热闹啊，居然有四家人！

这四家人的驻地紧傍着一座巨型的沙丘。那沙丘突兀、光洁地耸立在平坦的荒野中，寸草不生，壮观极了。之前经过时，副驾座上的那个男人频频示意我注意，并建议我下车去拍照。他告诉我，这是附近骑马一天路程区域内最大的"沙子山"，是牧人们放牧、迁徙时非常依赖的一处古老而重要的地标。

我要是住在这里的话，保准每天都会爬上去看看。

装好马后，往下一路上再也没有耽搁了，汽车对直往北开，不再一路过地窝子就停车喝茶。

越往北，雪越大。渐渐地，视野里已经没有裸露的地面了，大雪覆盖一切。同时，道路的痕迹也越来越清晰、宽直。这不是我们骑马南下走的那条路，似乎更靠西一些。

对了，我一直搂着我的小熊猫狗，这是居麻早就答应要送给我的。同行的小姑娘不时伸手过来摸一下小狗的头，好像怕它会死掉。这个小姑娘脸颊胖乎乎的，和所有旅途中的人们一样，也穿得一身崭新，花哨漂亮。她大约七八岁，看起来比努滚小一点。一个人出远门，显得安静又坚强。

扎达这一路上也安安静静、礼貌又规矩。大家装车、卸车时，他也跟着忙上忙下。谁先到家了，赶紧帮着扛行李……真是讨人喜欢啊。远远抛弃了在自己家时天天撒娇耍赖的形象。

那个漂亮姑娘则从头到尾不吭一声，一到有手机信号的地方就拼命打电话。

两个男人则不停地聊天。副驾座上的男人对我极感兴趣，不时扭过头来问这问那。并且像个向导一样，不停向我介绍途经之处叫什么名字，有几块牧场，住着几家人……眼神殷切，似乎希望我掏出纸笔统统记下来。可我实在懒得动。小熊猫狗在我怀里轻轻地拱，一定很饿了。不过它从此就远离颠簸和流浪了。它在隆冬里受的苦，我要慢慢地给它弥补。

从上午出发，直到上了乌伦古河南岸的乡间柏油路，共耗去七个小时。一上柏油路，小屁孩司机就被副驾上的男人换了过来。很显然，他没有驾照。

不过我也怀疑这一路上有没有交警。在柏油路上走了一个多小时，也没遇到其他车辆。

沿途看到的羊全是山羊，而且全都屁股脏兮兮的。真让人看不惯。和冬窝子的羊比起来，它们的日子过得可真凄惨。雪那么厚，没有一点枯草可吃，只好四处流窜作案，爬屋顶偷干草①，或守在村头小杂货店门口，一有纸质包装袋或纸箱子扔出来，就赶紧拖走大啃大嚼。

---

① 定居的家庭，家家户户的屋顶都垛着高高的干草，是牧畜们冬天里有限的口粮。

经过一处又一处被大雪覆盖的村庄、田地、树林，恍然若梦。这乡间的情景其实也是冷清荒凉的，却强烈令人感觉到四处流露着掖不住的繁华劲儿。观察了半天，总算搞明白——原来远远近近栽着许多电线杆。

我的目的地排在最后。一车的人全空了，路边的景物越来越熟悉。阿克哈拉到了，我家的黄房子到了。车停在我家小杂货店门口。眼下的世界仍被大雪严密地封堵着，白茫茫直到天边，但对我来说，这个冬天已经结束了。之前觉得漫长难捱，如今猛然觉得，竟是那么地匆忙、草率、不知所措。

后　记

　　本书的起因是参与了《人民文学》的非虚构写作计划。在2010年至2011的冬天里，我跟随一家熟识的牧民进入新疆阿勒泰地区南部的古尔班通古特沙漠中生活了三个多月。那里是哈萨克游牧民族的冬季牧场，在牧民们逐水草而居的动荡生活中，算得上是最艰难的一段。随着牧民定居工程的推进，曾经顺天应地、自律而慎微的游牧生产生活方式正在慢慢消失。不久的将来，这块古老、贫瘠又广阔的牧场也将被放弃。

　　正是在那里，我积累了一些新鲜而复杂的体会，便形成了这本书。这是我第一次写约稿，第一次坐下来有计划地创作。不是很习惯。无论是文字还是心意，都感到粗糙而匆忙。很不安……无论如何，它们作为与我的力量相匹配的东西，已经出现在这里了。它们往下的命运将会在读者那里。

　　这本书刚动笔时，我开通了微博。进行到最后一遍修改时，我关闭了微博。整整半年，赶稿的日子里，冬牧场的荒寒之气渍透了这半年来的喧嚣世事。每到心浮气躁的时候，总算还有磐石镇放胸间，总算不至迷惘。为此我深深地感激，不只是对这场写作和这段经历本身。

还要感谢几个朋友。感谢此书的第一个读者张溢，她为之做了细致耐心的校对工作。还有春儿，她是第二个读者，她的认可让我大松一口气。还有喀纳斯管理委员会的康剑先生，在我离开冬牧场，生活动荡，一时无处可去时，为我在美丽的景区提供了一个安静的房间。使我得以顺利完成此书。还有我家二娇，她陪我度过了整个紧张又沉重的写作期。去年此时，当我还在冬窝子里时，她打来的两个电话是我孤寂生活的最大安慰。当时她还为我画了一幅画，我很喜欢，便连同相关文字附在了后面。

2011年11月

李娟在冬窝子 / 段 离

去年12月28日晚上,实际上也就是上个星期,我突然接到李娟的电话。她说她在冬窝子里,用邻居哈萨克老乡的"卫星电话"①打。我急忙说,你挂了,我给你打过去。我知道她打个电话是很不容易的,更何况是借用邻居的卫星电话。

我把电话拨过去,响了十几下,电话才接通。我想,卫星电话也许要比一般的电话复杂一些吧,至少它要扶摇直上九万里,落地之后才能接收得到。

李娟在电话那头说:"哎呀,我好像都不会说话了。"

我问:"咋样,冷不冷?"

她说:"还可以,刚下了一场雪。"

我问:"你们那有几户人家?"

她说:"两家。"

我问:"你住的老乡家有几口人?"

答:"老两口。"

---

① "卫星电话"是当地人对无线座机的称呼,并不是真的靠卫星连接信号。这种电话在牧区非常普及,很多手机无法接收到信号的地方也能使用。它的外形与普通座机一样,但不用牵电话线。需充电,并架设高高的天线接收信号。

我问:"多大年纪?会说汉语吗?"

答:"和你差不多。男的会说一些。"

问:"白天能睡觉吗?"

答:"哪能?人家在干活,哪好意思睡。"

我也不知道怎么会问起这个话,大概是想起她以往在家,白天要睡三觉,她妈妈叫她"李三觉"。

我问:"能吃上菜吗?土豆萝卜之类的。"

答:"哎呀!你又不是不知道,冬窝子嘛。"

我问:"通车吗?"

答:"不通,离县城一百多公里(实际上离县城至少三百公里,离公路的直线距离倒是一百二十多公里)。"

我问:"有电吗?"

答:"有一个小的太阳能发电板,每天储存的电只能晚上照明用。"

我问:"白天要出去放羊吗?"

答:"中午暖和的时候,把羊赶出去,放一会儿。"

我问:"你每天干什么?"

答:"干家务,做饭、洗碗什么的。"

我问:"你是不是有什么事?"

答:"哦,没有什么事,就是快过新年了,问个好啊。哎呀,不能多说了,把人家的电用完了。到时候有什么事,打不成电话,就完了。我挂了。"

我又急忙追问道:"如果以后我再打过去怎么找你?"

答:"白天信号不好,晚上好些,你就说我的名字,他们只能听懂我的名字。好了,挂了,再见。"

355

放下电话后，我的心情久久不能平静，像一个失踪已久的孩子突然有了消息一样。我反复回味着李娟那频率很快又急促的声音，声音的背后好像还夹杂着呼呼的风声。

其实李娟到冬窝子去，我是知道的。但她去的地方叫什么地名，她始终没有说清，而且又不通车，不通电话，和失踪没什么两样。好在这个家伙还算有良心，主动与我联系，让我知道了她的行踪，也知道怎么能联系到她。

年末的最后一天，我想给她打个电话，可是，一直无法拨通，我从2010年一直打到2011年第二天的傍晚才拨通。那几天我一直试图在白天给她打电话，而不想晚上打，因为我不知道那个有电话的邻居家离她有多远。黑咕隆咚地让人家去叫且不说，李娟还要跌跌撞撞地跑来接电话，又不是有什么重要的事非说不可。一来一去地要让两个人在寒冷的荒原里穿梭，真是让人有些于心不忍。

阿勒泰冬天的寒冷我是知道的，最冷的时候，每个人的表情都是龇牙咧嘴的。记得小时候我们猜过一个谜语：什么东西最不怕冷，越冷越往外跑？我们猜什么的都有，但谁都猜得不对。最后的答案是牙齿。可不是嘛，越冷的时候，牙齿就越往外龇。对呀！一想到李娟有两颗发育得比我们都要健壮的门牙，有门牙挡着，也许她不怕冷，对她的担心好像放松了一些。

电话终于拨通了，是一个女人的声音。我提高嗓门说："喂——佳克斯[①]吗？！"那面答："耶？"我说："我找李

[①] 哈萨克语"你好"的意思。

娟。"那面答:"耶?耶!"我知道说多了没有用,她听不懂我的话,我也听不懂她的话。我连续喊了三遍:"李娟、李娟!李——娟!""喔?!耶!"这次总算是听懂了。只听那边咕咚一声,大概是放电话的声音。电话里隐约传来沙沙的声音,不知道是风声、电流声还是卫星上发出的微波声。咿?!好像还有一个小孩的咿呀声。可能对面那个接电话的女人还抱着一个孩子。她大概要穿上棉衣,包上头巾,还要把孩子包在衣襟里,才能出去叫李娟。

等电话时,我不免有些内疚和自责。其实打这个电话并没有什么重要的事,还要让人家抱着孩子去叫,真是的。我看了一下表,好在是下午七点多,西北荒原的太阳刚落到地平线上的时候,兴许不会太冷,我又自我宽慰起来。

约莫几分钟之后,我听到了李娟的声音。她听出是我的电话,说:"哎呀!原来是你呀!她说是我妈妈,吓了我一跳。"

嗯?我的声音像她妈妈吗?肯定不像,是那个女人想当然的感觉。也许这一段时间只有李娟的妈妈给她打过电话。

问:"你在干啥?"
答:"刚吃完饭,在洗碗呢。"
问:"吃什么饭?"
答:"馕,奶茶。"
问:"你在那儿急不急?"
答:"还好,习惯了,就是想吃东西。"
问:"想吃什么,凉皮子吗?"我知道以往她最爱吃凉皮子。去年冬天,她一个人在家,吃了一坛咸菜。偶尔,做一些凉皮子改善一下生活，犒劳一下自己。

答："最想吃的是馍馍。"

啊，胃口变了？在生活枯燥无味的时候，她渴望一碗酸辣冰凉的凉皮子，败败火，提提味儿。在寒冷寂寞的冬窝子里，她又渴望吃一个热气腾腾的馍馍。那也许是一个柔软而温暖的怀念。

没有吃过馍馍或很少吃馍馍的人，也许不能理解那种怀念。

记得在我下乡的那个年代，能吃上一个热馍馍夹上油泼辣子，那种幸福感和满足感是无法言表的。

哈萨克人很少蒸馍馍，他们的主食是馕。那种馕不是乌鲁木齐街上味道各异的馕，它从里到外都很朴实，厚墩墩的，成分单纯的只有面和少许盐。这种馕可以长期保存，无论再干、再坚硬，只要在奶茶或肉汤里一泡就软了。馕能给人带来的，是坚强和充实，很少带来柔软和温暖。它要靠奶茶或肉汤泡软，靠唾液和胃液温暖。这样说来，李娟对馍馍的思念是可以理解的了。

李娟说："这里方圆几百里（应该是数十公里），只有两户人家。人在没有安全感的时候，特别想吃东西。"这是一种什么理论？是李娟这两个多月在荒原中的心得吗？我没有多问。

我问："我好像听到有个小孩的声音。"

答："哦，就是的，邻居家有一个七个月的娃娃。"

问："你什么时候能从冬窝子里出来呢？"

答："还有八十多天吧……"

问:"现在羊还没有下羊羔吧?"

答:"没有呢,还要等些日子,那时可能要忙些。"

我又告诉她,一个她认识的女孩上周结婚了。

她说:"怎么才结婚?我以为她早结婚了。我还没有进冬窝子时,在她的空间里看到上面贴满了私家菜的菜谱。"

我还想搜肠刮肚地收罗一些她感兴趣的话题和她多聊一会儿,恢复她的语言机能。想来想去,觉得她对当下发生的事情和社会热议的话题肯定都不会感兴趣的,因为她真正生活在一个与世隔绝的世界里。

我说:"怎么只有两户人家,交流的范围太小了呀。"

她说:"就是,我的事都被他们问完了,他们的事我还没有问出多少呢。"

我说:"也许从冬窝子出来,他们会写一本你在冬窝子里的书。"

她在电话那头笑个不停:"只有我的房东懂一些汉语,邻居家一点都不懂。"接着她又说,"哎呀,不能多说了,把人家的电用完了。到时候有什么事,打不成电话了,就完了。我挂了,再见。"

和上一次的结束语几乎是一模一样。李娟的声音又消失在无尽的荒野中,一个只有用卫星才能搜索到的地方……

自从接了李娟从冬窝子打来的电话以后,无形中,我多了一份牵挂。我开始每天关注起天气预报,准确地说是关注北疆的天气情况。新闻里"百年不遇的寒冬"的说法,让我心里一阵阵吃紧。阿勒泰的冬天有寒流是正常的,说是"百年不遇的寒冬"，实在有些危言耸听。中国的气象史可能还没有一百年呢，哪有一百年的记录。我在网上查了一下，据记载1960年可可托海最低温度达到零下五十一点五摄氏度。

在我的人生经历中，经受过零下四十度左右的寒冷。最冷的时候不敢把鼻子露在外面呼吸，在呼吸的瞬间，鼻孔里的鼻毛就能冻住，夹得鼻子酸辣生疼。那种滋味可是我身临其境感受到的。

一般，传言总是比实际的夸张一些。我同学的妈妈是湖北支边青年，她妈妈说他们在没来新疆之前，听老家的人说新疆有多冷多冷，尿尿时要拿一个棍子，必须要用棍子打，否则就会尿出来一条冰棍。这是我一生中听到的最难忘而荒诞的笑话。难道"百年不遇的寒冬"能让这个笑话成真吗？如果真是这样，李娟又能写出一篇绝佳的好文章了。

我想，这两天冷一点就冷一点吧，让这个冬天最冷的寒夜早些过去吧。再有半个多月就到了产春羔的时候，但愿那时天气能暖和一些，不至于让李娟和她的房东们在严寒里守护着临产的母羊，那可太受罪了。不过我听说羊圈里有羊群的体温，不会太冷。在南疆，老乡为了让葡萄过冬，就把葡萄挂在羊圈里，用羊群产生的体温令葡萄保鲜。不过那是南疆，北疆还是要冷酷得多。

不管怎样，冬天再冷都会过去的。李娟的房东之所以选择那个没有路、没有信号的地方做冬窝子，一定是那里最安全、最适合羊群过冬。等寒冬过去的时候，李娟和他的房东将会赶着一大群春羔，从冬窝子转到春牧场。那个时候，她所有的朋友就会随时随地联系到她。她如果再到我家，我就亲自给她蒸一锅热热的白馍馍……

我画了一张李娟和羊的画。在画那些羊的时候，觉得那些羊仿佛正在我身边拱来拱去，好像真有些暖洋洋的感觉呢。

2011年1月

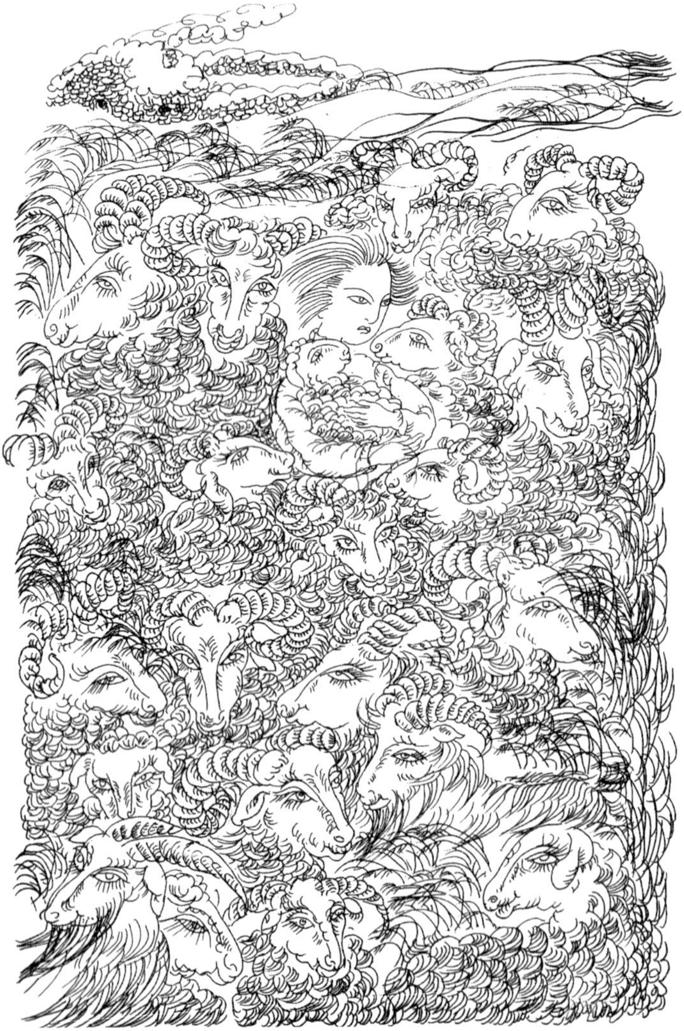

我迷恋每一个清晨

清晨朝阳中的地窝子

清晨，羊群还没出发，山羊们先跳出羊圈

羊群离开沙窝子后，大牛们也慢慢走向荒野深处

羊群出发前，找马的人回来了

傍晚的地窝子

清晨风雪中,"红领巾"走出我们的地窝子,准备出发

茫茫大地中的牧羊人和羊群

假人先生日日夜夜俯瞰我们的牧场

清晨,羊群和骆驼准备出发了

清晨最后出发的是小牛

傍晚，青红天空下空旷的荒野

清晨雾气中的羊群和骆驼

傍晚，等待羊群归来的人在月亮下一遍又一遍地爬上沙丘遥望远方

长时间不下雪的日子里，出发时的羊群显得饥渴难耐

黄昏，大牛们最先回到我们的沙窝子

晨归的马儿冻得满嘴冰梭子

满面风霜的骆驼，穿的是防走丢专用外套

荒野中的大牛

晚归的骆驼

羊群冒雪夜归

进入荒野收牲畜的卡车。车上的牲畜在冰冷的车厢板上冻了一夜

两居室的狐狸洞，我的手套是参照物

帮新来的邻居搭毡房

新邻居家的小孩子一整天独自玩耍

两个孩子结伴去放羊

帮新来的邻居搭建毡房的时候,是这个冬天里我们的沙窝子最热闹最喧哗的一刻
可远远看去,这幕情景仍然冷冷清清

我和嫂子去找雪,她在前面越走越远

初生小牛整天气哼哼的

小牛出生几天后,开始吃牛生的第一口草

野鼠的十字路口

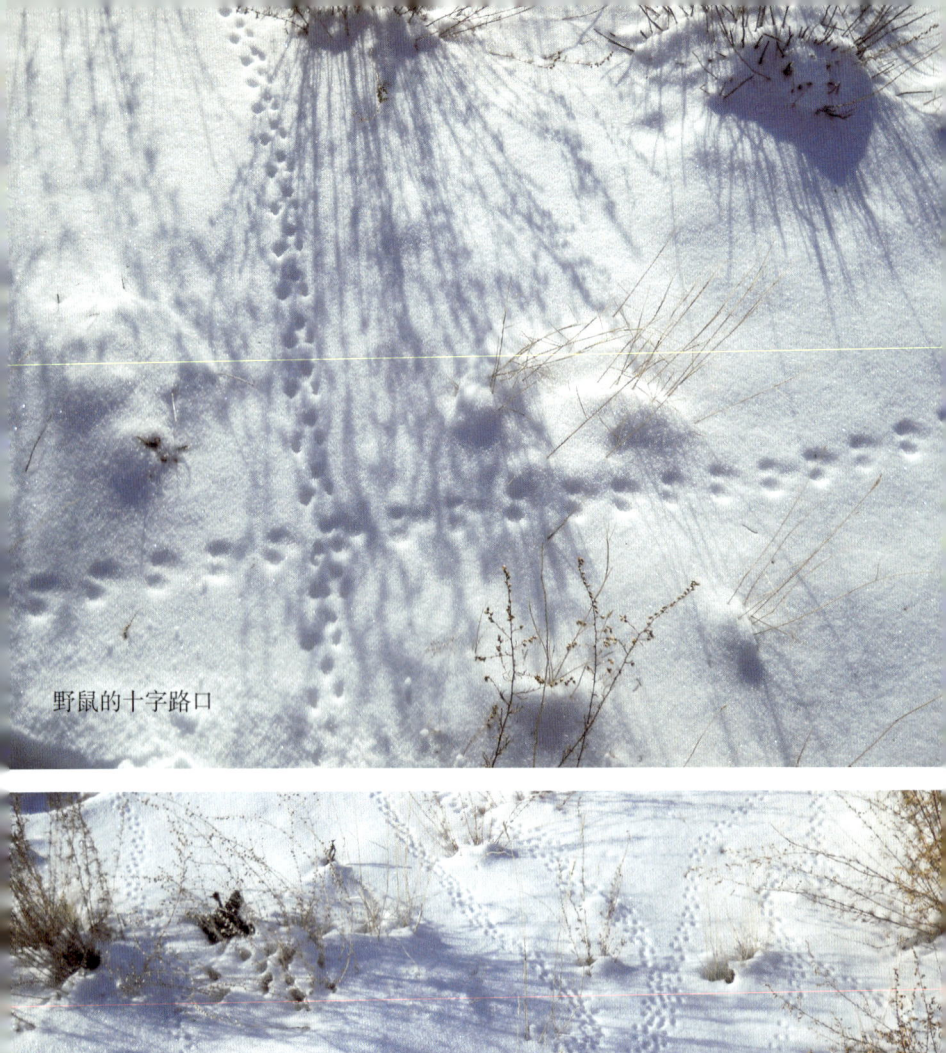

野鼠的繁华地界

方便面一样的缠绵草

满目缠绵草

熊猫狗堵在门口等待吃的，梅花猫陪它

雪地里过夜的丐帮骆驼们

地窝子里的两个好朋友

地窝子的屋顶是熊猫狗的地暖

中分头的"红领巾"和梅花猫

梅花猫很喜欢居麻补了又补的破鞋子
总是守着不离开

斧头的斧刃已经损耗得只剩最后一
小溜了，还在继续投入使用

居麻帮我修好的眼镜
他用烧红的钢针在镜架两侧穿孔，然后用两截废铜丝穿进去固定住断掉的镜腿

邻牧场的牛群迷路了,误入我们的沙窝子
围绕我们散发着微弱暖意的羊圈熬过了漫长寒夜

邻牧场的马群远远经过我们的沙窝子

跟随我离开冬牧场的小熊猫狗

我绣的第一朵花
由于没有花绷子，想绣得平整有点难

我完成的花毡绣片

我完成的第一条花毡绣片
它将缝在未来的新花毡的一侧

加玛将捡来的马头骨
高高放置在沙丘顶端的铁架上以示尊重
这里是这片大地上的最高处

这个冬天加玛完成的马饰，将来会用来装饰她的坐骑

和加玛去放羊，途中她为我拍了这张照片

装上车被挤得一动也不能动的两匹马，旁边那个蓝色的大包是我的行李

离开冬牧场前的最后一次清理羊圈的工作，把又软又纯的粪块挖起来砌在羊圈最外侧，它们将成为温暖我们下一个冬天的燃料